KB234339

잘가라, 미소

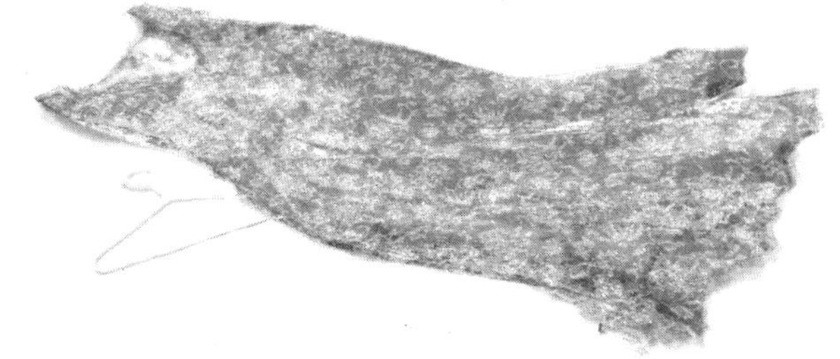

잘가라, 미소

초판 1쇄 발행 • 2012년 9월 19일

지은이 • 김정남
펴낸이 • 황규관
편집장 • 김영숙
편집 • 박지연 노윤영 윤선미

펴낸곳 • 도서출판 삶창
출판등록 • 2010년 11월 30일 제2010-000168호
주소 • 150-901 서울시 영등포구 영등포2가 94-141 동아빌딩 402호
전화 • 02-848-3097 팩스 • 02-848-3094
홈페이지 • www.samchang.or.kr

ⓒ 김정남, 2012
ISBN 978-89-6655-013-5   03810

잘 가라, 미소

김정남 소설집

삼창

　단련된다는 말, 믿지 않는다. 고통은 매번 날것인 채로 다가온다. 진창길을 너무 오래 걸었다. 그 길 한구석에 퍼질러 앉아 있을 때마다 소설이 곁에서 내 말을 다 들어주었다. 그렇게 지은 두 번째 집을 세상에 내놓는다.

　무책임한 긍정은 도저한 허무보다 해롭다. 갈수록 뻔뻔해지는 세상에 맞서 내 글이 어두울 수밖에 없는 이유다.

　미지의 당신에게, 그리고 나에게 주술처럼 이 말을 남긴다. 기어이 살아서 또 만납시다.

2012년 초가을

김정남

| 차례 |

에움길

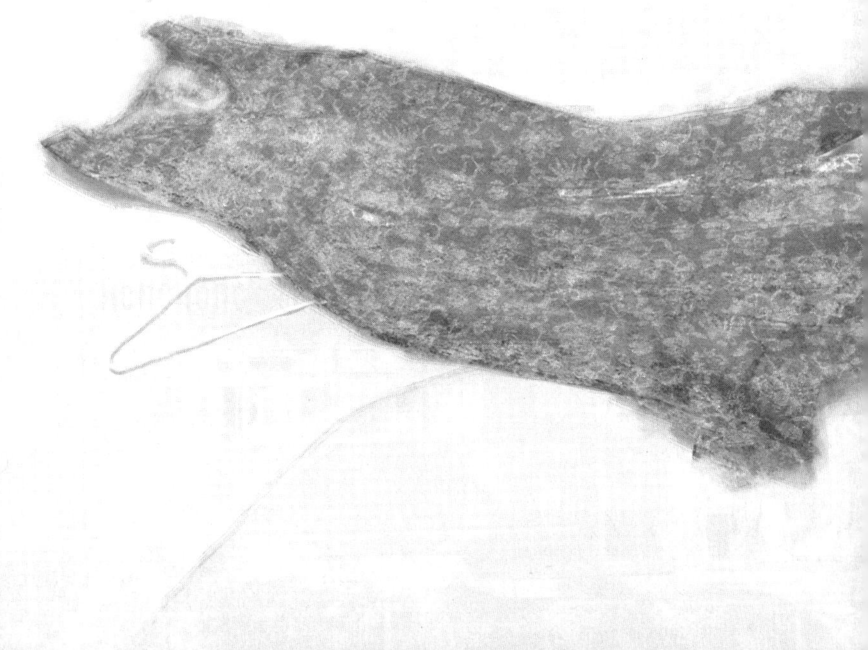

“이런 차 운전해봤어?”

운전석에 앉자마자 뒷자리에서 빈정거리는 말이 넘어옵니다. 남자는 짐짓 못 들은 척하고, 스타트 버튼을 누릅니다. 중형급 외제차들이 키를 꽂아 시동을 거는 게 아니라는 것쯤은 알고 있습니다. 그런데 기어 스틱이 보이지 않습니다.

“뭐 해? 내가 그럴 줄 알았어. 이 차 이름이 뭔지는 아나?”

다시 한 번 비꼬는 말이 어깨를 타 넘습니다. 남자는 고개를 돌려 뒤를 바라봅니다. 어두워서 잘 보이진 않지만, 나이를 가늠할 수 없을 만큼 동안인 양복쟁이가 앉아 있습니다. 남자가 오기 전부터 저렇게 앉아 있었던 것 같습니다. 기분이 더럽지만, 참을 수밖에 없습니다.

“당신이 아까 시동 걸 때, 옆에 살짝 솟아오르는 거 못 봤어?”

남자는 원통 모양의 물체를 발견합니다.

"이 차가 바로 재규어 XJ란 말이지. 영광인 줄 알라고. 그래서 운전하겠어?"

그는 이제 할 말을 다 한 듯, 다시 시트에 몸을 기댑니다.

남자는 다이얼을 돌려 기어를 넣습니다. 차는 미끄러지듯 스르르 움직입니다. 어디로 가야 하는지 묻지도 않고 도로에 나서 버립니다. 아마도 차에 취한 듯합니다.

"어디로 모실까요?"

남자가 조심스럽게 묻습니다.

"일찍도 묻는다. 양평으로 가."

그는 마치 어린아이 야단치듯 말합니다.

차는 코엑스 앞을 지나 올림픽대로에 접어듭니다. 장거리를 뛰게 되어 다행입니다. 룸살롱 마담이 이렇게 챙겨주니 여간 좋은 게 아닙니다. 콜센터를 통하지 않고 직접 전화를 걸어주기 때문에 회사에 건당 지불하는 수수료도 없습니다. 대리운전에 처음 뛰어들었을 때는 오더를 받고도 다른 기사에게 손님을 가로채이거나, 손님이 있는 곳을 찾지 못해 패널티를 당한 적이 한두 번이 아니었습니다. 이제 일에 익숙해졌지만, 이렇게 일방적으로 무시를 당하면 울화가 치밉니다.

차는 하남 만남의광장 앞을 지나고 있습니다. 이처럼 변속이 부드럽고 순발력이 뛰어난 차는 처음입니다. 속도를 높일수록 차체를 착 가라앉히며 쏜살같이 질주하는 이놈을 재규어라 하지 않을 수 없을 것 같습니다.

뒷자리에선 아무 소리도 나지 않습니다. 차가 팔당대교를 건널 때쯤, 어디론가 전화를 합니다. 아마도 애인이 있는 별장으로 가는 게 아닌가 싶습니다. 가진 놈들의 연애는 너무도 여유로워 사랑의 감정조차 미적지근할 것 같습니다. 아마 태어날 때부터 간절함이라는 것을 몰랐을 수도 있습니다.

뒷자리에서 그가 창문을 내립니다. 새벽녘에 엷게 깔린 강 안개가 물비린내를 머금고 훅 끼쳐옵니다. 새벽 3시가 지나고 있습니다. 남자는 문득 대학 시절 대성리에 엠티를 가서, 평상에 앉아 밤새도록 술을 마시던 때를 기억합니다. 목적지는 용문산 근처의 별장입니다. 차가 집 앞에 멈추고, 두 남자는 거의 동시에 차에서 내립니다. 남자가 그에게 키를 건네자, 그는 주머니에서 10만 원짜리 자기앞수표 한 장을 내밉니다.

"잔돈이 없는데요."

남자가 지갑을 펼쳐 보이며 말합니다.

"다 가지고 가세요."

술이 깼는지 그가 뜬금없이 말을 높입니다.

사람을 내렸다 올렸다 하니, 남자는 정신이 없습니다. 그는 성큼성큼 걸어가 도어록 비밀번호를 누르고 문을 닫습니다. 쾅, 소리와 함께 이상한 단절감과 공허감이 달려듭니다. 앞주머니에서 담배를 찾아 뭅니다. 서늘한 가을바람이 으리으리한 대저택을

휩싸고 돕니다. 요부같은 여인이 기다렸다는 듯이 현관을 들어서는 그를 와락 껴안을지도 모릅니다. 그녀들은 돈 앞에서 옷을 벗기 때문입니다. 갑자기 아랫도리가 불뚝해집니다.

서울로 어떻게 다시 돌아갈지 걱정입니다. 꽁지타기(차량을 가지고 두 사람이 일하는 방식)를 하던 동료가 갑자기 일을 그만두었기 때문입니다. 일단은 양평 시내로 들어가서 서울로 가는 시외버스를 탈 생각입니다. 불빛들이 모여 있는 곳을 향해 무작정 걷습니다. 생을 걷는 시간도 다르지 않을 것 같습니다. 다만 가도 가도 불빛에 닿지 않는다는 것만 빼면 말입니다.

아침나절, 겨우 집에 도착합니다. 말이 집이지 옥상 한편에 조립식으로 지은 가건물입니다. 서울에 와서 10여 년을 여기서 살았습니다. 현관 새시를 열고 들어서면 주방이 나오고 다시 나무 문을 열면 방이 나옵니다. 방문을 열자, 구린내가 진동을 합니다. 미라처럼 바짝 마른 몸이 이불 밖으로 나와 꿈틀거리고 있습니다. 가랑이에 채워진 기저귀는 똥물로 범벅이 되어 있습니다. 남자는 아무것도 아니라는 듯이 기저귀를 벗기고 물티슈를 뽑아 노인의 몸을 씻겨냅니다.

"영웅이 할아부지, 왜 인자 와?"

앞니가 다 빠진 할머니는 쉭쉭 바람 빠지는 소리로 남편을 찾습니다. 할머니는 남자를 손자가 아니라 남편으로 생각합니다. 5년 전, 할머니는 풍을 맞아 쓰러졌습니다. 그러다가 재작년부터

치매가 왔고, 이젠 온몸에 근육이 풀어져 혼자 일어서지도 못합니다.

"지 좋은 데 다 다니면서 나만 집구석에 처박아놓구……."

남자가 집에 들어올 때마다 매일 듣는 소립니다. 괜히 미안하다고 말을 받아줬다가는 잔소리가 봇물처럼 터져 나옵니다. 이럴 때일수록 침묵이 상책입니다.

물비누를 풀은 물에 수건을 적셔 할머니의 엉덩이와 가랑이 사이를 닦아줍니다. 두덩에는 이제 털이 다 빠졌고 음순은 바짝 말린 전복처럼 붙어 있습니다. 마지막으로 맑은 물에 수건을 헹궈내 얼굴이며 목이며 팔 다리를 전부 닦아줍니다. 옷도 새로 갈아입히고 머리도 곱게 빗어 넘겨주니, 쪼글쪼글한 검은 얼굴일망정 곱게 느껴집니다.

남자도 욕실에서 간밤의 때를 모두 씻어 내리고, 할머니 곁에 이불을 깔고 눕습니다.

"할머니, 잘 자요."

"응. 그랴……."

남자는 이 대답이 듣고 싶습니다. 이때만 옛날처럼 어리광 부리던 손자로 되돌아간 듯합니다.

창에는 두꺼운 벨벳 커튼이 쳐져 있어서 한 점 빛도 들어오지 않습니다. 정오 무렵까지 이렇게 자면 됩니다. 할머니도 이때만큼은 잘 잡니다. 정말로 남편이 들어와 옆에 누웠다고 생각하고 있는지도 모릅니다. 남자가 온밤을 새우며 여기저기 취객들을 실어 나를 때, 할머니도 엉클어진 세월의 습곡을 헤매고 다니나 봅니다. 그 처절한 흔적을 매일매일 숙변처럼 쏟아내는 건지도 모릅니다.

*

사실 할머니와 남자는 TV특종 같은 프로그램에 나와야 할 사람입니다. 남자는 강원도 양구에서 태어나 고등학교를 졸업할 때까지 줄곧 거기서 자랐습니다. 아버지는 그가 다섯 살 때, 두타연 계곡으로 약초를 뜯으러 갔다가 지뢰를 밟아서 죽었습니다. 한국전쟁 때, 지뢰가 가장 많이 매설되었던 곳이랍니다. 마을 염장이가 와서 염을 했는데, 아버지의 떨어져나간 다리를 붙잡고 한참 울었다는 얘기를 전설처럼 들었습니다. 그때는 자식을 많이 낳던 시절이건만, 그는 외동아들입니다. 이상하게 어머니에게 더 이상 아기가 들어서지 않더랍니다. 어머니는 이듬해 먹고살 길을 찾아 춘천으로 갔고, 결국 그는 할머니의 손에 자랐습니다. 어머니가 춘천에서 벌어 오는 돈은 그리 많지 않았습니다. 하지만 그 돈으로 학교 공납금과 책값을 낼 수 있었습니다. 그 나머지 책임은 모두 할머니 몫이었습니다. 할머니는 쌀이 떨어지면 남의 집 삯일을 해서 손자를 먹이고 입혔습니다. 이런 생활은 오랫동안 계속됐습니다. 그는 부모 복이 없다고 생각해본 적이 없었습니다. 그만큼 손자에 대한 할머니의 정은 각별했습니다.

한번은 이런 일이 있었습니다. 키도 작고 덩치도 왜소한 그는 고등학교 2학년 때, 조금 논다는 아이들한테 몰매를 맞은 적이 있었습니다. 매일 밤 FM라디오를 들으며 세상 저편에서 들려오는 소식에 마음이 부풀어 오르던 시절이었습니다. 읍내에 있는 분식점 딸내미한테 엽서를 보내려 했던 게 화근이었습니다. 그 아이는 한쪽 눈이 덮이는 단발머리에 새침한 미소를 폴폴 날리는 소녀였습니다. 모든 게 그놈의 라디오 때문이었습니다. 하이틴 로맨스를 부추기는 말을, 사랑과 이별의 유행가를 너무 많이 들었습니다.

그는 평소 친하다고 생각하는 반 아이를 통해 그 엽서를 그녀에게 전하려 했습니다. 그런데 그게 분식점 소녀에게 가지 않고, 학교 일진한테 간 것입니다. 그녀는 이미 일진의 여자 친구였던 것입니다. 다음 날, 그는 학교 뒤로 불려갔습니다. 아무 영문도 몰랐습니다. 아이들이 빙 둘러서서 한 대씩 때리니 그대로 맞았던 겁니다. 처음에는 툭툭 건드리는 것이 장난인 줄 알았습니다. 그러다가 그 강도는 점점 세졌습니다. 아이들은 쉽게 폭력에 동화되어갔습니다. 얼굴을 때리는 놈도, 배를 차는 놈도, 팔꿈치로

등을 내리찍는 놈도 있었습니다. 그렇게 열 대쯤 맞았을 때, 그는 의식을 잃고 쓰러지고 말았습니다.

나중에 정신을 차려 보니, 다른 아이들은 다 돌아가고, 같은 반 그 놈이 옆에 앉아 있었습니다. 녀석의 부축을 받으며 걷는데, 그는 이상하게 그 아이가 밉지 않았습니다. 수돗가에서 거울을 보니 얼굴은 형편없이 일그러져 있고 군데군데 멍이 들어 있었습니다. 아마도 온몸이 그럴 거 같았습니다. 집에 돌아가서 할머니한테 어떻게 얼굴을 보일 수 있을까가 걱정이었습니다. 그는 혼자 집으로 걸어갔습니다. 짐승 같은 검은 산 저편으로 핏빛 노을이 장엄하게 펼쳐져 있었습니다. 그는 자꾸 눈물이 났습니다.

평소보다 늦게 들어온 손자가 그대로 쓰러져 방에 눕자, 할머니는 아무것도 묻지 않았습니다. 손자의 몸은 온통 흙투성이였고, 얼굴은 알아볼 수 없을 정도로 부풀었습니다. 다음 날 그는 아무 일도 없었다는 듯이 아침도 거르고 새벽같이 집을 나섰습니다. 학교에 갈 자신이 없었습니다. 하염없이 들판을 걷고 또 걸었습니다. 서천(西川)까지 걸어갔을 때는 강물에 뛰어들고 싶었습니다. 어디에도 의지할 데가 없다는 것이 이런 심정일 것입니다. 그러나 정작 더 큰 문제는 학교에서 터졌습니다. 할머니가 학교에 들이닥친 것입니다. 할머니는 닥치는 대로 사람을 잡고 이렇게 말했답니다.

"우리 외동손자 강영웅이 때린 놈이 누구여! 어떤 망나니 같은 놈이여. 내 말 듣고 있는 거여? 내 귀한 손자 강영웅이 누가 때린 거여!"

할머니는 결국 교장실까지 가게 되었고, 담임교사에 의해 그 날 폭행에 가담했던 아이들을 모두 찾아낼 수 있었습니다. 물론 일진은 빼고 말입니다. 어느 조직이나 대장은 지키는 게 상식 아니겠습니까. 학교에서도 일을 크게 확대하고 싶지 않아서인지, 사과나 반성문 정도로 마무리 짓고 싶어했습니다.

그러나 할머니한테 그게 용납이 되겠습니까. 할머니는 교장실에 자리를 틀고 앉아서 이렇게 말했습니다.

"순사 불러요, 순사. 내가 저놈들 다 유치장에 처넣는 거 봐야겠다고."

할머니는 이를 부득부득 갈았습니다. 할머니는 수업이 다 끝나고 교사들이 퇴근할 시간이 지나도 교장실에서 한 발짝도 움직이지 않았습니다. 교장은 화장실을 가는 척하며 겨우 학교를 빠져나왔고, 교사들도 슬금슬금 모두 퇴근했습니다. 학교 소사 아저씨만이 할머니를 집에 보내기 위해 애쓸 뿐이었습니다.

그도 그날 집으로 돌아가지 않았습니다. 이 몰골로 친구 집에서 자고 갈 수도 없고, 읍내에 있는 만화방에서 만화나 보다가 눈을 붙일 생각이었습니다. 여기저기 외박 나온 군인들 사이에 어렵사리 끼여 앉아 밤을 새우고, 다음 날 아침 얼굴의 붓기가 조금 가라앉자, 학교로 향했습니다. 고개를 푹 숙인 채, 학교 정

문에 막 들어서는 순간, 학생주임이 다짜고짜 그를 붙잡아 교장
실로 데려갔습니다. 바로 거기엔 할머니가 소파에 가부좌를 틀
고 앉아 있었습니다. 그는 할머니가 불상(佛像)처럼 느껴졌습니
다. 걷잡을 수 없이 눈물이 터져 나왔습니다. 그제야 할머니는
자리에서 일어나 손자에게 다가가 그를 와락 껴안았습니다. 할
머니가 학교에서 밤을 새운 일은 그로부터 학교의 전설이 되었
습니다. 폭행에 가담했던 아이들은 아무런 처벌도 받지 않았지
만, 그 후로 어느 아이든 그를 쉽게 건드리지 못했습니다. 모두
가 할머니의 철야 농성 때문이었습니다.

그 일이 있고 나서, 그는 마음을 잡고 공부를 했고 진학반에
들어갔습니다. 고3이 되고 학력고사가 얼마 남지 않았는데 모의
고사 성적은 오르지 않았습니다. 무조건 외운다고 되는 게 아니
었습니다. 학력고사를 2개월 앞둔 그해 가을, 그의 어머니는 양
구로 오는 배를 탔다가 배가 뒤집히는 바람에 그만 죽고 말았습
니다. 사체도 찾지 못하고 영정 사진 하나만 놓고 장례를 치렀습
니다. 슬픈지 어떤지도 잘 몰랐습니다. 사실 어머니 정을 많이
받지 못했기 때문일 수도 있었습니다. 이제 피붙이는 친할머니
한 사람만 남았습니다.

대학에 갈 것인지 취직을 할 것인지 고민했지만, 그는 그동안
공부한 게 억울해 진학을 결심했습니다. 춘천에 가장 경쟁률이
낮은 학과를 알아보니, 철학과라는 데가 있었습니다. 그는 이 과

에 지원하고 학력고사를 봤습니다. 결과는 합격이었습니다. 죽은 어머니가 모아놓은 돈도 꽤 있었습니다. 할머니 얘기로는 한 2000만 원 정도 되었다고 합니다. 그리하여 그는 대학에, 그것도 무슨 인연인지 모를 철학과라는 데를 다니게 되었습니다.

*

새벽 3시, 강남역에서 행당동까지 손님을 데려다 주고 가는 길입니다. 뒷자리에 앉은 손님은 속이 불편한지 배를 움켜쥐고 끙끙거리더니, 결국 술 찌꺼기를 쏟아냅니다. 어렵사리 길을 물어 아파트까지 들어왔는데, 차를 치우고 가라고 생난리를 부립니다. 그렇지 않으면 돈을 주지 않겠다는데, 어쩔 수 없이 휴지로 토사물을 훔쳐내는 시늉이라도 합니다. 단돈 만 원을 벌기 위해서 이렇게 비굴해져야 하나 싶습니다. 성질대로 하자면, 그놈 면상에 주먹을 날려도 몇 대는 날려야 직성이 풀릴 것 같습니다.

강남역에서 한 건만 더 하고 들어가자고 생각합니다. 택시나 버스를 타고 싶지만, 그마저도 아껴야 합니다. 아니, 자신에게 더욱 인색해지기로 했습니다. 그 어떤 여유나 편리함마저도 사치로 여기기로 했습니다. 서울숲을 지나자 강 건너로 이어진 성수대교 상판이 한눈에 들어옵니다. 다리 아래 강변북로엔 차들이 드문드문 지나갑니다. 늘 막혀 있던 도시의 혈관들이 새벽엔 뻥 뚫립니다. 이런 시간이 있기에 도로는 다시 생기를 되찾습니다. 다리 한가운데까지 걸어왔습니다. 1994년 10월, 당시 그 원혼들이 바람을 타고 달려드는 것 같습니다. 남자는 몸을 웅크립니다. 지뢰밭 같은 생이 갑자기 무섭습니다.

한양 4차 아파트가 눈에 들어옵니다. 군데군데 불이 들어와 있습니다. 밤을 새웠거나 이른 아침을 시작하는 불빛들입니다. 현대백화점 앞까지 걸음을 재촉합니다. 어서 일을 마치고 저 불들이 꺼지기를 기다려, 남자는 옥탑방으로 스며들 겁니다. 굵은 똥을 매달고 매일매일 남편을 기다리는 할머니에게로. 핸드폰이 울립니다. 콜센터에서 전화가 왔습니다. 일산에 들어가는 손님입니다. 압구정중학교 앞을 지나고 있으니, 압구정역까지 뛰어가야 합니다. 조금이라도 늦는다면 걸어서 다리를 건넌 보람이 없습니다. 2만 원이 그냥 날아갑니다. 스프린터와 같이 전력을 다해 달립니다. 마침내 현대백화점 앞까지 왔지만, 아무도 없습니다. 손님은 남자보다 먼저 온 대리기사에게 차를 맡기고 떠났습니다. 숨이 턱밑까지 차오르고, 속에서 뜨거운 게 치밀어 오릅니다. 좆같은 새끼! 욕지거리가 나와도 모든 분노는 자신을 향합니다. 다 스스로 저지른 일이고 또 스스로 내려온 바닥입니다.

다시 콜센터에서 전화가 옵니다. 압구정역 4번 출구 앞입니다. 남자는 또다시 전속력으로 뛰어갑니다. 거기서 닛산 큐브 승용

차를 찾으면 됩니다. 다행히도 흰색 큐브가 서 있습니다. 남자는 뒷문 유리창을 노크합니다. 검은 창 안에서 여자가 어서 운전석으로 가라고 손짓을 합니다. 자리에 앉자마자 목적지를 묻습니다. 여자는 '산본 2차 e-편한세상'이라고 조목조목 말합니다. 그녀가 참 편한 세상에 사는 것처럼 느껴집니다.

차가 서초IC 부근까지 왔을 때, 여자가 묻습니다.

"아저씨는 집이 어디야?"

여자는 이미 혀가 꼬일 대로 꼬여 있습니다.

"제가 집이 어디 있어요? 도로에서 먹고사는 사람이."

남자가 허우룩한 어투로 말합니다.

"그래도 잘 데는 있을 거 아니야?"

여자가 곧장 질러 들어옵니다.

그런데 이 여자는 왜 말을 그냥 놓는지, 남자는 기분이 묘합니다.

"아셔서 뭐하시게요?"

남자가 무지르듯 말합니다.

"참, 꼴에 자존심은 있어서……."

여자가 들릴 듯 말 듯하게 혼잣말을 내뱉습니다.

"네?"

남자는 짐짓 못 들은 척 되묻습니다. 이것이 남자가 상처를 피해가는 방법입니다. 괜히 이 말에 응수했다가 더 기분이 언짢을 수도 있기 때문입니다.

차가 과천으로 진입할 무렵, 여자가 갑자기 차를 멈추라고 합니다. 남자는 차를 길옆에 댑니다. 여자가 문을 열고 내리더니 앞자리로 옮겨 탑니다. 그러곤 남자의 얼굴을 빤히 쳐다봅니다.

"아저씨, 잘생겼네?"

여자가 치근거리며 말합니다.

남자는 일이 어떻게 되어가는지 얼떨떨하기만 합니다. 그는 다시 차를 출발시킵니다. 여자가 갑자기 지갑에서 수표를 꺼냅니다.

"아저씨, 얼마 줄까?"

"아직 목적지까지 오지 않았습니다. 산본까지 만 원에 가신다고 하지 않았습니까?"

"에이…… 내숭은? 남자들이 여자들 이렇게 꼬신다며?"

"저는 모릅니다."

야릇한 상황인데도, 남자는 왠지 몸이 굳습니다.

"주제에……."

"지금 저한테 하신 말씀입니까?"

"그럼 누구한테 말하겠니? 차 세워!"

여자가 소리를 지릅니다.

남자는 다시 갓길에 차를 세우고, 여자를 바라봅니다. 콧날이 오뚝하고 입술이 도톰한 게 예쁘장한 얼굴입니다. 아무래도 이 여자가 자기를 놀리는 것 같습니다. 남자와 여자는 아무 말 없이 서로를 바라봅니다. 그럽시다, 하고 같이 모텔에 들어가도 큰 문제는 없을 겁니다. 그러나 남자는 그러기 싫습니다. 화대를 받고 남자를 상대하는 여자들의 마음이 차가울 수밖에 없는 이유를 알 것 같습니다. 이 여자도 무수한 남자들 중 한 사람에게 복수를 하고 있는 것인지도 모릅니다.

"손님처럼 예쁘신 분이……."

여자는 시큼한 미소를 띕니다. 남자는 다시 액셀러레이터에 발을 올립니다. 여자가 무슨 소리를 해도 차를 멈추지 않을 겁니다. 차가 과천터널로 접어들었습니다. 여자가 갑자기 블라우스를 벗습니다. 풍만한 가슴에 흰 브래지어가 봉긋하게 덮여 있습니다. 여자의 살내가 훅 끼쳐옵니다. 마른 침이 넘어가고, 아랫도리가 뻣뻣해집니다.

차는 산본IC 부근을 지나 아파트가 빼곡하게 들어서 있는 단지들 사이를 헤집고 나갑니다. 이제 거의 목적지에 다 와갑니다. 여자는 브래지어를 벗으려 하다가 문에 기댄 채 그대로 잠들어 있습니다. 누가 본다면, 치한으로 오해받기 십상입니다. 누가 여자 스스로 옷을 벗었다고 생각하겠습니까. 이 편한 세상에 다 왔는데, 여자는 편한 세상으로 들어가고 싶지 않은 모양입니다. 아마도 이 여자는 누군가의 정부일지도 모른다고 생각합니다. 외로운 사랑을 하고 있는 사람일 겁니다. 갑자기 여자가 애처로워

집니다. 차라리 아까 여자가 시키는 대로, 어딘가 들어가 그녀를
꼭 안아줄 것을, 뒤미처 후회가 듭니다.

*

　철학과 동기인 그녀의 집은 정선이었습니다. 나는 입학식을
치르고 여기저기 강의실을 기웃거리며 어정쩡한 시간을 보내고
있었습니다. 겨우내 내린 잔설이 수북하게 쌓여 있는 캠퍼스의
풍경은, 앞으로 닥쳐올 시간만큼이나 낯설고 막막했습니다. 공
강 시간을 때우기 위해 인문관을 하릴없이 배회하다가, 뻐끔담
배나 몇 모금 빨 요량으로 복도 끝 발코니로 향했습니다. 거기서
처음으로 그녀를 만났습니다. 그녀는 보란 듯이 담배를 피워 물
고 있었습니다. 신입생 환영회 때, 진주난봉가를 불렀던, 임선경
이라는 여학생이었습니다. 남자는 낭창낭창한 그녀의 노랫가락
이 왠지 처연하게 느껴졌습니다. 여하튼 간에 남자는 사연이 있
는 듯한 여자의 그늘이 좋았습니다. 같이 담배를 피웠다는 이유
로, 남자는 어디서든 그녀를 먼저 찾았고, 여자도 그의 곁을 떠
나지 않았습니다. 마침내 그들은 이슥한 밤에 서로의 자취방을
오갔고, 들큼한 몸을 탐했습니다.
　대학 3학년 때, 철학과 내 이념서클이 문제가 되어 남자를 비

롯한 몇몇 선배들에게 수배령이 떨어졌을 때, 그는 여자와 몰래 강릉으로 피신했습니다. 시외버스를 타면 불심검문에 걸릴 염려가 있기 때문에, 춘천에서부터 강릉까지 모든 길을 시내버스나 군내버스를 타고 내려갔습니다. 춘천에서 홍천으로, 원주로, 평창으로, 진부로, 강릉으로 이렇게 꼬박 나흘이 걸렸습니다. 늦봄이었습니다. 6월의 산야는 눈부셨지만, 그들은 그 찬란함마저 두려웠습니다. 그러나 대관령에서 시원스럽게 뻗어 내린 산줄기와 저 멀리 광막하게 펼쳐진 동해바다는, 수배라는 이름의 공포를 잊기에 충분했습니다.

여자는 남자 모르게 휴학을 했습니다. 집에서 받은 등록금을 모두 털어 남자를 도와주기 위해서였습니다. 학교든 집이든 어디에도 연락하지 않았습니다. 누군가 도청을 한다면 위치가 노출되기 때문이었습니다. 세상 누구도 그들이 어디에 있는지 알지 못했습니다. 그들은 페인트칠이 다 벗겨진 해변의 허름한 여인숙에 몸을 숨기고, 뒤척이는 파도의 몸부림 소리를 들으며 밤낮으로 서로를 껴안았습니다.

그해 뜨거웠던 6월, 수백만의 사람들이 거리로 거리로 뛰쳐나와 함성을 지를 때, 그들은 후미진 식당에서 라디오에서 신문에서 소문처럼 소식을 들을 수밖에 없었습니다. 그들은 주문진으로 양양으로 더 깊은 곳으로 파고들었고, 그럴수록 세상은 아득했으며, 그들의 시간은 고요했습니다. 그러면서 어딘가 부끄럽고 아프고 외로웠습니다. 물고문에 죽고 최루탄에 맞아 죽는 시간을 등지고, 한없이 외진 곳에 단둘이 서 있다는 사실에. 그들은 황홀하면서도 시린 시간을 함께 보냈습니다. 독재자는 항복한 것처럼 보였고 사람들은 환호했지만, 결국 시간은 우리에게 돌아오지 않았습니다.

더 이상 이렇게 도망 다닐 수만은 없을 것 같았습니다. 그들은 그쯤에서 헤어지기로 했습니다. 여자는 일단 정선으로, 남자는 양구로 돌아갔습니다. 이십 대 젊은이가 결국 가 닿을 곳이 집밖에 더 있겠습니까. 남자가 집에 와 보니, 할머니는 그새 폭삭 늙어버렸습니다. 자꾸 순사들이 찾아온다고, 어디서 몹쓸 짓을 하고 돌아다니느냐고, 할머니는 손자를 붙들고 질금질금 눈물을 보였습니다. 어쩌자고 나라에 죄를 짓고 다니느냐는 것이었습니다. 남자는 아무 말도 할 수 없었습니다. 며칠 후, 남자는 할머니가 보는 앞에서 체포되었습니다. 할머니는 세상이 무너지는 것 같았습니다. 일제시대 때 순사들만 무서운 게 아니었습니다.

남자를 포함해서 현대철학연구회라는 서클의 몇몇 사람들은 모두 강제징집으로 군대에 끌려갔습니다. 검찰은 국가보안법 위반으로 구속하려 했지만, 기소까지는 가지 않았습니다. 모두 잡아넣으려면 못할 것도 없었겠지만, 혁명기를 막 통과한 순간이었기에 가능한 것이었습니다. 남자는 군대에 가고 여자는 다시 복학을 했지만, 그들은 서로 만나지 않았습니다. 남자는 휴가를 나와도 여자를 찾지 않았고, 여자 역시 편지 한 장 보내지 않았습니다. 사랑에도 유통기한이 있다면 이런 것이 아닐까요. 뜨거운 함성도, 시리던 사랑도, 결국은 희미해지고 엷어지는 게 아닐까요.

남자는 전형적인 군대 생활 부적응자로, 한 번의 탈영, 두 번의 자살 소동 끝에 전역을 했습니다. 남한산성이라 불리는 영창에 가서 반병신이 될 만큼 두들겨 맞기도 했고, 그로 인한 정신적 충격에 제초제를 마시고 화장실에서 뒹굴다가 국군병원으로 이송되어 위세척을 하고 기사회생하기도 했습니다. 그렇게 그의 이십 대는 지나갔습니다. 그 시절, 많은 젊은이들이 경험한 일이기도 했지만, 그의 개인사는 어디에도 등재되지 않은 시간이었습니다. 한마디로 더러운 세월을 한스럽게 보낸 셈이지요. 사랑도 명예도 없이 말입니다.

졸업정원제가 폐지된 덕택에 졸업이야 쉽게 되었지만, 남자는 별 인연도 없이 서울에 있는 대학원에 진학하게 되었습니다. 여자는 들리는 소문에 의하면, 집안이 망해 졸업도 하지 못하고 학교를 떠났다고 합니다. 아버지는 소값 폭락으로 축협에서 빌린 대출금을 갚지 못해 농약을 마시고 자살했고, 어머니도 화병이 나서 곧 세상을 떴답니다. 여섯이나 되는 딸들은 모두 뿔뿔이 흩어졌고요. 세월이 야속해도, 산 사람은 그래도 살기 마련이고, 죽은 사람은 말이 없는 법이지요. 아무리 거대한 역사도 이 말한 마디면 되지 않겠습니까.

*

　할머니는 양구의 허름한 집과 땅을 정리해서 서울로 올라왔습니다. 당시 할머니는 나이 탓에 몸 여기저기 노환이 와 있었습니다. 누군가 보살펴주지 않으면 살 수가 없을 것 같았습니다. 할머니에게는 손자 밥을 해주러 올라간다는 명분이 있었지만, 평생 나고 자란 양구를 떠나기는 여간 힘든 게 아니었을 겁니다. 막상 서울에 집을 구하려 하니 집값이 만만치 않았습니다. 그래서 결국 얻게 된 것이 남자가 다니는 학교 근처의 옥탑방이었습니다. 폐스티로폼에 흙을 담아 상추, 고추, 깻잎, 파 등을 심어 채마밭처럼 가꿀 수도 있었습니다. 적어도 농촌에서 할머니가 하던 작은 소일을 도시에서도 할 수 있다는 게 매력적으로 다가왔습니다. 그러나 공기 좋은 곳을 떠나니 할머니의 건강이 점점 나빠지는 것 같았습니다. 골목골목 복잡한 길에 잘못 나섰다가 길을 잃기도 십상일 것이었습니다. 할머니는 집 앞 슈퍼마켓 이외엔 아무 데도 다니지 않았습니다.

　도시의 매연을 마시며 옥탑에 산 지 2년째 되던 해 어느 겨울, 유난히도 춥던 1월 어느 날 새벽에 화장실에서 나오던 할머니는

27

그 자리에서 쓰러졌습니다. 구급차를 불러 급히 병원에 갔지만, 돌아간 입은 제자리를 찾지 못했고, 왼쪽 몸은 결국 쓸 수 없게 되었습니다. 남자가 학원에서 아르바이트를 해서 벌어 오는 돈으로 겨우 먹고사는 형편에 별다른 재활치료도 받지 못했습니다. 남자가 석사과정을 끝내고 박사과정에 들어가려던 차였습니다. 그 무렵 그는, 제법 공부하는 데 맛이 들어 있었습니다. 개념은 명쾌했으며, 모든 이론은 아름답게 느껴졌습니다. 할머니가 쓰러져 자리에 누웠어도, 공부를 계속할 수 있다면 이보다 더한 악조건도 견딜 수 있을 것 같았습니다. 할머니 병 수발에, 대학원 공부에, 아르바이트에, 그 어떤 것도 소홀하지 않았습니다. 할머니가 곁에 있는 게 좋았습니다. 지친 몸으로 옥탑에 기어들어도, 할머니를 먹이고 씻기는 일에 소홀하지 않았습니다. 마음을 쏟을 대상이 있다는 것이, 차라리 다행이라고 생각했습니다.

과정을 마치면 강의를 하고, 강의를 하다 보면 언젠가 교수가 되는 줄 알았습니다. 아니, 그렇지 않더라도 책을 읽고 글을 쓸 수 있다면 그것으로 족하다 싶었습니다. 그러나 세상은 이처럼 호락호락한 것이 아니었고, 욕망 또한 언제나 그 자리에 머물러 있는 것이 아니었습니다. 과정을 마쳤지만, 그 흔한 교양철학 과목 하나 맡기가 쉽지 않았습니다. 그 무렵, 모교의 철학과는 이미 폐과가 되어 있었습니다. 바야흐로, '문사철'의 시대가 거한 것이었습니다. 길어진 가방끈이 목을 조일 것이라는 사실을 알지 못한 것입니다. 매 학기 한두 과목 있을까 말까 한 강의 자리를 기대하는 것이 점점 비참하게 느껴질 무렵, 남자는 자신이 얼마나 세상살이에 순진했던가를 뼈저리게 깨우쳤으나, 이미 때는 늦으리, 였습니다. 가방끈이 길어지자 틀에 박힌 논술 강의도 시들해졌습니다. 사교육 시장에서 밥벌이를 하기 위해 공부한 것은 아니었습니다. 8년여의 학원 생활로 밥 먹고 공부했지만, 그것은 하면 할수록 영혼을 파는 일처럼 느껴졌습니다. 학원 간판만 봐도 전단지만 봐도 구역질이 날 정도였습니다. 결국 다다른 생각은, 머리를 쓰지 않는 일을 하고 싶다, 였습니다. 그 우매하기 짝이 없었던 시간을 향해 복수하는 심정으로 그가 택한 것이 대리운전이었습니다. 학원 일을 오래한 덕택에 이미 올빼미가 되어 있었고, 2종 보통면허만 있으면 누구나 할 수 있는 일이니 말입니다. 박사가 대리운전을 한다면 특종감이겠지만, 남자는 누구처럼 '파리의 택시 운전사'가 아니었습니다. 남자도 한때, 이념의 박해로 도망을 갔던 적이 있었습니다만, 거긴 세느강이 흐르는 파리가 아니었습니다. 시간은 누구에게나 공평한 것이 아니었습니다.

　세월의 습곡은 또 다른 단층과 이어져 있나 봅니다. 남자는 봄만 되면 언제나 그녀와 함께 버스를 타고 대관령 굽이굽이를 돌아 강릉으로 내려갔던 그날을 생각합니다. 그 순간을 떠올리면 가슴속에 횅한 바람이 불어옵니다. 남자가 여자를 다시 만나게 된 건, 그가 대리운전을 시작하고 1년쯤 지난 어느 봄이었습니다. 신사역 부근에서 뚝섬까지 대리를 갔다 오던 길이었습니다. 남자는 옥탑방 근처에 온 김에 잠깐 올라가서 할머니 얼굴이라도 보고 다시 나갈까 하다가, 뒤따라오는 기사가 괜히 기다릴 것 같아 그냥 되돌아 강남으로 넘어온 것이었습니다.

콜센터가 아닌 낯선 번호가 휴대폰에 뜹니다. 개인 명함을 파서 압구정역과 신사역 주변에 뿌렸기 때문입니다. 룸살롱에서 부르는 대리운전입니다. 거리도 가까웠습니다. 검은 양복을 입은 중년의 남자가, 미니스커트를 입은 두 여인의 배웅을 받으며 룸살롱 입구로 걸어 나오고 있었습니다. 앞에는 렉서스가 대기하고 있었습니다. 대리운전입니다, 라고 말하는 순간, 남자는 한 여인에게 시선이 멈췄습니다. 짙은 화장을 했지만, 그 사람의 얼굴조차 잊을 수는 없는 법입니다. 마담이라고 불리는 여자는 대학 동기 임선경이었습니다. 눈이 마주치자 여자도 화들짝 놀라는 기색이 역력했습니다. 여자의 눈은 옛날보다 좀 더 커졌고, 없었던 쌍꺼풀이 굵은 라인을 드리우고 있었습니다. 키를 받아든 남자가 운전석에 앉자, 머리가 살짝 벗어진 중년의 사내와 마담이 나란히 뒷자리에 앉았습니다.

실장처럼 보이는 여자가 그에게 허리를 숙이자, 남자는 차를 움직이기 시작했습니다. 중년 사내가 임페리얼팰리스 호텔로 가자고 말했습니다. 남자는 룸미러로 여자를 흘끔흘끔 바라보았습니다. 다소곳한 앉음새는 그대로지만 창밖을 바라보는 옆모습이 맵차게 느껴졌습니다. 이따금 사내가 그녀에게 귓속말을 건넸고, 그럴 때마다 그녀는 희미한 미소를 띠었다 얼른 지우곤 했습니다. 잠시 후, 차가 호텔 정문에 섰습니다. 도어맨들이 다가와 문을 열어줍니다. 차는 발레파킹이 될 것이고, 남자는 대리비를 받고 돌아가면 됩니다. 마담이 먼저 차에서 내렸습니다. 중년 사내는 대리비에 몇만 원의 팁을 얹어 주었습니다. 돈벌이로는 운이 좋은 날이었습니다. 그녀는 의식적으로 남자의 시선을 피했습니다. 중년 사내가 숄을 드리운 마담의 어깨를 감싸고 호텔로 들어가고 있었습니다.

*

그날 이후, 마담은 옛 애인에 대한 우정 때문인지, 남자에게 대리운전 전화를 계속 주고 있습니다. 주중에 저녁 8시부터 새벽 4시까지 일하고 10만 원 정도 손에 쥘 수 있는 것도 따지고 보면 다 그 친구 덕인 셈입니다.

10월 말이 되자, 새벽바람이 제법 선뜩선뜩합니다. 남자는 이제 그만 집으로 돌아갈까 생각합니다. 이 도시의 외진 옥상에서, 이제 하늘로 올라갈 날만을 기다리며 온종일 누워 있는 할머니를 생각하면, 운명이라는 놈의 간악함을 새삼 떠올리게 됩니다. 할머니는 오늘도 똥오줌에 푹 절은 기저귀를 차고, 할아버지의 이름을 부르고 있을 겁니다. 쓸데없는 일에 시간을 탕진한 채 생에 먹칠을 하고 있는 남자는, 다 망해버린 가족사가 조금도 억울하지 않습니다. 이제 할머니가 세상을 떠나고 나면 남자는 아무런 미련이 없을 것 같습니다. 어쨌든 남자는 이름처럼 최후의 영웅이 될 겁니다.

마담에게 전화가 옵니다. 나예요, 라고 말하는 그녀의 목소리는 낮고 차분합니다. 남자는 갑자기 가슴이 저릿해옵니다. 양평에 가야 해요, 그녀가 덧붙여 말합니다. 새벽 3시가 훌쩍 넘어버린 시간입니다. 남자는 전화를 끊자마자 룸살롱을 향해 뛰어갑니다. 검은색 체어맨 안에 여자가 보라색 숄을 두른 채 앉아 있습니다. 운전석에 앉자마자 남자는 차를 움직입니다. 둘은 한동안 아무 말이 없습니다. 침묵은 여자 쪽에서 먼저 깼습니다.

"늦은 시간에 미안해요."

여자가 들릴 듯 말 듯한 목소리로 말합니다. 술이 과했는지 혀가 살짝 꼬인 듯 느껴집니다. 남자는 아무 말도 하지 않습니다.

"뭐라고 말 좀 해요."

여자가 재우쳐 말을 걸어옵니다.

"웬 존댓말? 우리 친구 아니었나?"

남자가 그제야 입을 엽니다.

이번에는 여자가 아무 말도 하지 않습니다.

차가 하남 만남의광장을 지날 무렵, 여자가 말합니다.

"그동안 어떻게 살았어?"

남자는 기가 막힙니다. 그 시간을 뭐라 말할 도리가 없습니다. 울컥할 것만 같은 감정을 애써 억누릅니다. 여자가 다시 말을 잇습니다.

"그래, 몇 마디로 설명할 수 없겠지."

"못 보던 사이에 말이 참 많아졌군."

남자가 짐짓 퉁명스러운 어투로 말합니다. 그러자 여자가 움찔 놀랍니다. 잠시 둘 사이에 침묵이 흐릅니다. 그러나 서로의 가슴을 무겁게 누르는 서글픈 인연의 무게를 모르지 않습니다. 차라리 아무 말도 하지 않고 마음에서 마음으로 수수되는 느낌만으로 대화를 하는 게 더 나을지 모릅니다.

"대관령을 함께 넘던 그해 봄을 난……."

남자는 겨우 잡고 있었던 감정의 끈을 그만 놓쳐버리고 말았습니다. 눈물이 걷잡을 수 없이 흐릅니다. 여자는 갑작스러운 남자의 감정 변화에 당황해 어쩔 줄을 모릅니다.

"운전 잘해. 사고 나겠어. 울면서 어떻게 운전을 해?"

여자가 억지스레 목소리를 높이지만, 갑자기 힘을 잃어버립니다. 남한강도 가로등 불빛에 어룽져 있습니다. 강물처럼 그들의 인생은 너무도 멀리 떠밀려왔습니다. 살아온 것인지, 순간순간을 살아낸 것인지 알 수가 없습니다. 서로의 가정사에 대해서도 궁금하지만 무엇부터 물어야 할지 모르겠습니다. 혹시 그 말이 아픈 데를 건드리는 것은 아닐까 하는 생각에 아무 말도 하지 못합니다.

“양평, 어디까지 가는 거야?”

남자가 묻습니다.

“용문산 근처, 별장. 내가 일러줄게.”

둘은 어디서부터 이야기를 풀어가야 할지 모르겠습니다. 룸살롱에 찾아가서 술 한잔을 하며 이런저런 얘기를 나눠야겠다고 스스로 몇 번을 다짐했건만, 여태껏 그녀가 대리운전을 부를 때마다 달려간 게 전부였습니다. 남자는 우선 자신의 처지가 부끄러웠고, 그녀의 힘겨웠던 시간을 듣고 싶지 않았습니다.

남자는 갑자기 재규어 XJ를 몰고 갔던 별장이 생각납니다. 그때도 여자가 대리운전을 불러서 간 것이었습니다. 지금 여자가 그 재수 없는 부르주아 자식에게 가는지도 모른다는 생각이 듭니다. 혹시 그녀가 그 남자의 정부가 아닐까 하는 생각이 들기도 합니다.

“재규어한테 가는 거야?”

남자가 불쑥 묻습니다.

“……? 돗자리 깔아도 되겠어.”

여자가 머뭇거리다가 애써 태연한 척 말합니다.

남자는 가슴이 뭉개져버리는 것 같습니다. 여자는 분명 20년 저쪽에선 애인이었습니다. 그때는 둘이 함께 있으면 세상 그 무엇도 무섭지 않았습니다. 함성도, 열망도, 두려움도 모두 뒤로하고, 그들이 만났던 찬란했던 그해 봄날처럼 말입니다.

이번에는 여자가 웁니다. 순정을 앗아간 세월이 원망스러운 건지도 모릅니다. 한때 사랑했던 사람이 이처럼 초라한 행색의 대리운전 기사가 되어 있는 게 밉게만 느껴집니다. 처음으로 남자를 알게 해줬던 그이기에 더 그렇습니다. 대학을 떠나서, 결국 지하를 전전하는 삶을 살다 보니, 자신의 몸 위에 올라갔던 사내들이 누군지도 기억하지 못합니다.

남자는 얼마 전에 왔던 길을 그대로 기억하고 있습니다. 여자에게 한 번도 묻지 않고, 재규어의 별장에 닿습니다. 남자가 차에서 내립니다. 뒷자리에 여자는 아무 말이 없습니다. 이윽고 남자는 산 아래 깊은 어둠 속으로 잠기어갑니다.

"야아!"

저 멀리서 여자의 비명 같은 소리가 들려옵니다. 남자를 부르는 소리인 것 같습니다.

"야아!"

이번에는 더 크게 들려옵니다. 절규에 가까운 소리입니다. 시퍼렇게 멍든 소리입니다.

남자는 걸음을 멈추고, 다시 그 비명 소리를 찾아 되짚어 길을

오릅니다. 저기, 꽃 시절의 뒤안길에서 한 여인이 망부석처럼 서

있다고. 아득한 불빛만큼이나 멀고 먼 에움길이었습니다.

안개주의보

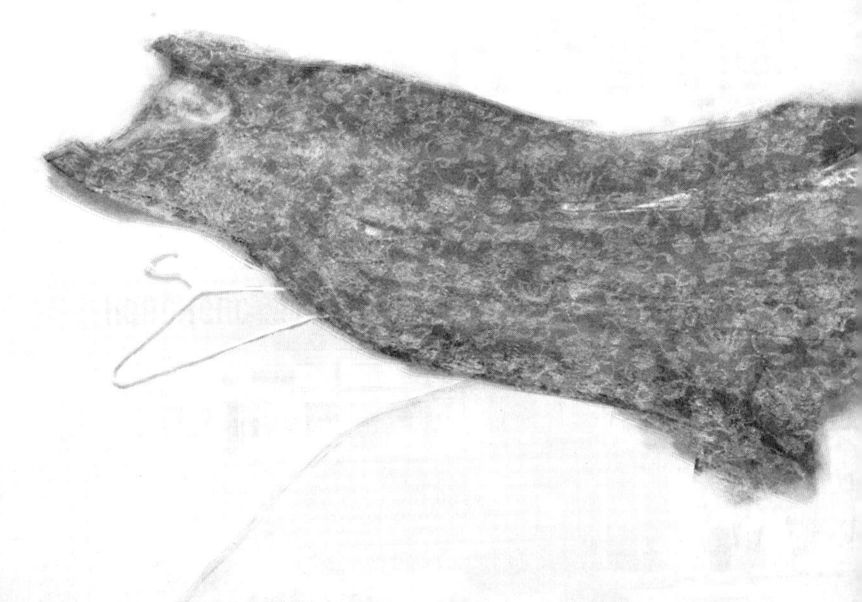

담배 연기에 호흡마저 곤란할 지경이다. 그러나 음악 소리는 높아지고 여자들도 엉덩이를 신나게 흔들어댄다. 옆에 앉은 아가씨의 가슴을 조몰락거리던 J도, 실장의 끊임없는 얘기에 지쳐가던 나도, 노래하는 Y를 바라보지 않을 수 없다. Y의 손이 춤추는 여자의 치마 속으로 들어가 엉덩이를 쓰다듬고 있다. 내 파트너조차 따분했는지, 무대로 나가 춤을 추고 있다. Y는 아가씨를 양쪽으로 끼고, 목소리를 과장되게 꺾어가며 〈고향역〉을 부른다.

달려라~ 고향 열차~ 설레는 가슴 안고~

나는 조금의 설렘도 없이 앞에 놓인 맥주잔만 하릴없이 잡았다 놓았다 할 뿐이다. 〈톰과 제리〉에 나오는 고양이처럼 생긴 실장은 뭔가를 계속 재깔거리고 있다. 나는 꿰다 박은 보릿자루같이 앉아 있는 것도 처량해 보일 것 같아, 무심하게 그 말을 듣고 있다.

“아세요? 얼마 전 살인사건 말예요.”

실장이 뜨거운 입김을 내뿜으며 귀엣말을 건넨다. 그녀는 고양이처럼 눈가를 찌푸리며 자못 끔찍하다는 표정을 짓는다.

“아이, 뉴스에도 나왔잖아요. 여고생…….”

며칠 전, 내가 사는 아파트에서 얼마 떨어지지 않은 곳에서 일어난 일이다. 거기는 아침저녁으로 짙은 해무가 고여드는 곳이다. 산허리를 툭 베어내고 도로를 만들었는데, 언제나 해풍은 도로 옆 가파른 절벽 아래로 안개를 부려놓는다. 희미하게 불을 밝히고 서 있는 가로등은 이곳이 도로임을 알려주고 있을 뿐, 실제로 안개의 점성을 이기지는 못한다. 사건은 그 자리에서 일어난 것이다. TV에서는, 어떤 사내가 자율학습을 마치고 귀가하는 여고생에게 휴대폰을 빌려달라고 했고, 여학생이 놀라 비명을 지르며 달아나자 우발적으로 칼로 복부를 찔렀다고 했다. 여학생은 그대로 쓰러졌고, 그 길을 지나쳐 가던 택시기사가 그녀를 발견하고 병원으로 옮겼다고 사건 개요를 마무리했다. 그러나 사실 이 보도는 허술하기 짝이 없었다. 칼을 들고 있었다는 사실 자체가 의도적인 것이 아닌가. 범인은 병원 주변을 어슬렁거리다가, 이를 이상하게 여긴 경찰에 덜미를 잡혔다. 그는 이미 성폭력 전과가 있는 사람이었다.

아내는 그 사건이 있던 날, 밤늦게 음식쓰레기를 버리러 갔다가, 어떤 아줌마가 넋이 나간 채 비명을 지르며 아파트 단지로 들어오는 것을 봤다고 했다. 그 여학생의 집이 바로 옆 동 아파트였던 것이다. 나는 아내의 말을 한 귀로 흘려들으며 욕실에 들어갔다. 잠시 후, 샤워를 마치고 수건을 목에 걸친 채 거실로 나오던 찰나였다.

"쳐 죽일 놈!"

아내가 저주의 말을 내뱉었다. 나는 그 말이 오히려 나를 향하는 것 같아 섬뜩함을 느꼈다.

"저런 새끼들은 다 거세시켜버려야 돼!"

아내가 발악하듯 말했다.

나는 왠지 가운데 매달린 시커먼 물건이 부끄러웠다.

"옷 좀 입어. 아이, 짐승 같은 놈들!"

순간, 정신이 아찔했다.

"뭐야, 좀 심하잖아. 왜 그래? 내가 강간범이야?"

아내는 소파에서 일어나 딸아이의 방으로 들어갔다. 잠시 후, 낮게 흐느끼는 소리가 들렸다. 딸 소희는 지금 여기 없다. 정신병원 폐쇄병동에 가 있다. 갑자기 팔이 가렵다. 소희야, 너도 지금 피가 나도록 팔을 긁고 있니.

J가 이제 노래 그만하고 얘기 좀 합시다, 라고 말하며 자리를 정돈한다.

"아, 체력이 달려서. 너희들은 안 힘드냐? 한창때니까. 부럽다, 부러워. 이따가 밤일도 잘할 것 같은데?"

말이 많은 Y가 한바탕 너스레를 떤다. 그러자 여자들이 그럼요, 하며 옥타브를 높여 웃는다. 어느새 옆자리로 돌아온 아가씨는 팔짱을 끼고 내 팔을 자신의 가슴에 지그시 누른다.

실장이 다시 아까 얘기를 꺼낸다.

"근데, 죽은 고3짜리 여자애 말예요. 보도방 아가씨였다는 거 알아요? 아르바이트를 하고 집으로 돌아가던 길이었대요. 그 애는 2차를 나가지 않는데, 그날따라 남자가 자꾸 나가자고 치근거렸대요. 여자애가 계속 싫다고 하니까, 봉고차로 그 애 뒤를 졸졸 따라가다가, 거기서 그런 일을 저지른 거라네요."

"그래? 며칠 전에 죽은 여자아이?"

J가 이제야 뭔 얘긴지 알겠다는 듯이 맞장구를 친다.

"아이, 참. 세상 무서워서 못 살겠어요."

실장이 상투적인 결론을 내린다.

나는 순간, 참을 수 없는 감정을 터뜨린다.

"무슨 소리야? 씨발. 미술학원에 갔다 오던 길이었대. 미대 입시생이었다고. 알겠어?"

내가 고함을 치듯 말한다. 그러자 Y가 중재에 나선다.

"왜 그래? 분위기 깨지게. 그게 어쨌든 무슨 상관이야?"

J도 다 같이 한 잔 하자며 상황을 정리한다. 괜히 실장과 나만

머쓱해진다.

"어쨌든 말이 나온 김에 한마디 더 하자. 그래, 그 아이와 우리가 무슨 상관이야. 하지만 억울하게 죽은 아이, 두 번 죽이는 말은 하지 말아야지. 도우미는 무슨 도우미. 한창 꽃필 나이에 죽은 것도 억울한데."

울컥하고 뭔가 치밀어 오를 것 같다. 내 상황을 알고 있는 Y와 J는 짐짓 무거운 표정을 짓는다. 2차 분위기를 망친 것이 분명하다. 사실 여기 앉아 있는 여자들도 스물을 갓 넘긴 애송이들이 아닌가. 매춘이니까 강간은 아니지만, 영계들과 자고 싶어 안달이 난 중년 남자들이 모두 공범이 아닐까. 갈수록 생각은 고리타분해진다. 실장도 기분이 상했는지, 맥주를 한 잔 따라서 단숨에 마셔버린다.

나 역시, 여기 앉아 젊은 여자들과 술을 먹을 처지가 아니다. 소희를 생각하면 아내의 말처럼 수놈들 물건을 다 짓이겨버리고 싶은 심정이다. 소희가 일주일 후면, 개방병동으로 나온다. 상태가 조금 좋아졌다는 얘기일 것이다.

아이가 중학생이 되던 그해 4월, 벚꽃이 천지에 환하게 터져 오르던 어느 날이었다. 학원에서 돌아와야 할 아이가 저녁 7시가 넘도록 돌아오지 않았다. 학원에 전화를 해봐도, 이미 4시경에 수업을 마쳤다고 했다. 친구 집에 갔을 수도 있고, 아니면 시내에서 또래 아이들끼리 돌아다닐 수도 있으리라 생각했다. 하지만 해가 지기 전에 집으로 돌아와야 한다는 약속을 어긴 적이 없는 아이였기에, 조금씩 걱정이 되기 시작했다. 핸드폰도 계속 꺼져 있는 상태였다. 할 수 없이 밖으로 나와 딸아이의 이름을 부르며 한참을 돌아다녔다. 시간은 어느덧 9시를 훌쩍 넘기고 있었다. 입술이 바짝바짝 마르고 목소리의 힘도 떨어졌다. 작은 잘잘못도 눈감아주지 못하고 크게 야단쳤던 일들이 일시에 떠올라, 미안함을 넘어서 죄책감이 밀려들었다.

그렇게 10시가 넘었을 때, 핸드폰이 울렸고 비명 같은 목소리가 송곳처럼 귀를 파고들었다.

"소희가, 소희가……."

아내는 말을 잇지 못했다.

"벼, 병원으로 가고 있어. 빠, 빨리……."

나는 당연히 집 근처에 있는 의료원이려니 생각하고 전화를 끊자마자 그곳으로 달려갔다. 병원에 도착하자 응급센터를 찾아갔지만, 아이는 이미 다른 병동으로 옮겨진 후였다. 소희는 산부인과 병동에서 응급처치를 받고 있다고 했다. 다른 사람들의 일이라고만 생각했고, 뉴스에서나 보게 되는 것이라 여겼던 일이, 나에게 닥친 것이었다.

응급처치를 마치고 나온 의사는, 현재 아이는 안정되어 있고 이미 증거는 많이 채취가 됐다고 설명했다. 아이의 몸과 속옷에서 놈의 정액과 치모가 발견됐다고 했다. 다리에 힘이 풀리고 몸이 부르르 떨렸다. 나는 그 자리에 주저앉고 말았다. 저기 복도 끝에 한 여자가 웅크리고 앉아 어깨를 들썩이고 있었다. 나에겐 아내에게 다가갈 힘도, 그녀의 등을 쓸어줄 여유도 없었다. 아이는 안정제를 맞고 잠을 자고 있다고 했다. 들어가 아이의 얼굴을 볼 용기가 생기지 않았다. 무섭고 두려웠다. 의사는 또 이렇게 덧붙였다.

"팔에 몇 군데, 라이터 불 같은 것에 덴 흔적이 있습니다. 아마도 마취를 깨게 하기 위해서 그런 것 같은데……."

의사도 더 말을 잇지 않았다.

"아, 이러지 말고. 자, 자, 내가 딤플 한 병 쏜다. 딱 한 병만 더 먹고 가자."

J가 제법 호기를 부려가며 말한다.

"아이, 그만 마시고 빨리 나가요, 오빠."

얌전하게 앉아 있던 내 파트너가 J의 제안을 가로막는다. 그러자 Y가 나선다.

"아, 그러면 당신만 나가세요. 하하하."

Y가 냉소적인 웃음을 던진다. 아무리 우연히 파트너가 된 것이지만, 내 파트너에게 빈정거리는 Y의 말본새가 기분 나쁘다.

"그래, 그럼. 딱 한 병만 더 먹자."

내가 마지막으로 상황을 정리한다.

"오케이! 그럼, 한 잔씩 맛있게 말아봐라."

J가 자기 파트너에게 눈치를 주며 말한다. 그녀는 널려 있는 잔을 일렬로 놓더니, 능숙하게 맥주를 채우고 스트레이트 잔에 양주를 따라 그 위에 올려놓는다.

"자, 누가 섞을래?"

J가 과장된 몸짓으로 설레발을 치며 말한다.

그만 술자리를 정리하자고 말했다가 괜스레 핀잔만 받은 내 파트너가 응분의 대가를 치르겠다는 듯이 자발적으로 나선다. 그녀는 갑자기 블라우스 단추를 풀더니 브래지어를 위로 들어 올린다. 그리고선, 스트레이트 잔을 유두 끝으로 친다. 스트레이트 잔들이 일제히 맥주잔 속으로 빠져 들어간다. 일순 와, 하고 함성이 터져 오른다.

"자, 원샷이다."

Y가 잔을 치켜 올리며 말한다.

우리들은 모두 각자 잔을 잡고 한꺼번에 들이켠다. 몇몇은 시키지도 않았는데, 잔을 거꾸로 들어 머리 위로 올린다. 술자리의 이런 형식적 문법이 진부하기도 하련만, 사람들은 약속이나 한 것처럼 모두 이런 일들을 반복적으로 따라 한다.

이제 분위기는 확 바뀌었고, 이를 눈치챈 실장이 다시 들어와 여자아이들에게 노래를 부르라며 분위기를 띄우려고 한다. 내

파트너가 일어나 화면 앞으로 나간다.

자기야 사랑인 걸 정말 몰랐니~ 자기야 행복인 걸 이제 알겠니~ 제법 간드러진 목소리다. 여자들도 웨이브를 섞어 성적인 몸짓을 만들어낸다. Y가 튀어나가 아무나 잡히는 대로 여자들의 치마를 걷어 올린다. 여자들은 순간 가식적인 비명을 질러대지만, 더 이상 부끄러울 것이 없다는 듯이, 엉덩이를 내빼고 빙빙 원을 그린다. Y의 파트너는 연두색, J의 파트너는 핑크색, 내 파트너는 검은색 팬티다.

"야, 팬티도 벗어버려."

J가 흥분을 참지 못하겠다는 듯이 소리를 지른다. 여자들은 벗는 시늉을 할 뿐, 벗지는 않는다. 트로트가 끝나고 이제 발라드가 이어진다. 누군가 내 애창곡을 대신 눌렀나 보다.

그댄 너무 나빠요~ 그대는 착해서 나빠요~

서로가 짝을 지어 앞으로 나온다. 블루스를 춘다기보다는 여자들의 몸을 탐하는 시간일 뿐이다. J의 손이 여자의 가슴 속에 꽂히고, Y의 손도 치마 속을 이리저리 돌아다니고 있다. 내 파트너는 나를 뒤에서 껴안고 서 있다. 몽글몽글하고 따뜻한 느낌이 오롯이 전해진다. 아, 팔이 가렵다, 팔을 긁어야 하는데, 노래는 계속된다. 팔이 가렵다, 팔이.

"왜 또 그래? 지금 그런 생각이 들어? 여하튼 수컷들이란."

잠자리에서 몸을 껴안는 시늉만 해도 아내는 발끈했다. 딸아이를 이렇게 만든 것이 세상의 모든 남자라는 듯이.

"괴롭기는 나도 마찬가지야. 아빠까지도 공범으로 만들어야 속이 시원하겠어?"

나는 대거리를 하지 않을 수 없다. 아내가 한풀 꺾인 목소리로 말했다.

"그런 생각이 들 때마다 병원에 있는 소희를 생각해봐."

아이가 병원에 들어간 지 4개월이 넘었지만, 아직도 성욕 자체를 금기시하는 아내가 이해가 되지 않았다. 그러나 딸아이를 생각하면 나 역시 무슨 욕망이 생기겠는가.

"알아, 안다고. 남자라는 이유로 너무 몰아세우지 마."

그러나 수시로 찾아드는 본능적인 욕망은 어쩔 수가 없다. 술집에서 2차를 가든, 안마방을 가든, 대딸방을 가든, 우선 나도 모르게 솟구친 불은 꺼야만 했다. 소희에게 성폭행을 행사한 그놈처럼, 나도 어리디어린 영계를 한 명 사서 밤새 그녀를 괴롭히고 싶다. 두 번, 세 번, 네 번, 아니 열 번이라도 밤새도록 하고 싶다. 세상은 문화라는 허위의 관념을 세워놓고, 욕망을 우회하는 갖가지 방법을 고안해낸 것이 아닐까. 그럼 나는 내 딸을 범한 그놈을 어떻게 생각할 수 있을까. 남자든 여자든 누구에게나 강간의 욕망은 있다. 나도 만원 지하철에서 어느 중년 부인에게 성추행을 당한 적이 있다. 그녀는 대담하게도 내 바지 지퍼를 내리고 손을 집어넣었다. 그러나 나는 그 여자를 신고하지 않았다. 왜, 나에겐 강간당하고 싶은 욕망도 있으니까. 영계를 사서 잠을 자는 나와, 여학생을 강제로 자기 집으로 끌고 들어가 폭행한 그놈과는 어떤 차이가 있는 것일까. 하나는 자의적 선택에 의해서 이루어진 매매춘, 다른 하나는 타의에 의해 강제로 이루어진 성행위. 오히려 찍어야 할 방점은 자의냐 타의냐가 아니라, 욕망 그 자체가 아닐까. 내 딸이 성폭행을 당해 병원에 갇혀 있는데 이런 생각을 하고 있는 나는 아빠일까, 남자일까, 동물일까.

노래도 끝나고 마지막 한 병의 양주도 바닥이 난다. J가 2차를 전제로 실장에게 계산서를 요구한다. 사실 오늘 술자리는 나를 위로하기 위해 친구들이 만든 자리이긴 하지만 모든 비용을 그들에게 물릴 수는 없다. n분의 1로 하는 것은 이 바닥의 정석이다. 여자들이 밖으로 나간다.

"오빠들, 우리는 밖에서 옷 갈아입고 기다릴게요."

Y의 파트너가 대표로 말한다.

잠시 후, 실장이 계산서를 들고 들어온다. 실장은 각각 항목별로 금액을 말한다. 그러나 아무것도 귀에 들어오지 않는다.

"총 167만 원인데, 딱 150으로 자를게요. 세 분이시니까 각각 50씩 긁겠습니다."

실장의 결론은 이것이다.

“아, 싸다 싸. 실장님 멋져부러!”

J가 그녀를 치켜세운다.

“싸는 것은 언니들 거시기에 하세요.”

실장도 기분이 좋은지 자극적인 농담을 던진다. 우리는 일제히 웃으며 밖으로 나온다.

한 달에도 몇 번씩 이런 식으로 여자를 사다가는 곧 집에 빨간 딱지가 붙게 될지도 모른다. 손을 자르면 발로 한다는 도박도, 결국 욕망의 힘이 얼마나 강한지 말해주고 있는 것이다. 망해가는 줄 알면서도 인간은 그 불길로 뛰어든다. 그 뒤에 어떤 파국이 기다리고 있는지 너무도 잘 알고 있음에도 불구하고.

여고생을 죽인 범인은 우리 아파트 단지 옆, 주택가에 사는 놈이라고 했다. 2년 전, 이미 아동 성폭행 혐의로 복역을 하고 나온 전과자다. 최근 전자발찌를 채우는 것이 법으로 만들어졌지만 과거 동일 전과자에 대해서는 소급해서 적용할 수가 없다는 것이 법리였다. 대신 관할 파출소에서 하루에 한 번씩 순찰하는 것이 전부였다. 그를 감시하는 방법으로는 너무도 허술했다.

여고생은 사건 현장에서 죽은 것이 아니었다. 택시 기사에게 발견되어 병원으로 옮겨지고 간단한 봉합 수술이 이루어진 후, 의식이 돌아온 아이는 사건 경위를 이렇게 말했다고 한다. 남자가 갑자기 칼을 들이대며 가까운 곳에 세워둔 봉고차로 자기를 끌고 가려 했고, 이에 미친 듯이 비명을 지르자, 겁에 질린 남자가 칼로 복부를 찔렀다. 방송에서 보도된 것처럼 핸드폰을 빌려 달라고 치근거리며 접근한 것이 아니라, 처음부터 강제적으로 납치하려 했던 것이다. 말을 마친 여학생은 다음 날 다시 의식을 잃고 말았다. 아이는 급하게 인근 대학병원으로 이송됐다. 그러나 검사 도중 숨을 거두고 말았다. 내부 장기에 큰 손상이 있어 배 속에서 출혈이 계속 일어나고 있다는 사실을 아무도 몰랐던 것이다. 성폭행이 다시 의료사고로 이어지는 순간이었다. 모두 아내가 알려준 것이다. 충분히 살 수도 있었는데, 그렇게 세상을 떠났다고 생각하니, 안타까운 마음이 들었다. 환자 가족들이 병원 앞에서 시위를 벌이며 딸의 죽음에 대해 책임질 것을 요구했지만, 병원 측은 이 정도의 의료사고는 아무것도 아니라는 듯 조금의 성의도 보이지 않았다.

아가씨들이 모두 평상복으로 갈아입고 입구에 서 있다. 술집 여자들은 자신들 이외의 여자들을 민간인이라고 부른다. 이 말을 처음 들었을 때, 나는 말할 수 없는 비애감이 들었다. 지하세계에서 나온 그들은 이제 완벽한 민간인으로 변해 있다. 흡사 단체 미팅 후, 각자 파트너를 정해 다른 장소로 이동하는 것처럼 느껴지기도 한다. 지금까지 질펀하게 논 것이 한순간에 모두 소거되는 느낌이다.

실장은 여기저기 전화를 걸어 모텔방을 구하고 있다. 금요일이라 방을 얻는 것이 여간 힘든 게 아니라고 한다. 사람에 따라서는 없는 차표도 만들 수 있다 하지 않는가. 실장은 나폴리, 올리비아, 몽블랑, 이렇게 모텔 이름을 알려주고, 콜택시를 세 대 부른다. 오랜 노하우를 통해 숙달된 솜씨다.

"몽블랑이 제일 좋으니까 거긴 네가 가라."

Y가 나를 지목해서 고급 모텔을 밀어준다.

손님, 밖에 택시 와 있습니다. 웨이터가 말한다. 나와 내 파트너는 다른 이들의 어색한 환송을 받으며 현관문을 밀고 나선다. 택시 기사가 룸미러를 통해 내 파트너의 얼굴을 끈적끈적한 시선으로 힐끔거린다. 누가 봐도 2차를 나가는 사람처럼 보이나 보다. 할아버지라고 해도 될 만큼 늙은 택시 기사의 욕망도 영계를 향한다.

아이는 아빠인 내가 다가가도 발작에 가깝게 몸을 떨곤 했다. 모든 남자를 두렵게 여기는 거였다. 그것은 의사의 경우도 마찬가지였다. 계속 아티반(ativan)이라는 약을 먹여 안정을 시켜야 했다. 힘없이 축 늘어져 있거나, 아무 데나 기대서 잠을 잤고, 잘 먹지도 않았다. 의사의 얘기로는 항불안제의 부작용이니까 너무 걱정하지 말라고 했지만, 그걸 지켜보는 아내는 소금에 절인 사람처럼 짜고 검게 말라갔다.

그즈음, 범인이 잡혔다는 소식이 전해졌다. 마네킹을 동원해 이루어진 현장검증에서 나는 미친놈처럼 울부짖었고, 저 새끼 죽여, 죽여버려, 끝없이 소리를 지르다 그 자리에 쓰러져버리고 말았다. 그걸 지켜보던 사람들 중 몇 명이 눈가를 훔쳤거나 말았거나, 경찰이 범인에게 접근하지 못하도록 나를 떠밀었거나 말았거나, 내가 쓰러져 병원에 갔거나 말았거나, 내 딸은 정신병동에 갇혀 있고, 아내는 점점 작게 쪼그라들고, 나는 점점 얼간이가 되어갈 뿐이다. 모든 일들이 손에 잡히지 않았다. 무엇을 어떻게 해야 하는지 도통 알 수가 없었다. 회사에는 이미 한 달간 연가를 냈고, 이는 쉽게 받아들여졌다. 얼이 나간 사람을 매일 출근시켜서 무엇하겠는가.

그러나 고통은 익숙해지고, 아무리 충격적인 일도 일상 속에 묻히기 마련이다. 소희는 보름 만에 폐쇄병동에서 개방병동으로 나왔다. 약물도 점점 그 양이 줄어들었다. 그전처럼 아빠나 남자 의사를 무서워하지도 않았다. 그러나 외상의 모든 후유증이 이처럼 쉽게 사라지는 것은 아니다.

의사는 아이가 아직도 가끔씩 발작을 한다고 했다. 피아노 소리를 좋아해서 젊은 인턴 의사가 가끔 피아노를 쳐주면, 옆에 앉아 듣곤 했다고.

"그런데 편안히 연주를 듣던 아이가 발작을 하는 겁니다. 그럴 때 말씀드렸듯이 아티반을 주사하면 되는데, 이 약물은 오래 쓸 수 있는 게 아니거든요."

그래서 어쩌라는 건가. 그럼 피아노를 쳐주지 않으면 될 것 아닌가. 나는 왠지 아이가 마루타가 된 것 같은 기분이 들었다. 의사는 계속 말을 이었다.

"아이의 조건 반응을 보는 겁니다. 그 원인이 무엇인가 하고요. 아이가 주사를 맞을 때, 알코올 냄새에도 심한 회피 반응을 보이거든요. 그 경우에도 발작을……. 아마도 아이를 납치할 때 범인이 썼던 클로로포름 냄새와 비슷해서 그런 것 같은데. 피아노를 쳐줄 때 그런 것은 아마 제 몸에서 나는 향수 냄새 때문이 아닐까 싶어요. 제가 향수를 좋아하거든요."

의사는 이렇게 말하면서 빙긋이 웃기까지 하는 것이었다. 향수병으로 인턴 놈의 머리를 까버리고 싶은 생각이 치밀어 올랐다.

"그러면서 팔을 자꾸 긁습니다. 피가 나도록. 그러면서 말하죠. 선생님, 제 팔 좀 어떻게 해주세요. 가려워 미치겠어요."

이제 그는 아예 연극을 하려는 듯 보였다. 그러나 나는 묵묵히 그의 연기를 바라볼 수밖에 없었다.

"아마도 범인이 라이터로 화상을 입힌 그 자리가 가려운가 봅니다."

소희가 화상 자리를 손톱으로 파내고, 정신없이 팔뚝을 긁으며 괴로워했다고. 그런 일들이 반복되고부터, 아이는 쉽게 벗겨지지 않는 긴 소매 옷을 입었다. 그러나 발작이 한번 시작되면 아이는 옷이 해지도록 옷 위를 긁어댔다. 소희의 마음속에 남은 흉터도 오랫동안, 오랫동안 아이를 아프게 할 것이다. 내 딸아, 이 아빠를 용서해라.

모텔방에 들어서자 여자는 조금의 부끄러움도 없이 옷을 벗고, 대형타월로 몸을 감싼 후 오빠, 나 먼저 씻을게, 라고 말하며 욕실로 들어간다. 침대 모서리에 앉아 담배 한 대를 피워 문다. 샤워기에서 물이 뿜어져 나오는 소리가 들린다. 지금 무슨 짓을 하고 있는 건가. 지금 저 욕실에 있는 여자도 소희보다 많아야 대여섯 살 많은 아이다. 어디서나 예쁘다는 소릴 듣고, 또 집에서는 아직도 어리광을 부릴 만한 나이다. 나는 갑자기 내 딸을 범한 범인이 된 것 같다.

간접등만 밝혀져 있는 방은 어둡다. 욕실 문이 열리며 여자가 걸어 나온다. 뒤따라 뿌연 김도 뿜어져 나온다. 여자는 침대 이불 속으로 들어간다.

"오빠, 뭐 해? 빨리 씻어. 안 씻을 거면 옷만 벗고 들어오든지."

여자가 실쭉하고 웃는다.

나는 옷만 대충 벗고 여자의 품속을 파고든다. 소희를 생각하던 마음은, 이미 발기한 붉은 욕망에 무너져 내린다. 여자의 가슴을 만진다. 이미 젖꼭지는 딱딱하게 서 있다. 나는 가슴 한쪽을 베어 물듯 입속에 넣는다. 여자는 희미한 신음 소리를 흘린다. 나는 미친 듯이 가슴을 빤다. 순간, 입에 뭔가 비릿한 물이 고여든다. 빨수록 더 많이. 여자의 가슴에선 젖이 나오고 있다.

"야, 이게 뭐야? 너 임신했어?"

여자는 아무 말 없이 웃는다.

"왜 말이 없어? 기분 나쁘게!"

내가 다시 정색을 하며 말한다.

"몰라서 그래요? 얼마 전에 아이를 지웠어요."

"그러면 이렇게 나오나 보지?"

내가 의아하다는 듯이 묻는다.

"몸에 좋으니까 많이 드세요. 흐흐."

여자가 이상한 웃음소리를 흘린다.

소파 수술을 한 여자까지 상대하다니, 나라는 놈은 이제 갈 데까지 갔구나 하는 생각이 든다. 차라리, 지금 그녀의 자궁은 세상 빛도 보지 못한 생명의 무덤이다. 갑자기 처량하고 서글픈 마음이 고여든다. 애무를 멈추자 여자가 눈을 크게 뜨고 바라본다. 여자의 음부에 손을 가져가 본다. 아직 젖지 않았다. 메마른 입술 같다. 그 입술에 물기를 돌게 한들 무엇하겠는가. 내가 거기를 열고 곪아 터진 정액을 쏟아놓은들 무엇하겠는가. 나는 갑자기 성욕이 사그라진다. 여자아이를 빨리 내보내고 싶다.

"야, 그만 가라."

내가 심드렁하게 말한다.

"왜? 오빠."

여자가 앙칼지게 쏘아붙인다.

"아니, 내가 좀……. 안 하면 너도 좋잖아. 안 그래?"

내가 어린아이를 어르듯 말한다.

"피이…… 모텔방에 들어와 놓고 이렇게 하는 게 더 기분 나쁘다고."

나는 갑자기 할 말을 잃는다. Y와 J는 지금쯤 격렬하게 여자들의 몸을 탐하고 있을 텐데. 억울한 생각이 들기도 한다.

여자가 갑자기 내 물건을 잡아 자신의 입속에 넣는다. 아, 이 여자는 자신의 자존심을 지키려 하는구나. 성기는 이제 나무토막처럼 바짝 성이 나 있다. 여자가 머리를 위아래로 움직인다. 빨리 일을 끝내고 싶다. 그러나 욕망은 쉽게 터져 나오지 않는다. 여자는 아예 내 물건을 목구멍 뒤로 넘길 듯이 깊숙이 넣었다 뺀다. 그러고는 혀로 귀두를 여러 번 핥는다. 여자는 이런 동작을 계속 반복한다. 이 아이는 이런 걸 어디서 배웠을까. 소희의 검붉은 팔뚝이, 소금에 절인 꽁치처럼 검게 말라가는 아내가 눈앞에 맴돈다. 눈물이 나온다. 내가 이런 짐승으로 태어난 것이 서럽다. 발정기도 따로 없이 한평생 욕망에 시달려야 하는 인간이라는 사실이 괴롭다. 죽을 때까지 대체 얼마만큼의 정액을 쏟아내야, 이 비루한 욕망은 사라질까.

"오빠, 좀 집중해봐."

여자는 나를 사정시키는 것이 유일한 목표라는 듯이, 빨고 또 빤다.

밀가루를 뿌린 듯 뽀얀 그녀의 등을 쓰다듬는다. 등뼈가 마디마디 만져진다. 우린 어쩌면 아프리카의 어느 초원에서 만난, 등 굽은 영양일지도 몰라. 눈물이 계속 나와 그녀의 머리 위에 떨어진다.

"오빠, 울지 마."

그녀가 동작을 멈춘 채, 낮은 목소리로 말한다. 그 말에 가슴이 무너진다. 다시 그녀는 내 성기에 입을 댄다. 이제는 혀로 살짝살짝 핥아줄 뿐이다. 사시사철 고름이 흐르는 병든 나무를 그녀가 핥고 있다. 무슨 말을 해야 할까.

"고마워."

내 입에서 왜 이런 말이 흘러나왔는지 모르겠다.

다시 그녀의 동작이 빨라진다. 이제 마무리를 하겠다는 뜻이다. 나도 마음을 집중하려 애쓴다. 귀두산에 사는 고름나무는 또 병든 성충들을 쏟아낸다. 여자가 휴지에 그것을 뱉어낸다. 그녀는 힘들었다는 듯이 한숨을 쉰다. 나는 여자를 살며시 끌어안는다. 그녀는 내 어깨에 소롯이 머리를 기댄다.

모텔을 나가는 여자에게 택시비로 만 원짜리 몇 장을 쥐어주고, 나도 뒤따라 나온다. 거리에는 짙은 해무가 깔려 있다. 바닷바람은 오늘도 여지없이 자신의 입김을 육지에 부려놓는다. 나는 짙은 해무를 헤치며 방향도 없이 길을 걷는다. 차도는 안개에 젖어 검푸르게 빛나고 있다. 이따금씩 택시가 지나가며 짧은 경적을 울린다. 아, 이런 날이었을 것이다. 안개가 짙게 깔린 날. 이웃집 여학생은 오늘 같은 날, 한 남자의 칼에 찔려 쓰러진 것이다. 갑자기 팔이 간지럽다. 살갗이 아니라 뼛속 깊은 곳이 가렵다.

안개 입자에서 어렸을 적 엄마 몰래 퍼먹던 분유 냄새가 나는 것 같다. 혀를 내밀어 본다. 아까 여자의 가슴에서 나오던 젖 맛이 난다. 혀를 내밀고, 팔뚝을 긁으며, 질척이는 안개 속을 걷는다. 혀와 팔뚝 사이로, 길은 어디까지라도 계속될 것처럼 아득하다.

거기는 아침저녁으로 짙은 해무가 고여드는 곳이다. 산허리를 툭 베어내고 도로를 만들었는데, 언제나 해풍은 도로 옆 가파른 절벽 아래로 안개를 부려놓는다. 희미하게 불을 밝히고 서 있는 가로등은 이곳이 도로임을 알려주고 있을 뿐, 실제로는 안개의 점성을 이기지는 못한다. 사건은 그 자리에서 일어난 것이다.

비정성시

悲情城市

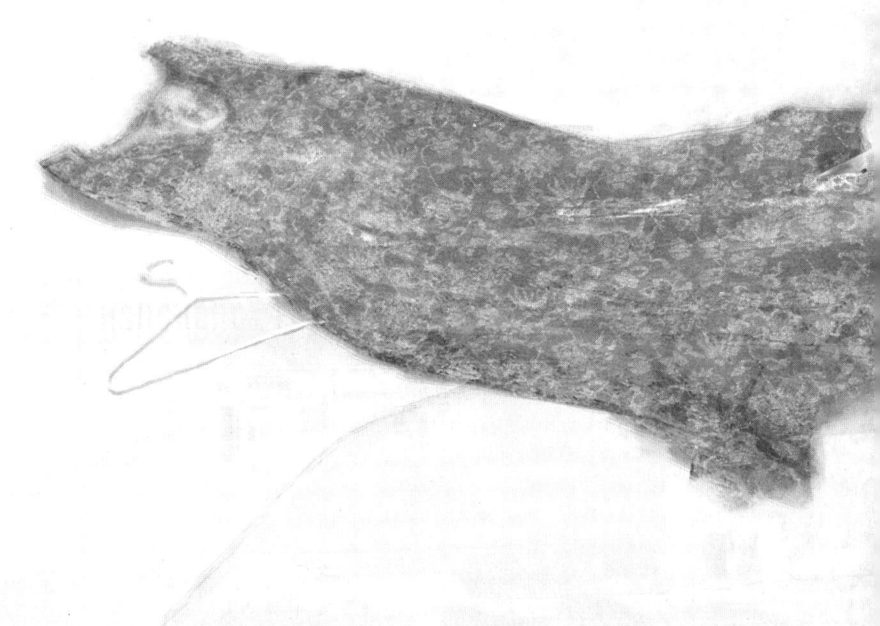

김이 오르고 있는 맨홀 위로 검은 도둑고양이가 지나간다. 하늘은 이제 푸르게 변했지만 비좁은 골목길을 비추고 있는 노란 가로등은 아직 꺼지지 않는다. 야트막한 집들의 창문엔 하나둘 불이 켜지고 검은 그림자들이 움직인다. 지하철역에서 집까지 오르는 좁은 길은 언제나 숨이 차다. 한숨 돌리려 우뚝 멈춰 서서 뒤돌아본 도시는 희뿌연 안개 속에 갇혀 있다. 저 멀리 아파트 굴뚝에선 시커먼 연기가 꾸역꾸역 올라오고 있다. 저것들 때문에 숨이 캑캑 막히지. 눈이 쓰리고 몸은 납덩이처럼 무겁다.

반지하로 내려가는 빌라의 계단은 언제나 음습하다. 열쇠를 돌리는 손이 자꾸 헛돌아간다. 손아귀에서 힘이 모두 빠져나가 손가락들이 손바닥에 달랑달랑 매달려 있는 느낌이 든다. 지난 밤 열 명의 사내를 주무르고 그들의 몸에서 욕망을 뽑어내기 위해 손은 쉬지 않고 움직였다. 소년처럼 보이는 해사한 청년에서

부터 할아버지라고 불러도 좋을 중늙은이까지, 맨 정신에 들어오는 사람에서부터 지독한 술 냄새를 풍기며 들어오는 이들까지, 그들은 모두 내 가슴을 더듬고 엉덩이를 주무르다 벌겋게 달궈져 빳빳하게 솟은 성기를 내 손아귀에 맡긴 채, 가래 같은 몇 덩어리의 허연 침을 뱉고는 힘없이 늘어졌다.

　현관문을 열자 담배 냄새에 절은 퀴퀴한 공기가 훅 끼쳐온다. 머리에 피도 마르지 않은 년이 집 안에서 담배질이냐고 야단도 쳐보았지만 이젠 딸아이를 감당할 수가 없다. 딸아이의 늘씬한 다리며 풍만한 가슴은 이미 소녀의 것이 아니다. 좁아터진 건넌방 문을 열자, 손을 머리 위로 쳐들고 가랑이를 벌린 채 자고 있는 주희의 모습이 눈에 들어온다. 고등학교에 다닐 때만 해도 밖에서 숨어 피우고 들어오던 담배를 이젠 제 방에 재떨이까지 갖다놓고 피우고 있다. 다 큰 딸은 이젠 자식이라기보다는 젊은 동거인과 같이 느껴지기도 한다. 나에게는 딸아이를 통제할 어떤 힘도 없다. 밑이 짧은 티셔츠 때문에 주희의 배에 덴 자리가 훤히 드러나 보인다. 돈이 있으면 저것도 말끔하게 수술해주련만, 돌잔치 때 떡시루에 덴 자국이 검붉은색으로 얼룩져 있다. 아무래도 시집가기 전에는 저 흉터를 깨끗하게 지워줘야겠다. 인기척을 느꼈는지 주희는 머리끝까지 이불을 덮어버린다.

*

남편이 막장에서 올라왔다. 지하 2500m 갱 속에서 채탄작업을 마치고 살아 돌아왔다. 며칠 전에 갱도 붕괴사고가 있었던 터라 마음이 편치 않았다. 남편은 언젠가 자신의 명의로 들어놓은 생명보험 통장을 내놓았다. 광차가 고장이 나서 조금 늦었다며 서글서글한 눈매로 웃는 남편의 얼굴엔 땀구멍 깊숙이 탄가루가 박혀 있었다.

"집에만 있으려니 답답하지?"

남편이 우렁우렁한 목소리로 말했다. 혼곤한 몸에도 불구하고 남편은 임신 7개월째인 나의 마음을 먼저 달래주었다.

광업소에서 경리로 일하던 나는, 빨아 널은 흰 빤스 조각에도 검은 탄가루가 날아와 박히는 이곳을 언젠가 벗어나리라 얼마나 다짐했던가. 그러니 광부와의 결혼은 더더욱 생각조차 할 수 없는 일이었다. 그는 여느 광부와는 달리 글도 쓸 줄 알았고, 게다가 쌍꺼풀진 맑은 눈을 가진 사람이었다. 갱도에 들어가기 전 사무실로 달려와 내 책상 위에 편지를 놓고 갈 줄도 알았던 사람이었다. 그에게 마음을 빼앗겼다는 사실을 알게 된 것은 갱도 붕괴사고가 있던 날이었다. 동4갱에서 올라오는 작업조 중에 그만 보이지 않았다. 나는 그의 이름을 대고 물어볼 수 없어 발만 동동 구르고 있었다. 몇 시간 후 그가 걸어 나오자, 나는 땀과 탄가루로 뒤범벅이 된 그를 그대로 껴안고 눈물을 터뜨렸다. 다행히 인명 피해는 없었고, 운반갱도까지 갱목을 새로 교체하는 등의 긴급조치만 마치고 올라오는 중이라고 했다.

"동4갱은 절대 내려가지 마. 응? 왠지 좋지 않아."

그날 시내 여관에서 그의 가슴에 안겨 나는 이런 말을 하고 있었다.

임신 사실을 알았을 때 그는 기뻐했고, 임신 3개월로 접어들었을 때 태백 시내에서 결혼식을 올렸다. 그의 하객은 먼 친척 형이라는 사람뿐이었다. 그 형이라는 사람은 나에게 그는 외로운 사람이니 잘 부탁한다는 말을 수없이 하고 돌아갔다.

*

"주희 엄마, 국밥 말아주쇼."

이용기구점을 하는 박 사장이었다. 그는 식당에 찾아왔던 딸아이 이름을 붙여 나를 불렀다. 순댓국밥을 전문으로 하는 식당에서 부엌일을 하던 나는 일주일에도 몇 번씩 찾아오는 그를 알고 있었다.

"주인 아줌마는 어디 갔나?"

내가 국밥을 식탁 위에 올려놓자 그가 말했다. 손님이 없던 차라 나도 그 앞에 이물감 없이 앉았다.

"주방 아줌마를 새로 구한대요."

"그럼, 주희 엄마는 어떻게 되나?"

"잘리는 거지요, 뭐. 요즘은 먹여만 줘도 되는 조선족 여자들
도 있다잖아요."

"그래도 음식을 알아야 할 텐데?"

"경력자도 수두룩해요."

내가 한숨을 내쉬며 말했다.

"내가 주희 엄마 한숨 소리 들으려고 밥 먹으러 온 줄 아슈?"

"죄송합니다."

내가 일어서려고 하자, 박 사장은 농담이었음을 재차 강조하
고 나를 다시 자리에 앉혔다.

"내가 이런 소리 한다고 이상하게 생각하지 말아요. 이 기회에
아예 직업을 바꿔보는 게 어때요? 주방 일이라는 게 어디 돈이
되오?"

"뭔데요? 박 사장님이 소개해주시려고요?"

내가 화들짝 놀라며 다가앉았다.

"주희 엄마는 나이에 비해 얼굴도 예쁘고, 몸매도 괜찮고."

나는 얼굴을 붉히며 고개를 숙였다.

"그게 대체 무슨 일인데요?"

"안마사."

그의 말은 짧고 간단했다.

"그거 맹인들이 하는 거잖아요? 자격증도 있어야 하고."

"참, 순진하시네. 요즘은 그렇지 않다니까요. 일단 며칠만 교육을 받으면 돼요. 업소에서 다 알아서 해주니까, 생각 있으면 언제든 사무실로 올라와요. 무엇보다도 이게 좋아."

그는 손가락으로 굵은 동그라미를 그리며 말했다.

박 사장은 수저를 놓고 게트림을 내뱉더니 이쑤시개 하나를 들고 나갔다. 그의, 생각 있으면, 이란 말이 자꾸 귀에 걸렸다. 안마사. 매일 손에 물 묻히고 식당 일 하느니 기술도 배우고 일도 하고 얼마나 좋은가. 게다가 월급도 좋다고 하니 금상첨화가 아닐 수 없었다. 그가 식당을 나가자마자 내 마음은 벌써 그 일을 하는 쪽으로 기울고 있었다.

새로 들어온 아줌마는 예상했던 것처럼 연변 조선족이었다. 어투에 북한 말씨가 섞여 있었다. 주인은 주희 엄마는 오늘까지 일한 걸로 계산해줄게, 월급은 말일에 와요, 라고 말했다. 오늘 당장 달라는 말이 떨어지지 않아 나는 몇 가지 짐들을 챙겨 바로 식당 문을 나섰다. 나는 박 사장의 말이 생각나, 식당을 그만둔 것이 조금도 겁나지 않았다. 월급은 나중에 받으면 되는 거고.

잡다한 이용기구들이 진열되어 있는 좁은 통로를 따라가자 커다란 테이블과 소파가 보였다. 박 사장은 테이블에 발을 올려놓은 채 잠이 들어 있었다. 재떨이 위에는 꺼지지 않은 담배가 푸

르스름한 연기를 곧게 피워 올리고 있었다. 나는 담배를 비벼 끄며 그를 깨웠다.

"박 사장님, 이러다 불나겠어요."

"어? 주희 엄마. 언제 왔어?"

그는 잠이 덜 깬 목소리로 말했다.

나는 오늘 식당 일을 그만두었고, 곧장 이곳으로 왔노라고 말했다.

"월급은 받았소?"

"이달 말에 준다고 하기에 그냥 나왔죠."

"순진하시긴. 그래서 서울 살겠어요?"

내가 자리를 박차고 나가려 하자 그가 손사래를 치면서 말했다.

"어허! 월급을 안 주면 나라도 나서서 받아주지."

"박 사장님만 믿어요. 식당 주인도 나쁜 사람 같지는 않던데……."

"그래도 사람 일이라는 게 모르는 거예요. 근데, 어쩐 일로 이곳까지?"

"지난번에 식당에 오셔서 하신 말씀이 생각나서."

그는 짐짓 시치미를 뗐지만, 내 입에서 안마사라는 말이 튀어나오자 기다렸다는 듯이 감탄사를 연발하며 말을 이었다.

"당장 배우시려고? 그럼, 오늘 저녁때라도 같이 가보시려우?"

*

쉬는 날인데도 남편은 공휴 작업을 자청했다. 일요일은 나가지 말고 같이 있자고 해도 그는 쉬면 몸이 더 아픈 법이라며 일을 나갔다. 땀구멍마다 촘촘히 내려앉은 검은 탄가루는 물에 씻겨나가지 않았지만, 해맑은 웃음에 주름진 상앗빛 살결은 한없이 섬약해 보였다. 나는 그때마다 그가 얇은 가죽 포대에 담긴 핏덩어리처럼 여겨졌다.

"도시락 밥 위에 놓은 하트 모양 때문에 작업반 사람들한테 놀림받았어."

그가 싱글싱글 웃었다. 화약 연기에 돌가루와 탄가루로 자욱한 채탄현장에서 캡램프에 비추어 보았을 검은콩 하트는 사랑이라기보다는 오히려 눈물이었을 것이다.

"우리 아기, 오늘은 뭐 하고 놀았어요?"라고 말하며 그는 밥상을 물리고 내 배 위에 귀를 가져다 댔다.

한참을 그렇게 있더니 여느 때와 같이 그는 내 치마를 올려 팬티를 벗기고, 석탄보다 더 검은 음모 사이를 헤치고 들어왔다. 검은 탄을 캐내던 당신은 오늘도 내 동굴을 파고 있군요. 나는 이런 말을 중얼거리며 가랑이를 더 크게 벌렸다. 어떤 때는 이러다 그대로 잠이 든 적도 있었는데, 남편은 그렇게 나의 밑을 핥고 빠는 것을 무슨 종교 행위처럼 하곤 했다.

　5~6평 정도로 칸칸이 나눠 지은 새마을 사택은 집단수용소 같았다. 하루 종일 방 안에 틀어박혀 남편이 올 때까지 십자수를 놓는 게 생활의 전부였다. 오로지 남편이 내 밑을 씻어주는 그 시간만을 기다리며 하루를 버티는 나는, 차라리 캄캄한 동굴 속에 숨어 사는 작은 암컷이었다. 그는 나의 유일한 등불이었기에 따뜻했지만, 아이가 태어날 검은 사막은 그 불빛만으로 밝혀지지 않는 두려움이었다.

*

　그는 나를 남성휴게실·스포츠 마사지라는 글씨가 빙글빙글 돌아가는 어느 지하 이발소로 데리고 들어갔다. 문을 열자 비누 냄새 비슷한 방향제 냄새가 훅 끼쳤다. 이발소라기에는 지나치게 어두웠고 모든 자리는 칸막이로 가려져 있었다.

"주 사장! 나 왔어."

그는 오수에 빠져 있는 이발소 사장을 깨웠다.

"어, 어서 오슈."

그는 기지개를 켜더니 흘깃 나를 올려다보았다.

"앉아요. 김 양아, 여기 음료수 좀 가져와."

이발소 주인은 가라앉은 목소리를 풀듯 소리쳤다.

그러자 검은 민소매 원피스 차림의 내 나이 또래 여자가 비타민 음료 세 병을 쟁반에 받쳐 왔다. 그녀는 음료수를 내려놓으며 나에게 보일 듯 말 듯 야릇한 미소를 지어 보였다.

"내가 말했던 아가씨."

박 사장이 나를 소개하면서 말했다. 거기서 나는 주희 엄마가 아니라 아가씨로 불렸다.

"이 일은 좀 해보셨나요?"

그는 나를 구석구석 살펴보며 말했다. 그 시선은 바라보는 것만으로도 충분히 모멸감을 줄 수 있는 것이었다.

"안마, 말씀인가요?"

"뭐든 간에."

"네. 안마라면 손이 야무져서 잘해요."

"그래요?"

이발소 사장이 비릿한 미소를 지었다.

장식장 위에 놓여 있는 TV에서는 산만하고 과장된 목소리의 리포터가 무슨 향토음식을 소개하느라 정신이 없었다.

"생각보다 미인이시네? 실례지만 결혼은?"

"……네."

나는 한참을 머뭇거리다 기어들어 가는 목소리로 말했다.

그는 조금 뜸을 들이다가 박 사장에게 눈길을 돌리며 말했다.

"이젠 유부녀도 소개하시나? 박 사장?"

박 사장은 나에게 눈살을 찌푸리더니, 말을 무마하기 위해 나섰다.

"그게 아니고. 말하기 뭣하네만, 사별했네. 사별. 됐나?"

나는 얼굴이 화끈거리고 몸이 벌벌 떨렸다.

분위기를 바꾸려는 듯 주 사장이 나섰다.

"미안합니다. 그저 해본 소립니다. 일만 잘하시면 되죠."

그 말이 떨어지자 내 다리는 경련을 일으키듯 주체할 수 없이 후들거렸다.

"그럼 주 사장, 난 갑니다. 초보지만 계산은 확실히 합시다. 주희 엄마, 아니 아가씨, 일 잘 배우고 나중에 월급 타면 한번 쏴요."

박 사장은 나를 남겨두고 자리에서 일어났다. 그냥 가면 어떻게 하느냐고 말하고 싶었지만 아무 말도 나오지 않았다. 박 사장이 나가자 이발소 사장이 따라 나갔다 들어오면서, 음료수를 가져왔던 김 양이라는 여자에게 어디 목욕이라도 다녀오라면서 만 원짜리 한 장을 집어 주었다. 김 양이 나가자 그는 문을 걸어 잠갔다.

"아가씨, 따라와요."

나는 떨리는 다리를 겨우 일으켜 세우고 야맹증 환자처럼 벽을 더듬거리며 걸음을 옮겼다. 마치 갱도 속을 걸어가는 것 같았다.

"뭐 특별한 건 아니고, 간단한 안마와 스페셜을 좀 교육받아야 하거든요? 옷은 이것으로 갈아입으시고."

그는 아까 김 양이 벗어놓고 나간 검은 민소매 원피스를 가져
다가, 머리 부분에 구멍이 뚫린 좁은 침대 위에 올려놓았다.

"여기서요?"

내가 머뭇거리며 묻자 그는 조금 굳은 얼굴로 말했다.

"자리 비켜줘요?"

나는 내가 지금 어디에 와 있으며, 앞으로 어떤 일이 벌어질지
몰라 불안했다. 어쨌든 모든 것을 포기하는 심정으로 옷을 갈아
입었다. 왠지 심한 한기가 느껴졌다. 이런 옷을 입고 일을 하는
거구나. 나는 알 수 없는 낭패감에 어디로든 도망치고 싶었다.
그러나 문은 이미 잠겨 있고 나는 독 안에 든 쥐였다.

주 사장이 들어와 침대에 누웠다. 그는 이미 하얀색 면티와 반
바지로 갈아입은 상태였다.

"자, 주물러보세요. 안마를 해보라고요."

나는 뭔가 잘 해보고 싶어 어깨 부분을 세게 주물렀다.

"손아귀 힘이 보통이 아니네."

잠시 시간이 지나자 그는 아니지 아니지, 를 연발하며 나를 침
대에 누우라고 말했다. 내가 머뭇거리자, 그는 고함을 질렀다.

"씨발, 일을 배우겠다는 거야, 말겠다는 거야. 너 색시야? 숫
처녀야? 씨발, 뭐하는 지랄이야?"

나는 몸에 힘이 빠지고 주눅이 들어, 침대에 조용히 엎드렸다.

"미안해요. 내가 좀 다혈질이오."

　그는 내 어깨를 잡더니 쇄골 주위의 뭉친 근육을 능숙한 솜씨로 풀어나가기 시작했다.

　"내가 지금 당신한테 하는 방식으로 똑같이 나에게 해보는 거야. 안마만 받지 말고 잘 배워둬."

　그는 이제 나에게 완전히 말을 놓아버렸다. 견갑골을 따라 내려오며 엄지손가락으로 꾹꾹 눌러 지압을 하자 경직됐던 몸이 풀어지는 느낌이 들었다.

　"목도 꽤나 뻣뻣하군. 스트레스 많이 받았나 봐? 근데, 뭐라고 부를까?"

　나는 김 양이라는 호칭이 생각나서 심 양이라고 불러주세요, 라고 말했다. 그는 심 양, 심 양아, 여러 가지로 말해보며, 이제야 뭔가 제대로 돌아간다는 듯이 내 손가락 끝을 자신의 검지와 중지 사이에 끼웠다 빼내며 딱, 하는 경쾌한 소리를 만들어냈다. 이따금 초인종 소리가 들렸지만, 그는 문을 열어주지 않았다.

　"자, 이번엔 다리."

　낯선 남자가 몸을 이리저리 주무르는데도 그의 손맛은 마사지를 거부할 수 없을 만큼 시원했다. 이따금씩 대퇴근이니 비복근이니 하는 근육의 명칭을 써가며 했기 때문에, 그저 안마를 배우고 있을 따름이라는 생각이 들었다.

　"자, 이제 뒤판은 다 끝났어. 시원해?"

　그는 밖으로 나갔다 들어오면서 뜨거운 스팀 수건을 바구니에

담아 들어왔다.

"안마 연습은 조금 후에 하기로 하고 먼저 스페셜."

그가 침대에 누웠으나 나는 어찌해야 할지 몰라 머뭇거리고 있었다.

"씨발, 할 거야 안 할 거야?"

내가 기가 죽어 아무 말도 못 하고 서 있자 그는 음흉한 미소를 지었다.

"초짜니까 내가 차근히 알려주지."

그는 바지를 벗었다. 그의 성기는 어둠 속에서 불끈 솟아 있었다. 남편이 죽은 후로 처음 보는 것이었다. 나도 모르게 한숨이 새어 나왔다.

"잡아봐!"

"……."

그가 내 손을 우악스럽게 잡아 자신의 성기에 갖다 댔다. 나는 싫으면서도 거부할 수가 없었다. 그의 성기는 따뜻했다. 나도 모르게 손을 위아래로 움직이기 시작했다.

"좋아. 더 부드럽게."

그이가 떠난 후 3년 만에 만져보는 남자의 물건이었다. 모멸감과 쾌감이 동시에 느껴졌다.

"입으로 해봐."

그는 막무가내로 내 머리를 잡아 자신의 성기로 가져갔다. 될

대로 되라는 심정이 이상한 자신감을 심어주었다. 갑자기 그를 흥분시키고 싶다는 생각이 들었다. 고환도 입속에 넣어다 뺐다 했다. 그럴수록 그의 성기는 더욱 딱딱하게 부풀어 올랐다.

"아이 씨발, 선수네, 선수."

그가 못 참겠다는 듯이 고개를 내두르며 말했다.

그가 한 손으로 내 엉덩이를 만졌지만 나는 가만히 있었다. 이어 브래지어 속으로 손을 집어넣으며 가슴을 만졌다. 그의 손은 내 몸 구석구석을 돌아다니고 있었다. 급기야 손이 내 팬티 속으로 들어왔다.

"푹, 젖었네."

손을 빼내려 하자 그는 내 손을 뿌리치며 말했다.

"선수끼리 왜 그래? 여기선 섹스를 하지 않아. 알겠어요? 딸딸이만 쳐주면 된다고, 전문용어로 핸플, 더 전문용어로 말하자면 유사 성행위. 알겠지?"

"......"

"간단하잖아. 임신할 염려도 없고. 안마해주고 바지 벗겨 꼴린 자지 잡고 몇 번 흔들어주면 된다고."

그가 그렇게 얘기하자 모든 게 간단하게 느껴지는 듯했다. 나는 다시 그의 성기를 입속에 넣고 왕복운동을 계속했다. 그 순간, 뜨거운 액체가 입안 가득 쏟아졌다. 내가 입을 빼내려 했으나 그는 머리를 들지 못하도록 뒤통수를 눌렀다. 사정이 끝나고 세면대에 비릿한 액체를 뱉어내자 갑자기 구토가 치밀어 올랐다.

수돗물을 틀고 입안을 여러 번 헹궈내고 있을 때, 그는 치약을 묻힌 일회용 칫솔을 가지고 들어왔다. 양치질을 하고 찬물로 얼굴을 씻어내자 조금 정신이 드는 것 같았다.

"미안해요. 내가 너무 흥분했나 봐. 심 양, 대단해. 이렇게 섹시 우먼인지 몰랐는데?"

"……."

"이걸 요플레라고 하는 건데 말이야, 하하. 이런 건 하지 않아, 절대. 쌀 것 같으면 빼면 되고, 입에다 하면 안 된다고 말하면 돼. 마사지 크림을 발라 그냥 물만 빼준다고 생각하면 된다고. 내가 좀 전에 가져온 스팀 타월로 깨끗이 닦아주고 말이지."

"어쨌든 미안해. 괜찮지?"

"……."

"당신도 푹 젖었던데 우리 제대로 한번 해보는 건데 그랬어? 괜히 신사적으로 한다고 하다가 더 미안하게 됐잖아?"

＊

주희가 열 살이 되었을 때, 그동안 모은 돈으로 태백 시내에 작은 아파트를 구입했고 딸아이를 시내에 있는 학교로 전학시켰다. 남편은 보안관리실장으로 승진했고, 잘하면 앞으로는 사무실에서만 근무하게 될 것이라고 했다. 게다가 그는 비조합원이었고, 글을 좀 쓸 줄 알았던 탓에 부장의 총애를 받고 있었다. 막장에서 사무실로 올라간 최초의 인물이 바로 그였던 것이다. 우리 가족의 삶은 희망으로 부풀어 올랐다.

주희가 열세 살 되던 해, 회사에서 대규모 파업이 일어났다. 당시 비조합원이었던 그는 회사의 간부들과 내통하여 노조의 동향을 알리거나, 조합원들을 이간질시키는 프락치로 몰려 조합원들에게 집단폭행을 당했고 그들에 의해서 암매장되었다. 나는 그가 그렇게 죽어갔다는 사실을 실종 보름 만에야 알 수 있었다. 경찰 조사에 따르면 폭행 가담자는 다섯 명이었고 아직 숨이 멎지 않은 그를 미리 파놓은 구덩이에 던져 넣고 흙으로 덮어버렸다고 했다. 모두 동4갱 작업반 사람들이었다. 그들은 각각 살인죄와 살인방조죄 등의 죄목을 달고 징역형과 집행유예에 처해졌고 남편의 프락치 혐의는 모두 사실로 밝혀졌다. 그들의 부인들은 죽일 놈을 죽였는데 그게 뭔 대수냐고, 오히려 싸늘한 눈빛을 보냈다. 그들은 한 사람의 죽음보다 자신들에게 부과된 형벌이 더 괴롭다고 악을 썼다.

*

주 사장은 며칠 동안 나를 불러 면도와 발 마사지와 쑥찜 같은 다양한 기술을 알려주었다. 그 후로 나는 본격적으로 남자들을 상대하기 시작했다. 당분간 무슨 일을 해서든 악착같이 벌어야 한다는 생각만 하기로 했다. 아로마 마사지 10만 원, 스포츠 마사지 6만 원, 발마사지 4만 원. 여기서 절반은 내가 갖기로 했다. 스포츠 마사지 6만 원짜리 손님을 하루에 다섯 명만 상대한다 해도 15만 원이다. 그것도 매일매일 일당으로 계산해준다고 했다. 이건 보통 수익이 아니었다. 그것을 위해서는 이 정도의 수치심은 참을 수 있을 것 같았다. 아니, 참는 것이 당연하다고 생각했다. 일주일에 한 번씩 주야간 교대로 근무하고, 게다가 밥까지 준단다. 이렇게 몇 년만 벌어 작은 식당이라도 차리고, 주희를 대학에 보내겠다고 생각했다.

주희는 정보산업고를 졸업하고 작은 건설회사에 경리로 나가고 있었다. 하지만 야근을 핑계 대고 늦게 들어오는 일이 잦았다. 엄마도 광업소에서 일을 해봐서 아는데 경리가 야근할 게 뭐가 있느냐고 말했지만, 여기가 그런 데와 같은 줄 아느냐며 쏘아붙이는 통에 아무 말도 하지 못했다. 친구들 중에는 대학생이 된 아이들도 있을 텐데, 어린 나이에 직장 생활을 하는 주희에게 오히려 미안한 마음이 들었다. 새벽에 집에 전화를 걸어도 전화를 받지 않을 때가 많았다. 한번은 밤일을 마치고 첫 지하철을 타고 집으로 가는 길에 주희를 만난 적도 있었다. 지하철 출구에서 마주쳤을 때, 주희는 화장기가 하나도 없는 맨 얼굴이었다. 어디서 남자를 만나 자고 오는 것이 아닌가 싶었지만, 지친 딸아이의 얼굴에 대고 그런 말을 할 수는 없었다. 다만, 잠자리는 가려서 자야 한다는 말을 혼잣말처럼 흘렸을 뿐이다.

*

　반바지만 입고 알몸으로 누워 있는 남자들은 모두 고깃덩어리 같다. 먼저 남자의 발을 세면대에 올려놓고 깨끗이 씻어준다. 사장은 이때 비누 거품을 충분히 내서 발가락 사이사이까지 깨끗이 닦아주는 것이 중요하다고 했다. 이어 남자를 엎드리게 하고 의자에 앉아 팔부터 안마를 시작한다. 손은 자신의 가슴께로 향하게 하고 힘을 주어 주무른다. 이때 손님이 자신의 가슴을 만져도 순순히 응해야 한다. 지나친 터치가 들어올 때는, 거부감을 느끼지 않을 정도로 손을 슬쩍 빼내 손바닥을 지압해준다. 이때 손가락의 뼈마디 하나하나를 시원하게 눌러줘야 한다. 이어 어깨와 등판을 마사지한다. 견갑골을 따라 내려가며 꾹꾹 눌러 지압을 한다. 다리와 발 마사지가 모두 끝나면 찜을 해주기도 하지만, 대부분 스페셜로 들어간다. 칸막이와 칸막이 사이에 검은 휘장을 두르고, 바지를 벗기고 애무를 시작한다. 이때 키스를 요구해 오기도 하는데 혀를 내주지 않는 선에서 응해준다. 사정은 대부분 오래 참지 못하지만, 노련한 사람들은 일부러 지연하기도 한다. 차에 치어 길바닥에 내장이 터진 채 죽어 있는 고양이를 생각하기도 하고, 작년에 돌아가신 할아버지의 얼굴을 떠올리기도 한단다.

그들이 사정을 하고 나면, 몸 위에 여기저기 튄 정액을 스팀타월로 닦아내고 다시 반바지를 입힌다. 수건을 바구니에 담고 욕실로 걸어간다. 그때마다 한 번도 내려가본 적이 없는 막장이 떠오른다. 욕실 문은 지하 갱도로 내려가는 승강기의 출입문이다. 그것을 타고 수직갱을 내려가면 저 아래 매캐한 탄가루가 날리는 막장이 나온다. 굴착기 소리에 귀가 멍하다. 남편이 탄을 캐다 말고 뒤돌아본다. 안전모에 붙어 있는 캡램프가 눈부시다. 욕실 불이 들어온다. 타일 바닥에 쭈그리고 앉아 오줌을 눈다.

*

일을 시작한 지 한 달쯤 지나자, 이용기구점 박 사장이 찾아왔다. 나는 미워할 수도, 더구나 고마워할 수도 없어 그를 외면했다. 그가 다가와 어깨에 손을 올리며 말했다.

"일은 잘되십니까?"

기분 나쁜 내색이라도 하지 않으면 나를 더욱 한심하게 바라볼 것 같아 앙칼지게 쏘아붙이기로 했다.

"잘되니까, 여기 있죠. 근데 여긴 또 왜 왔어요? 또 나 같은 여편네 꼬여가지고 왔어요?"

"아이, 왜 이렇게 소리를 지르시고 그러시나? 식당에서 월급까지 받아왔는데 말이지. 고맙다고 해야 할 텐데. 안 준다는 거 억지로 뺏어왔어."

"그걸 왜 당신이 받아와요? 어서 내놔요. 돈은 맞아요?"

"글쎄, 세보지 않아서 모르겠네. 오늘 하는 거 봐서 주지. 나 여기 손님으로 왔어. 밖에 주 사장하고 계산했다니까."

순간, 이발소 사장의 목소리가 들려왔다.

"심 양아, 너무 딱딱하게 굴지 말고 잘해드려라. 다른 손님들도 있는데 왜 소리 지르고 그래?"

그는 주 사장의 말에 느끼한 미소를 지으며 안으로 성큼성큼 들어섰다. 나는 할 수 없이 그를 따라 들어갔다. 하필이면 바로 옆에 손님이 있는 자리였다.

나와 낮에 같이 일하는 여자는 조선족이었다. 그는 보통 중늙은이들을, 나는 비교적 젊은 사람들을 상대했다. 머리가 반백이 된 중년 남자는 연변 아줌마의 손에 신음 소리를 내고 있었다.

"누군지 죽네, 죽어."

박 사장이 옷을 갈아입으며 말했다.

그는 침대에 눕는 척하더니 나를 와락 껴안았다.

"내가 뭣 때문에 그 식당에 밥 먹으러 갔는지 알아? 바로 주희 엄마 때문이야."

그는 귀에 뜨거운 바람을 불어넣으며 말했다.

"지랄하네. 바지나 내려."

내 입에서 그렇게 상스러운 말이 튀어나올 줄은 몰랐다. 그것은 그에 대한 원망과 질타가 뒤섞여 있는 말이었다. 그도 그것을 눈치 챘는지, 보일 듯 말 듯한 미소를 지었다. 순간 사람이 이렇게 변해가는 것이로구나 하는 생각이 스쳐 지나갔다.

"서두를 거 있어? 안마부터 시원하게 해봐. 얼마나 잘하나 내가 봐주지."

박 사장은 많은 양의 정액을 쏟아냈고, 선심을 쓰듯 식당에서 받은 내 월급을 가슴에 꽂아주었다. 원래 내 돈인데 생색은 자기가 낸다고 핀잔을 주었지만, 월급은 정확히 6만 원이 비어 있었다. 자신의 화대를 내 월급에서 꺼낸 것이다. 나는 아무 말도 하지 못했다. 주 사장의 말에 의하면, 그는 내 소개료도 받아 갔다고 했다. 나를 여기에 팔아넘기고 그가 받은 돈은 대체 얼마나 될까.

비정성시

          *

주희가 일주일째 집에 들어오지 않았다. 회사에 전화를 해보니 이미 두 달 전에 그만두었다고 했다. 그럼 그동안 어디서 뭘 하고 다녔다는 말인가. 딸아이의 친구 전화번호조차 아는 게 없었다. 뒤늦게 자식에 대한 무심함을 자책해봤자 소용없는 일이었다. 여긴 시시껄렁한 양아치 녀석들이 손바닥만 한 시내를 자기들 맘대로 쥐락펴락하던 소도시가 아니다. 맘먹고 이리저리 수소문하면 딸년 하나 찾는 건 식은 죽 먹기였던, 그런 곳이 아니란 말이다.

지난달이었던가. 오랜만에 주희와 저녁을 먹고, 빌라 옥상에 올라가 함께 담배를 피우던 날이었다. 구석엔 잔설이 언 채로 쌓여 있었고, 언덕바지까지 올라오는 바람은 차고 매웠다.

"제 어미한테 담배 권하고 맞담배질하는 년은 너뿐이 없을 거야. 콩가루 집안이야, 콩가루."

"그 콩가루에 떡이라도 찍어 먹었으면."

자기도 그게 농담인 줄 알고 슬쩍 말대꾸를 해왔다.

"그걸 농이라고 하냐, 이 썩을 년아?"

"엄마, 요즘 왜 이렇게 욕이 늘었어? 옛날엔 욕도 못하던 여자가."

"다 너 땜에 그래, 이년아. 담배 좀 작작 피워. 뼈 삭아."

“별도 참 많네.”

딸아이가 짐짓 말을 눙치고 하늘을 올려다보며 말했다.

“잔뜩 흐린 하늘에 대고 무슨 놈의 별?”

“다 보는 법이 있지.”

주희는 말아 쥔 두 손을 망원경처럼 한쪽 눈에 잇대고 뭔가를
바라보는 듯한 시늉을 했다.

“신소리 그만하고. 회사는 잘 다니는 거야? 조금만 기다려라.
엄마가 돈 좀 모으면 대학 보내줄 테니까.”

“대학은 무슨 대학.”

주희는 심드렁하게 말했지만 싫지는 않은 얼굴이었다.

그랬던 아이가 갑자기 사라진 것은 의아스러운 일이었다. 누
군가에게 납치된 것은 아닐까. 아니면 어떤 놈팡이와 눈이 맞아
멀리 여행이라도 간 걸까. 그것도 아니면 목돈이라도 벌어볼 심
산으로 험한 일에 뛰어든 걸까.

딸아이는 편의점에서 아르바이트를 하고 있다. 그런데 이상하
다. 분명 초록색 편의점 제복을 입었지만 아랫도리는 훤히 드러
내고 있다. 대체 무슨 일을 하고 있는 걸까. 아무것도 걸치지 않
은 사내가 구릿빛 피부를 번들거리면서 카운터를 향해 다가간
다. 그는 지폐 몇 장을 올려놓고는 주희를 바라본다. 이윽고 주
희가 계산대를 열고 나와 선반에 손을 짚은 채 엉덩이를 내밀자,
알몸의 사내는 기다렸다는 듯이 뒤에 달라붙어 능란하게 허리를

비정성시

놀리기 시작한다. 주희는 얼굴이 일그러진 채 무아경에 빠져 있다. 기분이 좋은 건지 고통스러운 건지 분간할 수가 없다. 남자가 더욱 격렬하게 허리를 움직이자 주희의 입에선 거친 신음 소리가 터져 나온다. 그 뒤로도 알몸의 사내들이 편의점 입구까지 길게 늘어서 있다. 동양인은 물론 백인도 있고 흑인도 있다. 모두 푸른 지폐를 나뭇잎처럼 손에 쥔 채, 발기된 성기를 자랑스럽게 내밀고 자신의 차례를 기다리고 있다. 사내를 주희에게서 떼어놓으려 하지만 몸은 굳은 채 움직이지 않는다. 고함을 치고 싶어도 소리가 나오지 않는다. 필사적으로 한마디를 내던진다. 야, 이놈들아!

더러운 일을 하고 있는 어미다운 꿈이었다. 나는 그 길로 경찰서에 가서 실종 신고를 했다. 아무리 생각해도 딸아이가 집을 나갈 만한 이유를 찾을 수 없었다. 제발 납치된 것만 아니기를 바랄 뿐이었다.

*

남편의 장례식에도 그 친척 형이라는 사람이 찾아왔다. 그 자리에서 그는 생전 듣지도 못했던 남편의 아버지에 대한 애기를 털어놓았다. 그의 아버지는 지금 태백중앙병원에서 10년 동안

84

진폐증 치료를 받고 있는데, 이제 죽을 날이 얼마 남지 않았다고 했다. 그의 아버지도 광부였던 것이다. 나는 예기치 않았던 시아버지의 존재가 당혹스러웠다. 남편은 나에게 조금의 부담도 주고 싶지 않았기 때문에 말하지 않았으리라. 아니면 자신의 최후도 어쩌면 아버지와 같을 것이라는 두려움을 나에게 심어주고 싶지 않았기 때문인지도 몰랐다.

나는 모르는 일이라고, 지금도 산재보험으로 치료를 받고 계시다면 돌아가시더라도 거기서 다 해주는 거 아니냐고 울먹였다. 그는 그저 그의 생부가 있다는 얘기만 해주고 싶었다고 말하며 돌아섰다. 남편의 장례를 치르고 나니, 며칠 후 그의 아버지가 숨을 거뒀다는 연락이 왔다. 나는 슬퍼할 새도 없이 두 번의 장례식을 치르고, 어린 딸과 함께 지옥 같은 그곳을 떠나기로 마음먹었다. 몇 년 안으로 광산도 문을 닫으면 아마 이곳은 폐촌으로 검게 썩어갈 것이다. 그의 죽음을 대가로 받은 보상금과 아파트 판 돈이면 어디라도 갈 수 있을 것 같았다. 주희도 아버지의 죽음 이후 뭔가 변화가 필요할 만큼 침울해져갔다. 그때부터 주희는 며칠씩 집 밖을 돌아다니다, 비에 젖은 지푸라기처럼 지쳐 돌아오곤 했다. 서울로 이사 가자는 나의 말에 주희의 얼굴에는 오랫동안 잃었던 웃음이 희미하게 떠올랐다.

*

이발소에도 차츰 단골이 생기기 시작한다. 내가 호감을 가지고 있는 남자는 인근 공단에 있는 전자회사에 다니는 청년이다. 남자라기보다는 동생이라고 해야 할 것 같다. 그도 나를 누님이라고 부르니 말이다. 일주일에 한 번씩 오는 그 아이에게, 나는 돈 벌어서 다 이런 데 쓰면 안 된다고, 정 못 참을 것 같으면 이따금씩 오라고 말했다. 그러나 그는 매주 금요일, 주야간 교대시간에 맞춰 나에게 찾아온다. 어떤 때는 첫 손님으로, 어떤 때는 마지막 손님으로. 쌍꺼풀진 눈매가 총각 때 남편의 얼굴을 닮았다.

사장이 식식거리며 들어온다. 왜 그러느냐는 나의 말을 들은 척도 하지 않고, 찬물을 찾는다. 물을 단숨에 마시더니 말한다.

"씨발, 이 짓도 이젠 못해먹겠네."

내가 의아한 표정을 짓자 그는 담배 한 모금을 빨았다 길게 내뿜으며 말한다.

"나이 어린년들 때문이지."

나이 얘기를 하니 괜히 의기소침해져 나는 아무 말도 하지 못한다.

"핸플 업소라고 들어봤어?"

그가 퉁명스러운 말투로 말한다.

"……"

"그럼, 대딸방은?"

내가 아무 말도 하지 못하자 사장은 얼굴을 붉힌다.

"스무 살 갓 넘은 어린년들이 우리같이 딸딸이 쳐주는 덴데, 이게 씨발 길 건너에 생겼어."

"이름이 뭔데요?"

"망고 스트레스 클리닉. 아주 지랄, 삽질을 해요."

그리고 사장은 덧붙인다.

"이제 씨발, 좆 꼴린 놈들 다 거기 가게 생겼다니까. 단골이나 잘 잡아둬야겠어. 정신 똑바로 차리고, 하드하게 나가는 거야. 좀 더 하드하게. 안마도 졸라 시원하게 하고, 애새끼들이 막 만져도, 그럴수록 더 들이대는 거야. 알겠어?"

*

주희가 돌아왔다. 지친 기색이 완연했으나 나는 아무것도 묻지 않았다. 그냥 그래야 할 것 같았다. 그저 살아서 돌아왔다는 사실만으로도 눈물은 멈추지 않았다. 내 울음이 격해질수록 주희는 마치 경련을 일으키듯 몸을 떨었다. 그러나 주희의 눈가에는 단 한 방울의 이슬도 맺히지 않았다. 대체 무엇이 내 딸을 이렇게 독하게 만든 것일까.

*

　금요일이 되자, 전자회사에 다니는 해사한 청년이 첫 손님으로 온다. 퇴근하는 길에 들렀다고 한다. 그는 간이침대에 눕자마자 급하다며 자지부터 꺼낸다.

　"누님, 한번 해요. 응?"

　나는 가슴이 쿵 내려앉는다. 생리 주기로 가임 기간은 아니다.

　"여기 콘돔도 가져왔어요. 미치겠어요."

　통사정을 하고 난리가 난다.

　"누가 우리 총각 불나게 했어?

　나는 갑자기 한번 해주고 싶은 마음이 든다. 그동안 남자를 몸에 받아들인 것이 꽤 까마득하게 느껴진다. 매일 손으로 쥐고 흔드는 건 이젠 아무 느낌도 오지 않기에. 그가 알몸으로 눕자, 나는 팬티를 벗고 그의 위에 올라탄다. 그가 가슴을 애무하자 오줌을 눈 듯 밑이 젖어든다. 커다란 성기가 질 속으로 들어오자 나도 모르게 신음 소리가 새어 나온다.

　"천천히 해. 오래 하고 싶어. 우리 얘기하면서 할까?"

　"그래. 근데 어디서 이렇게 몸이 달아가지고 왔어?"

　"망고. 들어봤어?"

　"응. 길 건너 대딸방?"

　"신생업소라 방문했지. 헉, 누님 천천히."

나는 움직임을 멈추고 그의 말을 듣기로 한다.

"거기 다희라는 여자애가 있거든? 그 애한테 한 열 번도 넘게 갔을 거야. 근데 한번 하자고 해도 죽어도 안 대주는 거야!"

"나 같으면 해주겠다."

나는 맞장구를 쳐준다.

"그렇지? 오늘도 그냥 한 시간 서비스만 받고 나왔는데, 기분이 풀리지 않는 거야. 그래서 누님한테 달려왔지."

"그럼, 내가 뭐 소방차냐? 불이나 끄고 다니게?"

"우리 누님, 농담 늘었단 말이야? 근데, 그 여자애 배에 중국 지도만 한 점이 있거든?"

"……!"

"자기 말로는 돌잔치 때 덴 자국이라나? 칠칠치 못하게시리."

나는 온몸에 피가 다 빠져나간 시체처럼 차갑게 굳어버린다. 저 구석에서 남편이 착암기를 들고 탄을 캐고 있다. 엄청난 소음과 함께 탄가루가 자욱하게 퍼진다. 말은 나를 태우고 어두운 갱도 속으로 달려간다. 순간 탄가루들이 바람에 날려 얼굴로 몰려든다. 눈은 매운 연기에 쏘인 것처럼 쓰리지만, 말은 어둠 속으로 자꾸만 달려간다.

잘 가라, 미소

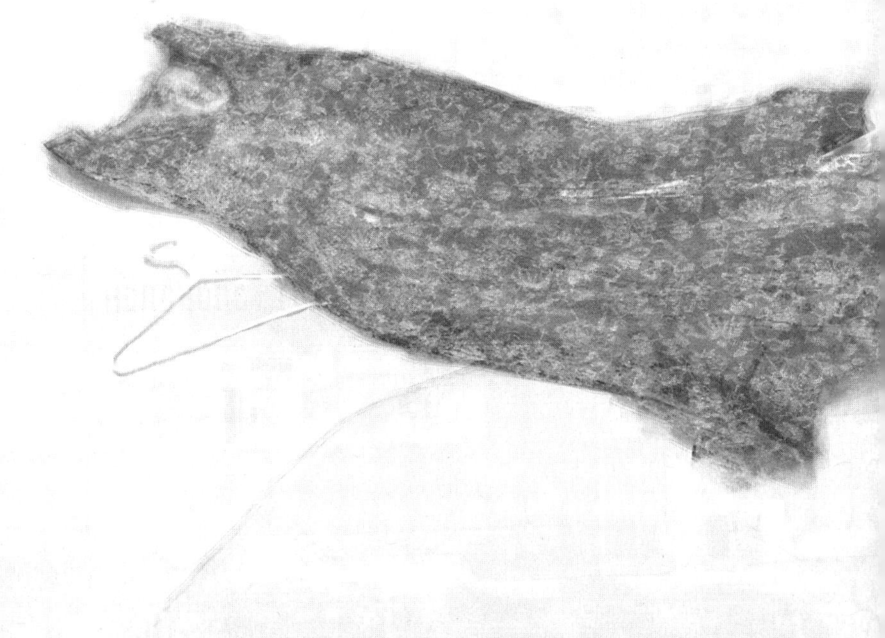

prelude

　있지도 않은 직무연수를 구실로 나는 그녀에게 왔다. 아내에게는 그렇게 말할 수밖에 없었다. 학기 중에 연수라니, 말도 되지 않는 일이다. 그러나 그것을 의심할 만큼 나에게 관심을 갖고 있을 리 없다. 아마도 "난 오늘 오후에 죽게 될 거야"라고 말하면, "흥. 그래?"라고 대꾸할 것만 같다. 사실 학교에는 디스크 수술을 핑계로 일주일간 병가를 신청한 것이다. 허리는 수술할 만큼 아픈 것이 아니다. 당장 그녀를 만나는 일보다 더 중요한 것은 없으니, 그 어떤 이유라도 만들어내야 했다. 이제 일주일 후면, 그녀는 이곳을 떠난다.

*****

　그녀가 기간제 교사를 마치고 다시 집으로 돌아간 것이 작년 12월이었으니, 한 5개월 만의 재회다. 평일인데도 점심시간인지라 스타벅스엔 사람들이 제법 들어차 있다. 젊다는 것은 아직 사람들에게 질리지 않았다는 것을 의미하는 것이 아닐까. 그녀는 늘 번화가를 좋아했고, 또 그런 도심의 카페를 선호했다. 저 구석에서 그녀가 손을 번쩍 든다.

　"쌤, 안녕?"

　내가 자리에 다가가자 그녀는 하얗고 고른 치아를 드러내며 환하게 웃는다. 엷은 어지럼이 일듯 눈이 부시다.

　"또 쌤이 뭐니? 오빠가 싫으면 차라리 선배라고 하라니까."

　짐짓 퉁명스럽게 말하지만, 나는 눈웃음치는 그녀의 얼굴에 사로잡히고 만다. 입은 내 의지와 상관없이 그저 습관적으로 반응할 뿐이다. 상투적인 인사가 몇 마디 오가자, 그녀는 옆머리를 손가락으로 배배 꼬아 컬을 만들며 무심하게 나를 바라본다. 도톰한 입술이 달싹달싹 머그잔에 닿을 때마다 가슴이 저릿하다. 저 말캉한 것이 내 입속에 들어온 적이 있었지.

　"명동, 참 오랜만이다. 내가 대학 다닐 때, 여기에 있던 셀부르라는 스탠드바에서 웨이터를 했었거든."

　"그 얘긴 했었거든?"

잘 가라, 미소

"아휴. 처음 듣는 것처럼 좀 해주시면 안 될까요? 아가씨!"

내가 퉁을 놓자, 그녀가 뽀로통한 표정을 짓는다.

"그건 작년 이맘때 내 고향이 춘천이라니까, 선배가 했던 얘기라니까요?"

"아, 그랬나?"

그녀가 기간제 교사로 내가 근무하는 중학교에 왔을 무렵, 어색하게 나눴던 대화들 중 끼어들어 간 얘기였나 보다. 어쨌든 그녀 때문에 우리 학교 2학년 아이들 절반 정도가 한자 4급 이상을 땄다. 그녀를 만만하게 보고 대충 놀려먹어야겠다고 생각했던 아이들도, 그녀의 독특한 매력에 빠져들었다. 아이들은 그녀에게 잘 보이기 위해서, 영어 단어보다 한자를 더 열심히 외웠다.

"집에 있으니까 좋아?"

"돌아와서 며칠 쉬니까 나중엔 막 구박하는 거 있죠?"

그녀가 투정 부리는 듯한 표정을 지으며 말한다.

"출국 준비는 잘 되고?"

"옷하고 책 몇 권 넣는 게 전분데요, 뭘."

사실 그녀의 부모도 반대한 일이다. 한국 사람들이 아무리 많이 살아도, 거긴 물 설고 말 설은 타국이다.

"엄마는 저 귀신은 누가 안 잡아가나, 그래요. 객지에서 생고생하다 온 딸을 말예요."

그녀가 입술을 비뚜름하게 문다.

“거기가 그렇게 싫었어?”

내가 차분한 음색으로 묻는다.

“저는 그때 처음으로 바닷가에서 산 거예요. 아파트 아래로 항구가 빤히 내려다보이던 곳. 저는 뱃고동 소리도 듣기 싫었어요. 그 소리를 듣고 있으면 매번 막막한 기분이 들었어요.”

사실, 나도 거기가 객지다. 국문과에서 교직을 이수하고 임용 고시에 몇 차례 떨어지고 나서, 강원도 동해시에 있는 한 사립 중학교 공채에 합격한 것이다. 그러나 인천에서 태어나 오랫동안 바닷바람을 쐬고 살아서 그런지, 동해가 그다지 낯설지 않았다. 그리고 몇 년 후, 여기서 나고 자란 한 여자를 별다른 감정도 없이 만나다가, 별다른 의지도 없이 결혼을 하고, 또 별다른 이유도 없이 사내아이 하나를 낳아 기르게 된 것이다. 이렇게 단 몇 마디로 정리할 수 있는, 스무 해 남짓한 세월이다.

“언제 다시 돌아올지 모르지만, 거기선 지금의 내가 아닌 다른 모습으로 살고 싶어요.”

그녀가 깊은 숨을 내뱉는다.

“그러면 나도 쉽게 잊겠군.”

내가 야속하다는 듯이 말을 붙인다.

“꼭 그렇게 말해야겠어요? 그럼 저랑 같이 갈 수 있어요?”

그녀가 정색을 하자 나는 아무 말도 못한다.

“그것 봐요. 선배는 용기가 없다니까.”

잘 가라, 미소

이렇게 말하고는 아무 일도 없었다는 듯이 다시 명랑해진다. 나는 얼굴이 갑자기 홧홧해진다.

"다음 주 월요일에 출국이지?"

그녀가 고개를 끄덕인다.

"언제 내려갈 거예요?"

"일요일까지 있을 거야."

"네? 학교 안 나가요?"

그녀는 어리둥절한 표정을 짓는다.

"나도 여기서 대학 4년을 보냈잖아. 곳곳에 쓸쓸한 기억들이 박혀 있을 테니, 오랜만에 그거나 곱씹어보려고."

나는 당신이 중국으로 떠나기 전날까지 매일매일 만나고 싶어왔다고는 말하지 못한다.

"나, 바빠요. 사실 이것저것 챙겨야 할 것들이 많거든요."

"알아. 안다고."

당신이 부르면 언제라도 곧장 달려갈 수 있잖아, 라는 말도 하지 못한다.

"어! 비가 오나 봐. 우산 쓰고 다니네?"

그녀가 화들짝 놀라며 말한다. 창밖으로 세찬 빗줄기를 피해 어수선하게 뛰어다니는 사람들이 보인다.

"소나기일 거야."

내가 뒤로 돌렸던 시선을 거두며 말한다.

“요즘은 우리나라에도 스콜과 비슷한 국지성 호우가 많이 나타난대요.”

“공부 많이 하셨네, 우리 아가씨.”

내가 빙긋이 웃으며 말한다.

“선배는 늘 나를 어린아이 취급한단 말이야. 짜증 나요.”

그녀가 웃는다. 이렇게 나란히 웃는 게 얼마 만인가. 그녀와 처음으로 단둘이 술잔을 기울였던 날처럼 비가 내린다.

*

그녀가 서름서름한 표정을 지으며 교무실로 처음 들어오던 날이 떠오른다. 가슴께 잔주름이 들어간 하얀 블라우스에 검은색 투피스 정장 차림이었다. 그간 국어과인 내가 한문을 담당했기에 그녀에게 수업에 관한 업무를 알려줘야 했다. 커다란 눈을 이리저리 굴리며 서 있는 앳된 소녀 같은 아가씨가 내 담당인 거였다. 젊은 동료 교사들의 부러운 듯한 시선이 외려 어깨를 으쓱하게 만들었다. 몇몇 여교사들은 감출 수 없는 질투의 시선을 보냈고, 그러거나 말거나 그녀의 등장은 늙수그레한 중년들이 우중충하게 앉아 있는 교무실에, 환하게 터진 빛 같은 거였다.

기간제 교사는 수업 외의 다른 업무가 없어 사실 알려줘야 할

잘 가라, 미소

것은 별로 없었다. 담임반도 없고 학생상담이나 진학지도 같은 일체의 잡무가 없다. 중1은 초등 7학년이라는 말이 있듯이 아직은 코흘리개고, 중3은 거의 애늙은이가 다 된 녀석들이라서, 중2가 가장 편하다. 기간제 교사 얘기가 나올 때부터 이미 중2 한문을 전담하게 하는 것으로 방침이 정해졌다. 더욱이 교사 경험이 없는 그녀에게는 다행스러운 일이었다. 게다가 남학교가 아닌가.

수업 시작종이 울리고 교사들이 교실로 들어갈 때면, 언제나 2학년 교실 어딘가에서 큰 함성이 울리곤 했다. 아무리 주의를 주어도, 이제 수컷이 다 된 아이들은 자신의 몸속에서 분비되어 나오는 테스토스테론의 작용을 억제하지 못했다. 분명 몇몇은 발등에 거울을 올려놓을 것이고, 노트에는 그녀를 소재로 한 음화를 그릴 것이고, 화장실에선 그녀를 상상하며 자위에 몰두하리라. 그러나 그녀는 늘 당당했고, 노련했고, 성실했다. 아이들도 그런 그녀의 기세에 길들여지는 것 같았다.

개학을 하고 첫 회식 자리였다. 그녀가 있음으로 해서, 자주 웃음이 터졌고 술잔도 빨리 오갔다. 그녀는 생각보다 술을 잘했다. 분위기를 맞출 줄도 알고 윗사람에겐 싹싹하기까지 했다. 그런 그녀의 모습은 여교사들의 질투조차 무마시킬 정도로 지나치지도 부족하지도 않았다. 그 자리에서 그녀는 자신의 고향이 춘천이고 거기서 대학을 나왔다고 말했다. 나 역시 그녀와 같은 대학에 다니며 그곳에 이십 대 청춘을 묻었음을 알렸다. 소양강댐을, 청평사를, 공지천 오리배를, 명동 닭갈비집을, 학교 연못에 떠다니던 막걸리병을, 마징가Z 머리처럼 생긴 도서관을 얘기했다. 그리고 나만의 훈장이라도 되는 양, 후문에서 날마다 터졌던 최루탄과 짱돌의 전설에 대해서도 빠트리지 않았다. 그녀는 어쨌든 내 대학 15년 후배였다.

물론 시간과 세대 차이는 있지만, 그녀와 나는 젊은 시절의 한 공간을 공유하고 있었고, 그덕에 그녀와의 거리는 쉽게 사라졌다. 사석에서는 선생님이 아니라 선배님이라고 부를 만큼 친해졌다. 그러던 어느 날, '님' 자마저 떨어져나가 나를 선배라고 불렀다. 그건 박 선배 생각이고, 그건 박 선배가 하세요, 선배 고마워요, 이런 식이었다. 그렇다고 이런 호칭을 공석에까지 연장할 만큼 분별이 없는 사람은 아니었다.

어린 여자 후배를 곁에 두고 있다는 사실이 이처럼 기쁠까. 매일 도살장에 끌려가는 심정으로 학교에 출근하던 나는, 대학 시절이 다시 찾아온 듯, 가슴에 헬륨 가스를 불어넣은 듯, 기분이 붕붕 날았더랬다.

일제고사를 치르던 5월 어느 날이었다. 일찌감치 퇴근을 서두르고 있었는데, 방금 전까지 자리에 앉아 있던 그녀가 보이지 않았다. 교무실이 갑자기 어두워진다 싶었는데, 삽시간에 먹구름이 몰려들더니 장대비가 쏟아지기 시작했다. 나는 창가에 다가갔다. 순간 우산도 없이 운동장을 가로질러 걸어가는 그녀의 뒷

모습이 보였다. 나는 앞뒤 생각할 겨를도 없이 그대로 뛰어나갔다. 내 인생을 통틀어서 이처럼 날랜 순간이 있었던가. 계단을 세 칸 네 칸씩 뛰어 내려가 현관 앞에 섰지만 그녀는 보이지 않았다. 나는 문 옆에 꽂혀 있는 누구 것인지도 모르는 우산을 냅다 쥐고 뛰기 시작했다.

교문을 지나 버스 정류장에 다다르자, 그녀는 거기에 서 있었다. 꽃무늬가 수놓인 손수건으로 젖은 머리를 닦아내던 그녀가 나를 보자 깜짝 놀라며 말했다.

"어떻게 왔어요?"

그녀가 웃었다.

"음…… 나, 나도 퇴근하려고."

"차는요?"

"집에 두고 왔어."

아니다. 차는 학교에 그대로 세워져 있었다.

정류장에는 이미 학생들이 삼삼오오 서 있었고, 아이들이 흘끔흘끔 이쪽을 바라보고 있었다. 학교에 이상한 소문이 나면 곤란하다. 나는 들고 온 우산을 정류소 의자에 비스듬히 기대놓고, 뭔가 중요한 말을 끝낸 듯이, 정중하게 인사를 하고 다시 발길을 돌렸다. 그냥 퇴근을 해도 문제가 없었지만, 보는 눈이 많았다.

빗줄기가 거셌다. 그러나 머릿속에는 젖은 어깨에 오롯이 새겨진 하늘색 브래지어 끈이, 자꾸 떠올랐다. 현관으로 돌아오자

교감 선생이 뭔가를 찾는 듯이 주위를 살피고 있었다. 내가 건네는 인사도 건성으로 받으며, 이상하다, 이상하다, 는 말을 중얼거렸다. 교무실로 돌아와 의자에 앉자 긴 한숨이 절로 나왔다. 순간 휴대폰에서 문자를 알리는 신호음이 울렸다. **선배, 우산 고마워요^^ 오늘 술 한잔하실래요? 우리 회식하던 식당에서 기다릴게요.** 나는 하마터면 괴성을 지를 뻔했다.

차를 두고 가기로 하고, 콜택시를 불렀다. 식당에 도착하니 그녀는 벌써 소주 한 병을 시켜놓고 술을 홀짝거리고 있었다.

"벌써 시작이네? 몸은 좀 말랐어요?"

그녀는 내 말에 아무런 대꾸도 없이 빙긋이 웃으며 술잔을 건넸다. 나는 그녀가 따라준 소주잔을 단숨에 비웠다. 그녀가 병을 들어 다시 잔을 채워주었다.

"이렇게 만나니까 정말 대학 선후배 같네."

내가 과장된 목소리로 말했다.

그녀가 다시 건배를 청하고 또 한 잔 술을 비웠다.

"뭐라고 말 좀 해요."

그녀는 아무 말도 없이 고개를 살짝 숙였다. 아직 다 마르지 않은 촉촉한 머리가 아래로 늘어졌다.

"뭐라고 말 좀 해요."

그녀가 내 말을 흉내 냈다. 나는 또 역시 과장된 소리로 웃었다. 이번엔 내 웃음소리까지 입내를 냈다.

잘 가라, 미소

"왜 그러세요? 이 말까지 또 따라 하면 화낼 거예요?"

거북하다는 듯이 부러 무뚝뚝하게 말했다.

"말씀 놓으세요. 10년도 훨씬 넘는 선배신데."

"뜬금없이……. 학교생활 힘들어요?"

"힘들긴요. 선배님이 있으니까 편해요."

"내가 뭘……."

쑥스러운 듯 어물거리자, 그녀가 곧바로

"내가 뭘……" 하며 따라 했다.

"참 내, 늙은 선배 놀리는 게 재미있어?"

내가 면박을 주듯 말했다.

"네. 재미있어요. 그리고 선배, 젊어 보여요."

그녀의 말에 가슴이 뻐근해졌다.

나는 그녀에게 학교에서 평판이 참 좋다고, 이렇게 활력소가 되는 사람인지 몰랐다고 칭찬을 늘어놓았다.

"그래봤자 1년짜리 임시교산데요, 뭘."

"혹시 알아? 어떻게 될지."

"전 혹시는 안 믿어요. 있어도 그만 없어도 그만인 한문 교사를 뽑아서 뭐해요. 요즘 시대에."

그러자 나는 할 말이 없었다. 그 말을 반박할 만한 논리나 다른 가능성에 대해 말할 용기가 없었다.

"객지 생활은 힘들지 않아? 여기 친지라도 계신가?"

"아뇨. 그런데요, 동해라는 지명 참 희한하지 않아요? 동해는 우리나라 동쪽 바다를 의미하면서 또 그 언저리에 있는 작은 도시 이름이기도 하잖아요. 그래서 어디 살아요, 라고 누군가 물어왔을 때 동해 살아요, 라고 대답하면 그저 동해바다에 살아요, 라는 말로도 들리잖아요."

말을 마친 그녀가 다시 히죽 웃었다.

우리는 거기서 소주 두 병을 더 마시다가, 그녀의 아파트 근처에 있는 작은 호프집으로 자리를 옮겼다. 그녀가 사는 아파트는 동해항이 한눈에 내려다보이는 곳에 있었다. 창밖에는 항구의 불빛이 이글거렸다.

"여기서 배를 타면 저 멀리 러시아로도 중국으로도 일본으로도 가겠지요? 이렇게 저 배들을 보고 있으면, 차라리 내가 거대한 배를 타고 망망대해를 떠다니는 것 같은 기분이 들어요."

술이 취할수록 그녀는 말이 많아졌다. 나는 그녀가 주절거리는 말을 묵묵히 듣다가 이따금씩 고개를 주억거려줄 뿐이었다. 그녀를 위해서 뭔가 말을 해주고 싶어도 아무 말도 떠오르지 않았다.

"그런데요. 선배는 왜 내 이름을 불러주지 않아요? 선생님이 제 이름이에요?"

그녀의 발음은 점점 부정확해지고 있었다.

"그랬나? 몰랐네. 그럼 불러볼까? 김미소, 미소 씨, 미소야. 뭐

잘 가라, 미소

가 좋아?"

내가 싱글거리며 물었다.

"미소야는 어린아이 부르는 것 같고, 미소 씨는 늙은이 같고, 그냥 미소, 라고 말하는 게 좋네요. 불러봐요."

"미소, 미소…… 좋네."

"내 인생이 이 미소라는 이름 때문에 우울한 것 같아요. 작을 미, 웃을 소, 그래서 웃음이 없는 거 아녜요?"

"그렇게도 해석되나? 억지스러운데?"

그녀는 이 말을 또 따라 하려고 하다가 말을 끝맺지 못하고 탁자 위에 머리를 숙였다. 앵무새 같은 것.

어쨌든 그날, 나는 그녀의 아파트까지 같이 가게 되었다. 그리고 거기서 그녀가 매일 쳐다보는 항구의 불빛을 바라보았고, 그러자 그녀의 말대로 내가 어느 커다란 배에 타고 있는 것처럼 느껴졌다. 그녀를 겨우 침대에 눕힌 후였다. 아파트는 낡았고, 도배지는 누렇게 변색되어 있었다. 방바닥 곳곳에 얼룩이 가 있었다. 혼자 사는 사람은 남자나 여자나 어쩔 수 없구나, 싶었다. 하긴 1년을 살 건데 크게 손을 봐야 할 이유는 없을 거였다.

돌아가려고 했는데 발길이 떨어지지 않았다. 방문 앞에 서서, 누워 있는 그녀의 모습을 바라보았다. 살짝 치마가 말려 올라가 있어 허벅지 위에 스타킹 밴드까지 훤히 드러나 있었다. 나는 그녀 곁에 다가가 그만 가겠다고 인사를 건넸다. 그러나 그것은 내가 아직 여기 있어도 되는지를 묻는 것이었다. 그녀가 갑자기 내 손을 잡아끌었다. 나는 그녀 위에 엎어지고 말았다. 누군가의 일방적인 욕망이 아니었다. 그대로 우리는 서로를 파고들었다. 부끄러운 얘기지만, 나에겐 거의 반년 만의 섹스였다. 돈을 주고 사는 여자가 아니라면 아내 이후 첫 여자였을 거였다. 너무 흥분한 나머지 오래가지는 못했다. 그러나 그녀는 아프기만 한 것 같았고, 아쉬운 내색도 하지 않았다. 시트 위에 젖은 혈흔이 그 이유를 말해주고 있었다.

*

모텔에 들어왔지만, 잠이 올 것 같지 않다. 모텔 입구에서 손을 잡아끌었지만 그녀는 그날이라며, 그냥 돌아섰다. 내가 지금 여기에 들어와 느끼는 말할 수 없는 공허감을 동해에 살 때 그녀는 매일 느꼈을 거라는 생각이 든다. 입장이 바뀌니까 이제 그 마음을 알 것 같다. 나를 만나면서 오히려 더 외로워했던 그녀가 고향에 돌아와 많이 안정이 된 것 같다. 그러나 일주일 후면 그녀는 다시 떠난다.

침대에 벌렁 누워 리모컨으로 TV 채널을 돌린다. 수십 개의 채널이 지나간다. 성인영화가 나오는 채널에서 멈춘다. 벽을 등지고 있는 여자는 남자가 엉덩이를 움직일 때마다, 과장된 교성을 내뱉는다. 풍만한 가슴도 출렁거린다. 한참을 보다 보니, 어느새 내 손은 바지춤 속으로 들어와 있다. 손을 움직이기 시작한다. 화면 속 여자가 미소로 보이기도 하고, 또 흔한 술집 여자로 보이기도 한다. 아내의 얼굴이 떠오르자 기분이 잡친다. 미소를 생각하자. 미소는 지금 어디쯤 가고 있을까. 집에 들어가서 어린 아이처럼 엄마 밥 줘, 라고 말하지 않았을까. 나는 갑자기 원조교제를 하고 있는 유부남이 된 기분이 든다. 이제 여자는 뒤로 돌고 남자는 그녀의 엉덩이 사이를 파고든다. 내 손의 움직임도 빨라진다. 순간 터져 나올 것이 나오고 만다. 방바닥이 흰 정액으로 질펀하다. 더러운 욕망이 지겹다. 이런 방에서 수건으로 목을 매달고 조용히 죽고 싶다는 생각이 든 순간, 그보다 잠이 먼저 몰려온다.

오전 내내 그녀에게서 아무런 연락이 오지 않는다. 소양강댐에 올라 캔맥주 서너 개를 마시고 하릴없이 담배를 피워 물다 보니, 시간은 벌써 오후 1시를 지나고 있다. 주위엔 단체 관광을 온 노인들이 대부분이다. 그들은 부부가 아닌 듯싶다. 경로당에서 단체 미팅이라도 했는지, 할아버지 할머니들은 모두 싱글벙글 기분이 좋다. 저 나이에도 할아버지는 예쁜 할머니가, 할머니는 잘생긴 할아버지가 좋겠지. 그러자 갑자기 우울한 생각이 든다. 그때까지도 욕망은 마르지 않는구나. 갑자기 맥주 한 모금이 신물처럼 쿨럭, 목구멍을 타고 오른다.

대학 때, 같은 과 여자아이와 함께 여기에 처음 와서 삶은 소라에 소주를 마셨던 기억이 난다. 여기서 이렇게 큰 소라가 잡히지 않을 텐데, 분명히 바다에서 잡은 것일 텐데, 이걸 왜 여기서 파는지 이해가 되지 않았다. 그래도 그 여자아이와 흠뻑 취해 어설픈 키스도 나누었던 터라, 마음은 소양호만큼이나 부풀었더랬다. 동그란 얼굴에 코가 납작한 귀여운 아이였다. 여자라기보다는 소녀라고 해야 할 것 같았다. 그땐 그런 여자아이의 이미지가 나쁘지 않았다. 그러나 어떻게 헤어졌는지, 기억이 나지 않는다. 군대에 갔다 와 보니, 그녀는 이미 졸업을 하고 없었다. 나뭇잎처럼 얇은 혀를 가진 아이였는데. 나는 모든 여자를 이렇게 몸으로 기억한다. 미소는 먼 훗날, 긴 머리와 잘록한 허리로만 기억될 것이다. 아, 그리고 하늘색 브래지어 끈!

노인들 틈에 끼어 청평사로 가는 배에 오른다. 강바람이 시원하게 폐부로 들어온다. 물보라가 하얗게 일어나는 선미로 자리를 옮긴다. 호수지만 육지에서 점점 멀어져갈 때면, 이상하게 아득한 느낌이 든다. 미소도 이렇게 나에게서 멀어져가겠지. 나는 이런 식으로 이별 의식을 치르고 싶은 거겠지. 갑자기 코끝이 찡해진다.

배가 닿자, 일군의 노인들이 서둘러 배에서 내린다. 선장인지 직원인지 알 수 없는 중년의 남자가 연신 조심하라는 말을 반복

잘 가라, 미소

한다. 나는 맨 마지막에 내리기로 한다. 내 뒤에는 젊은 연인들
이 있어, 나의 이런 의도는 묵살된다. 힐끗 돌아보니 이 와중에
도 그들은 서로 껴안고 입맞춤을 나누고 있다. 미소가 없는 내가
처량하게 느껴진다.

청평사로 오르는 길은 등산로라기보다는 산책길 같다. 도랑물
같은 계곡을 따라 올라가면 맑고 고요한 산사가 나온다. 회전문
앞에 서자, 내 상황이 또렷하게 보인다. 공주를 사모한 상사뱀이
지금의 내가 아닌가. 그러자 내가 지금 하고 있는 이 모든 일들
이 유치한 코미디 같다는 생각이 든다. 여기서 혼자 무슨 짓인
가, 이 나이에. 나는 회전문에서 그만 발길을 돌린다. 절까지 올
라가서 무엇하겠는가. 선창가까지 다시 내려왔지만 소양댐으로
돌아가는 배 시간은 아직 멀었다.

갑자기 검은 구름 몇 점이 하늘을 가리더니, 빗방울이 후드득
떨어진다. 스콜은 아니지만, 촉촉이 젖을 정도로 내린다. 그만
돌아가자. 이 일이 과연 얼마나 중요한 일인지 모르겠다. 그녀가
떠나면 견딜 수 없을 것 같다는 감정을 스스로 만들어낸다. 어떤
면에서 삶이란 여러 부분 연극적인 요소를 가지고 있다. 부모의
장례식 날도 하루 종일 슬프지는 않은 법이다. 슬프다가, 아무
감정이 없다가, 후련하다가, 또 슬프다가 하는 것이다. 계속 슬
프기 위해서는 감정 연기가 필요하다. 나는 계속 슬프다, 슬퍼야
한다, 슬프고 싶다고 감정을 조절한다.

어둑어둑해질 무렵, 소양댐에서 버스에 오른다. 시내까지 가는 것을 탄다. 버스는 만원이다. 남자 친구의 다리 위에 앉아 있는 여자들이 여럿 보인다. 남자야, 지금 너는 그녀가 가벼울지 모르나, 언젠가 그게 천 근만큼 무거워지는 날이 있을 것이다. 그리고 여자야, 네가 지금 구름 위에 앉아 있다고 생각할지 모르지만, 끈끈이주걱 위에 앉아 있는 파리 신세임을 깨닫게 될 것이다. 너희들의 사랑도 반드시 너덜너덜해질 것이다. 나는 그들에게 저주를 퍼붓는다. 그녀에게선 아무런 연락도 오지 않는다.

명동 거리는 환하게 불이 터져 오른다. 부풀어 오른 5월의 대기 속으로 사람들이 흐른다. 무심코 휴대폰을 열어본다. 집에서 온 부재중 전화가 두 통 있다. 아내는 분명 아들에게 전화를 해보라고 했을 거다. 이런 것은 집 밖에 있는 남편에 대한 관심일까, 습관일까, 불평일까. 열 살 난 아들은 유독 엄마 손을 많이 탄다. 아내는 아들을 먹이기 위해 아침을 짓고, 아이가 학교에서 돌아올 때까지 노심초사 그의 안위를 걱정하고, 아이가 저녁을 먹고 잠자리에 들 때까지 그의 손발이 되어준다. 그 속에서 나는 이미 투명인간이다. 오로지 아이라는 매개를 통해서만 서로에게 연결된다. 휴대폰을 거칠게 닫는다. 오라는 전화는 오지도 않고, 신경질이 돋는다. 무엇을 할까, 막막한 생각이 밀려든다. 그녀가 있는 춘천에 오기만 하면 모든 일이 다 될 것 같았다.

편의점에서 캔맥주와 간단한 요깃거리를 사 들고, 인근 모텔

잘 가라, 미소

로 들어간다. 키를 받아 방으로 올라가 보니, 쾨쾨한 곰팡이 냄새가 물씬 풍겨 나온다. 그냥 되돌아 나와 환불을 요구할까 하는 생각이 들었지만, 좋은 잠자리에 나를 뉘어야 한다는 생각은 들지 않는다. 더럽고 칙칙한 겨울 이불이 침대에 펼쳐져 있다. 여기서 수많은 남녀가 뒤엉켜 서로를 탐했으리라. 벽으로 나누어진 세계의 이쪽과 저쪽. 여기서는 되고 밖에서는 안 된다. 인간이 만든 문화라는 것이 우습고 하찮게 느껴진다. 생각이 꼬리를 물지만 공허를 메울 길이 없다. 하릴없이 TV를 켠다. 조악한 화질의 포르노다. 화면과 대사도 맞지 않는다. 보정이 되지 않은 소리는 대체 알아들을 수가 없다. 남자가 허리를 들썩이면 여자의 표정이 일그러지고 그리고 정확히 3초 후 신음 소리가 터진다. 웃기다. 외계 생물체를 관찰하듯 물끄러미 그들을 바라본다. 병신들.

다시 휴대폰을 본다. 그녀에게 온 문자가 있다. **선배, 미안. 오늘 하루 종일 엄마한테 끌려 다니느라 바빴어요. 준비할 게 생각보다 많네. 또 연락할게요. 아직 춘천이죠? ^^** 온종일 그녀를 생각하다 거의 신경쇠약에 걸릴 지경인데, 문자에는 잘 자라는 말도 없다. 혼자 무엇을 했는지 내 안부는 묻지도 않는다. 초라해진 내 모습에 화가 치민다. 이게 아니었는데.

담배를 피우기 위해 재떨이를 찾다가 그 옆에 놓인 성냥갑에 눈길이 간다. 겉에는 다방과 출장 안마 상호가 전화번호와 함께 빼곡히 인쇄되어 있다. 미소 다방이라는 이름이 눈에 들어온다. 전화번호를 천천히 누르자 잠시 후 다방입니다, 하는 중년 여자의 목소리가 들린다. 아가씨 것까지 두 잔을 시킨다. 가슴이 콩닥콩닥 뛰기 시작한다. 이건 아무것도 아니라고 가슴을 쓸어내린다. 마른침이 목 뒤로 넘어간다. 아, 또 뭐가 벌어지려고 하고 있군. 언제나 나는 일을 저지르고 그 일이 진행되는 모습을 관찰하기를 즐긴다.

노크 소리가 들린다. 으레 그렇듯, 아가씨는 왼손에 보자기를 들고 있다. 문을 열어주자 안녕하세요, 라고 짧고 성의 없는 인사를 하더니 성큼 안으로 들어선다. 그녀는 티테이블로 가지 않고 그냥 바닥에 앉아 보자기를 푼다. 그리고 언제나처럼 이어지는 말. 커피 몇 스푼 넣으세요, 설탕은요, 프림은요. 아, 지겹다. 다방 커피로 타, 그냥. 아가씨는 아무 말 없이, 커피 잔을 내민다. 나는 아가씨도 한 잔 해, 라고 말한다. 커피 너무 많이 마셨어요. 그래도 두 잔 값 계산해주실 거죠, 라고 묻는다. 나는 잠자코 고개를 끄덕인다. 인스턴트커피는 냄새도 맡기 싫겠지. 커피에 혀가 타들어 갈 지경이겠지.

미색 스타킹을 신은 제법 튼실한 다리가 짧은 스커트 아래로 적나라하게 드러난다. 아뿔싸. 나는 그제야 깨닫는다. 포르노가 나오는 TV를 끄지 않은 것이다.

"아, 미안……."

내가 머뭇거리자 그녀는 쿡, 하고 짧게 웃는다.

"오빠, 티켓 끊으실 거예요?"

나는 불의의 기습을 받은 병사처럼 무르춤한다. 잠시 생각하는 척 고개를 돌린다.

"잘해줄 거야?"

내가 겨우 생각해낸 말이다.

"너무 진상 피우면 안 돼요. 오빤 잘생겼으니까 받아줄게."

아가씨가 들큼한 웃음을 지으며 나를 바라본다.

"얼마야?"

"두 시간에 15만. 그래야 잘해주지."

가격은 생각보다 비싸지 않다.

"알았어. 벗어봐."

그녀는 능숙한 솜씨로 형광등 스위치를 끄고 무드등을 켠다. 이 모텔에 여러 번 와본 듯한 행동이다. 그녀는 내게 원피스 지퍼를 내려달라고 등을 돌린다. 지퍼를 내리자 브래지어 버클이 눈에 들어온다. 나는 그것까지 함께 풀어버린다.

"급하기도 해라. 쳇!"

제법 미끈한 뒤태가 드러난다. 분 냄새 같은 살내도 훅 끼쳐온다. 이제 그녀의 몸에는 팬티 한 장만 남아 있다. 허리에 비해 엉덩이가 조금 비대하게 느껴진다. 어쨌든 섹시하다. 그녀는 이불 속으로 들어가려 한다.

“아, 아니지. 그대로 뒤돌아봐.”

그녀는 묵묵히 나를 바라본다.

“팬티도 벗어.”

그녀는 웃음기가 걷힌 얼굴로 몸에 걸친 마지막 한 조각 헝겊을 다리 사이로 빼낸다. 그곳엔 털이 무성하게 돋아 있다.

“잔디밭이 따로 없네.”

내가 씩 웃으며 말한다.

“이제 내 옷을 벗겨봐.”

*

두 시간이 아니라 아예 ‘긴밤’을 끊어버렸는데, 아가씨는 이미 가고 없다. 섹스가 끝나고, 같이 맥주를 마시다가 다시 달려들고, 이런저런 얘기를 나누다가 또 허겁지겁 그녀의 샅을 파고들었다. 그녀는 내가 원하는 모든 체위를 다 해주었다. 간밤에 나는 그녀의 모든 구멍을 체험했다.

머리맡에 놓인 담배를 찾아 피워 문다. 속이 싸하고 머리가 핑 돈다. 어제 도대체 몇 번 사정을 한 것일까. 그래도 이불 속에선 그놈이 빳빳하게 발기되어 있다. 지금 그녀가 있다면 또 한 번 다리를 벌렸을 거다. 돈이 아깝지도 기분이 더럽지도 않다. 다행

113

이다. 여자와 잠자리를 잘못하면 감정이 바닥을 치는 수가 있다.

커튼 사이로 환한 빛이 보인다. 시간은 벌써 정오에 가까워지고 있다. 우선 더러운 이불에 휘감겼던 몸뚱이를 씻고 싶다. 이불을 들치고 일어서서 화장대 앞에 선다. 간밤에 홍역을 치른 내 몸의 일부가 달랑 매달려 있다. 손에 잡아보니, 다시 조금씩 부풀어 오른다. 어제 아가씨가 떠오른다. 나는 성기를 빳빳하게 세운 다음, 손을 앞뒤로 움직인다. 그녀의 탱탱한 엉덩이를 생각한다. 시커먼 음부를 떠올린다. 흥건한 애액을……. 흰 고름이 사방으로 튀어나간다. 벽에 들러붙은 것들도 있다. 대단한 비거리다. 도대체 이 욕망은 내 몸 어디에서 솟아나는 것일까.

가방에는 빨지 않은 양말과 속옷들이 늘어가지만, 집으로 돌아가고 싶은 생각은 들지 않는다. 이 몸은 분명히 춘천에서 연수를 받고 있는 중이시다. 해장국 집으로 들어가니 벌써 점심 손님들로 가득 차 있다. 혼자서 네 사람이 앉는 자리를 차지하고 앉기도 뭐해서 머뭇거리고 있는데, 서빙을 보는 아줌마가 혼자 왔느냐고 묻는다. 그렇다고 말하니 아줌마는 이미 세 명이 앉아 있는 테이블을 가리키며 자리를 안내한다. 그냥 나갈까 하다가 억지로 자리에 앉는다. 그리고 곧바로 해장국이 나온다. 이미 한 솥 끓여놓은 모양이다. 동석한 사람들은 아무 말이 없다. 해장국을 반쯤 비웠을 때, 문득 깨닫는다. 이들도 모두 혼자 온 사람들인 것이다.

식당에서 나오자, 나는 또 방향을 잃는다. 무심코 휴대폰을 연다. 미소에게는 아무런 연락이 없다. 이젠 야속하다는 생각도 들지 않는다. 다만 가슴 한구석이 멍해진 느낌이 들 뿐이다. 어디로 갈까. 학교에나 한번 가볼까. 젊은 아이들로 왁자지껄한 캠퍼스를 거닐면 덜 외로울 것 같다. 학교에 가면 묵직한 뒤도 볼 생각이다. 택시를 잡아탄다. 초록이 짙어가는 가로수들 사이로 햇발이 부서진다. 현기증이 나서 눈을 감는다. 휴대폰이 울린다. 학교 동료 교사다. 허리가 좀 어떠냐고 안부를 묻는다. 괜찮다고 한다. 수술을 했느냐고 한다. 교정을 택했다고 한다. 병원이 어디냐고 한다. 서울에 유명한 디스크 전문병원이라고 한다. 언제 오느냐고 한다. 다음 주에 간다고 한다. 학교는 지금 중간고사 기간이라고 한다. 그러냐고 한다. 몸조리 잘 하라고 한다. 그러겠다고 한다. 끝이다. 이런 전화도 안 오면 섭섭한 법이다.

학교 후문이다. 교문을 나오는 아이들, 들어가는 아이들, 삼삼오오 모여 있는 아이들, 혼자 누군가를 기다리는 아이들, 담배를 피우는 아이들, 테이크아웃 커피를 빨대로 빨아 먹는 아이들, 큰소리로 웃는 아이들, 무표정한 아이들. 나는 과거에 어떤 모습으로 이 자리에 서 있었을까. 이를 조합한다면, 아마도 나는 누군가를 무표정하게 기다리며 담배를 피우고 서 있는 아이였을 거다.

과거의 내가 후문에서 누군가를 기다린다. 그 여자는 영문과 여학생이었는데, 졸업 후에 학교 출판부 직원이 되었다. 나는 그

잘 가라, 미소

때 복학생이었고 시 쓰네, 하며 캠퍼스 룸펜으로 지내던 시절이었다. 영문과에 다니는 고향 친구와 함께한 술자리에, 그녀가 동석했던 것을 인연 삼은 것이었는데, 시대는 바야흐로 문학청년을 원하지 않았다. 무스로 머리를 세우고, 휴대폰을 허리에 차고, 스포츠카를 타고 다니기 시작한 시절이었으니. 어쨌든 나는 시대착오적인 문청 냄새를 피우며 그녀에게 사인을 보냈는데, 그게 이루어질 수 있었겠는가. 나중에 안 사실이지만, 그녀는 영문과에 전임강사로 임용된 사람과 결혼했다고 한다. 교수 사모님이 될 여자였던 거다. 역시 눈높이가 남달랐던 여자였다.

　그러나 일단 그녀가 내 눈에 들어왔으니 가만히 있을 수 있었겠는가. 나는 그녀의 동선을 확인했고, 날마다 후문으로 출퇴근한다는 사실을 알게 되었다. 퇴근 무렵, 후문에서 그녀를 기다렸다. 출판부로 찾아갈 용기까지는 없었다. 그녀가 여러 사람들 사이에 섞여 그냥 지나친 것일까. 쉽게 만날 수 없었다. 나중에 알고 보니, 그 무렵 그녀는 남편의 승용차를 함께 타고 다녔다고 했다. 그것도 모르고 2주째 같은 자리에서 기다리던 어느 날 그녀와 마주쳤다. 여기서 뭐 하세요, 그녀가 대뜸 물었다. 안녕하세요, 도 아니고 뭐 하느냐고 묻는 것은 어느 나라 인사법인가. 나는 기다려요, 라고 말했다. 그러자 그녀가 다시 물었다. 누구를요? 당돌하기 짝이 없지 않은가. 나는 용기를 냈다. 당신이요, 바로 당신. 나는 무슨 소설 속의 대사를 연기하듯이 말했다. 그러자 그녀가 갑자기 파안대소를 터뜨렸다. 어안이 벙벙했다. 웃음을 그치고 숨을 고르더니 그녀가 말했다. 종수 씨, 정말 웃기시네요. 하하하. 이런 허섭스레기 같은 기억이 어디에 저장되어 있다가 나오는 것일까. 좋은 기억은 어디다 버리고 이런 것들만 쟁여둔 것일까.

배 속에서 짜르르 쓰린 기운이 지나간다. 인문대학 앞에 선다. 신입생 때는 인문사회대학이었는데, 학과가 늘어나면서 인문대와 사회대로 분리되었다. 나는 어쨌든 인문대에서 철학과 다음으로 인기가 없는 국문과 학생이었고, 그때도 국문과는 '굶는과'로 인식되어 복학 후엔 늘 피를 봐야 했다. 소개팅 같은 자리에 땜빵으로 몇 번 나간 적이 있었는데, 그 자리에서 늘 빠지지 않고 나오는 질문은 졸업하면 뭐하실 거예요, 였다. 그럼 나는 그쪽은요, 라고 되받아칠 수밖에 없었다. 그럼 여자들은 대체로 아무 말도 하지 못했다. '취집' 가세요. 시집으로 평생직장 잡으시라고요. 복학 후 이성과의 만남은 늘 이런 식으로 어긋났다. 국문과 학생으로서의 자의식이 너무 강했던 탓이다. 가장 솔직한 대답은 시인 지망생입니다, 였는데. 이거나 저거나 차이기는 마찬가지였을 거다.

인문대로 올라가 옛날에 내가 주로 이용하던 3층 복도 맨 끝에 있는 화장실로 간다. 거기서 다시 맨 구석 칸으로 들어간다. 화장실은 리모델링이 되어 있다. 옛날에 있던 화변기는 모두 양변기로 교체되었다. 대학 시절, 이 화장실에 들어와 새벽까지 마신 술 찌꺼기를 토해내곤 했다. 똥을 한 무더기 싸질러놓고 그대로 나간 적도 있었다. 나는 이 화장실을 너무도 사랑했더랬다. 매직으로 커다란 자지를 그리기도 했고, 출판부 직원이 된 영문과 여학생의 이름을 귀두 끝에 연필로 작게 적어 넣기도 했더랬다. 또 한국현대문학사라고 크게 쓴 다음 그 아래 시인과 작가들의 이름을 생각나는 대로 적어놓기도 했다. 이광수와 김소월에서 시작해서 박노해와 기형도 쯤에서 끝났던 것 같은데. 졸업 무렵엔 「대학시절」이라는 기형도의 시를 두려운 마음으로 옮겨 적기도 했더랬다. 지금도 이 타일을 깨고 시멘트를 벗겨내면, 나의 음화가 오롯이 모습을 드러내리라. 그 옛날처럼 한 무더기의 똥은 나오질 않는다. 그저 설사 같은 물똥이 삐질삐질 나온다. 그 시절, 그 화장실에 왔건만 젊었을 때의 대장 기능은 회복되지 않는다.

인문관 4층으로 올라간다. 어두컴컴한 긴 복도가 나타난다. 이 층에는 양쪽으로 교수연구실이 늘어서 있어, 햇빛 한 점 들지 않는다. 나를 가르쳤던 교수는 이제 몇 남지 않았다. 모두 서울에서 내려온 사람들이 다시 빈자리를 채웠다고 후배가 알려줬다. 언어학을 전공했던 과선배는 강사 생활 15년 만에 학교 뒷산에서 목을 매달았다. 타인의 출입을 완강히 거부하는 듯 굳게 닫혀 있는 철제문들이 웅거의 의지로 똘똘 뭉쳐진 철옹성 같다.

옥상으로 이어진 문은 옛날처럼 열려 있다. 저 위에서 1학년 때 선배들에게 기합을 받기도 했고, 술을 마시기도 했고, 현수막을 걸기도 했고, 깃발을 나부끼게 하기도 했다. 따끈하게 데워진 훈풍이 옷깃을 파고든다. 담배를 한 대 피워 물고, 다시 휴대폰을 열어 본다. 부재중 전화가 한 통 표시되어 있다. 미소다. 곧바로 전화를 할 수도 있지만, 그럴 마음도 의지도 없다. 사실, 내가 지금 왜 여기에 있는지 그 이유조차도 모르겠다. 미소를 만나든 못 만나든, 아니 그녀가 이 땅에 있든 없든, 아무 의미가 없을 것 같다. 이런 마음이 찾아온 것이 차라리 다행스럽다.

*

언제부턴가 그녀의 아파트 열쇠가 내 주머니 속에도 들어왔다. 그녀가 춘천에 올라가는 주말이면, 장을 봐다가 그녀의 텅 빈 냉장고를 채워 넣기도 하고, 세탁기에 있는 젖은 빨래를 대신 널어주기도 했다. 한번은 빨래통에 모여 있는 그녀의 옷들 중에서 팬티와 브라들만 골라서 펼쳐놓아 보기도 했다. 팬티를 뒤집어 노랗게 변색된 부분을 냄새 맡기도 했다. 미미하게 풍기는 지린내가 묘한 성욕을 불러일으켰다. 젖꼭지가 닿는 브래지어의 안쪽도 뭔가 시큼한 냄새가 나긴 했는데 거의 오래된 우유 냄새에 가까웠다. 나는 그녀의 팬티로 성기를 감싸고 자위를 한 적도 있다. 정액이 팬티에 들러붙어 결국 손빨래를 해야 했지만. 나는 이렇게 그녀의 아파트에서 혼자 노는 것이 행복했다. 아예 그녀가 없는 주말이면, 현관문을 열고 들어오자마자 빨래통을 뒤적거리며 그녀의 팬티를 찾곤 했다.

아내는 내가 주말마다 산에 간다고 생각했을 거였다. 이 아파트 10층이 나에게 산이고 놀이동산이고 천국이었다. 아파트 정원에서 일부러 등산화에 흙을 묻히고 귀가하기도 했다. 이상한 것은 그녀가 있을 때보다 그녀가 없는 아파트가 더 행복하다는 사실이었다. 화장실 뚜껑을 열어보기도 하고, 샴푸 냄새를 맡다가 머리를 감기도 하고, 화장품 냄새를 맡기도 하며, 심지어 알몸으로 그녀의 브래지어와 팬티를 입어보기도 했다. 스타킹을 신어보기도 하고, 치마를 입어보기도 하고, 입술에 립스틱을 발라보기도 했다. 나의 코스프레 숍은 그녀의 아파트 1003호였다.

그녀가 집에 올라가지 않는 주말이면, 강릉으로 함께 영화를 보러 가기도 했다. 어떤 때는 영화는 보지도 않고, 그녀의 다리 사이에 들어간 손가락의 예민한 촉각을 느끼며 시간을 보낸 적도 있었다. 극장을 나설 때면, 미소는 미소를 지으며 이런 짐승, 짐승, 했지만 싫은 것 같지는 않았다. 우린 낯선 도시에 온 해방감을 느끼며 바닷가와 호수를 돌아다니다가, 모텔이나 저가호텔에 들어가 서로의 몸을 탐했다. 그녀의 호기심도 나만큼 컸다. 아예 나를 침대에 눕혀놓고 내 성기를 한 시간 내내 조몰락거리며 관찰하기도 했다. 귀두 사이를 벌려보기도 하고, 두 고환의 크기를 비교해보기도 하며, 심지어 그 뒤에 숨어 있는 잔주름이 많은 구멍까지 샅샅이 관찰했다. 그녀의 탐구 정신은 정말 나를 능가하고도 남음이 있었다. 그러나 언제나 마지막에 내뱉는 말은 한 가지였다. 시시해! 남자는 여자보다 확실히 신비감이 떨어져!

그녀와 함께 우리나라의 등줄기를 타고 오른 적이 있었다. 강릉, 양양, 속초, 고성으로 올라가면서 여행했던 가을을 잊을 수가 없다. 속초에서 시티투어 버스를 타기도 하고, 더 위로 올라가 화진포 일대를 구경하기도 했다. 아내가 임신 7개월에 접어들었을 때 식을 올렸기 때문에 신혼의 달콤함은 없었다. 배가 불러서 갔던 제주도는 최악이었다. 때마침 태풍이 왔고, 아내와 나는 호텔에만 틀어박혀 있었다. 제주도를 떠나는 날, 야속하게도 해가 반짝 떠올랐다. 그때, 바로 알았어야 했다. 이 결혼 생활이 우중충해질 거라는 것을. 오히려 미소와의 가을 여행이 나에겐 달콤한 신혼여행 같았다.

연인들은 숨어들기를 좋아한다고 했던가. 속초에서 내려오는 길에 우리는 양양 미천골이라는 데를 찾아갔다. 이곳에 신라시대 때 승려를 기르던 선림원이라는 큰 절이 있었는데, 공양 시간이 다가올 때마다 쌀뜨물이 내를 이루며 흘렀다고 해서 미천(米川)이라 한다고 했다. 그러나 과거의 영화는 온데간데없고, 석탑과 부도들만 잡풀 사이에서 세월을 견디고 있었다. 우리는 펜션을 잡고 나서, 단풍이 붉게 물든 산길을 걸었다. 계곡은 끝없이 이어지며, 맑은 물소리를 울렸다.

"선배, 나랑 이렇게 있으니까 좋아?"

느닷없는 상투적인 질문이었다. 이럴 때는 뭐라고 해야 할까. 행복하다고 해야 하나, 아니면 가슴이 벅차다고 해야 하나, 아니면 꿈을 꾸는 것 같다고 해야 하나.

"이대로 죽어버렸으면 좋겠어."

저 멀리 청설모 두 마리가 길 한가운데 서 있다가 우리를 알아보고 재빨리 달아났다.

"쟤네들은 왜 도망갈까."

그녀가 또 생뚱맞은 질문을 던졌다.

"자기들을 해치려 한다고 생각하겠지. 본능 아니야?"

내가 조금 피곤하다는 투로 말했다.

"우리도 무언가를 피해서 여기까지 온 거 아니야? 사랑? 그런 감정 말이야. 차라리 생의 도피처가 아닐까?"

나는 그저 마누라를 피해 왔다고 할 수는 있지만, 그렇게까지 생각하고 싶지는 않았다.

"오빠, 이런 데서 우리 둘만 살았으면 좋겠지? 아무도 모르게."

그녀가 나에게 오빠라고 했다. 선배님도 선배도 아니고 오빠! 나는 다리의 힘이 풀려 쓰러지는 줄 알았다. 그걸 알아차리고 그녀가 웃었다.

불바라기 약수터까지 왔을 때, 그녀가 말했다.

"나를 너무 믿지 마세요. 영원한 건 없으니까. 선배도 자신의 감정을 너무 믿지 말고."

그녀의 말은 부정할 수가 없었다. 아니라고 말하고 싶었지만 그럴만한 논리도 감정도 없었다.

"산에서 나무 해다가 불 때고 살 수는 없잖아. 그렇죠? 선배는 심마니? 하하."

그녀가 큰 소리로 웃었다. 산짐승들도 그녀의 웃음소리를 듣고 따라 웃는 것 같았다.

postlude

연못가 벤치에 앉아 담배를 피운다. 하늘이 다시 어두컴컴해진다. 호반의 도시라는 이름답게 주변에 있는 강과 호수에서 습기를 대기 중에 많이 공급하기 때문에 소나기구름이 잘 만들어지는 것이 아닐까 생각해본다. 아니다. 우리나라 기후 자체가 변한 거라고 미소가 그랬다. 그녀와 비슷한 시기에 같이 대학을 다녔다면, 우리는 멋진 캠퍼스 커플이 되었을까. 행복했을까. 여기선 내가 자취를 했으니, 아마도 그녀가 내 방에 자주 찾아왔을 거다. 거기서 같이 밥을 지어 먹기도 하고, 작은 이불 한 채를 사

잘 가라, 미소

이좋게 덥고 철부지 사랑을 나눴을 거다. 그녀가 나와 비슷한 학번이었다면 그녀는 분명히 운동권으로 분류되는 학생이었을 거고, 내가 그녀와 같은 학번이었다면 우린 분명히 어디서나 눈에 띄는 닭살 커플이었을 거다. 상상 속에서 시간은 가역적이지만, 현실의 시간은 세찬 미천골의 계곡물처럼 미래로만 흐른다.

미소가 보고 싶다. 그녀와 처음으로 단둘이 술잔을 기울였던 날, 김미소, 미소 씨, 미소야, 뭐가 좋아, 라고 묻던 그날의 기억이 다시 떠오른다. 왜 아무런 연락도 없을까.

"내가 여기 있을 줄 알았어요. 크크."

누군가의 목소리가 들린다. 나는 무심코 고개를 돌린다. 미소다.

"여긴 어쩐 일이야?"

내가 최대한 담담하게 묻는다.

"선배 만나려고 왔지."

"입에 침이나 바르고 그렇게 말해라. 응?"

내가 바로 대거리한다.

"그렇지 않아도 오늘 저녁에 연락하려고 했어요."

그녀가 꿍얼거린다. 그런 모습이 귀엽다.

"손에 든 건 뭐야?"

"경력증명서. 학교에서 잠깐 중국 아이들한테 한국말 가르친 적이 있거든요. 한국어 교사 자격증도 있어요. 중국에 가서 한국어 가르치려고요."

"아……."

"중국말도 기본적인 것은 배워났어요. 자고로 이제 한자의 시대는 갔거든요."

그녀가 단호한 어조로 말한다.

바로 그때 빗방울이 듣기 시작한다. 얼마 지나지 않아 굵은 빗줄기가 세차게 쏟아진다. 나는 그녀의 손목을 잡고, 바로 앞에 있는 건물로 뛰어간다. 현관 앞에 서서, 손수건을 꺼내 그녀의 머리를 닦아준다.

"제가 할게요."

그녀가 몸을 도사린다.

"왜 그래?"

"누가 보면 어떡해요. 저는 졸업한 지 얼마 안 돼서 아는 사람이 있을지도 모른단 말예요."

그녀가 정색을 한다. 나는 갑자기 의기소침해진다.

그녀는 열심히 머리에 물기를 닦는다. 그게 내 손수건이라는 사실이 그녀에겐 중요하지 않다. 그녀에게 우산을 가져다주기 위해 전속력으로 달렸던 날이 생각난다. 비에 젖은 그녀의 몸에서 그날의 냄새가 난다. 그러나 이미 그녀는 다른 사람이 된 것 같다. 그녀는 더 이상 한자를 가르치던 기간제 교사가 아니다. 외국인들에게 한국말을 가르치고, 시대의 대세인 중국어를 배우

잘 가라, 미소

는 사람이다. 잘 가라, 미소. 스콜처럼 이제 우리의 시간이 그친
거다.

유리집

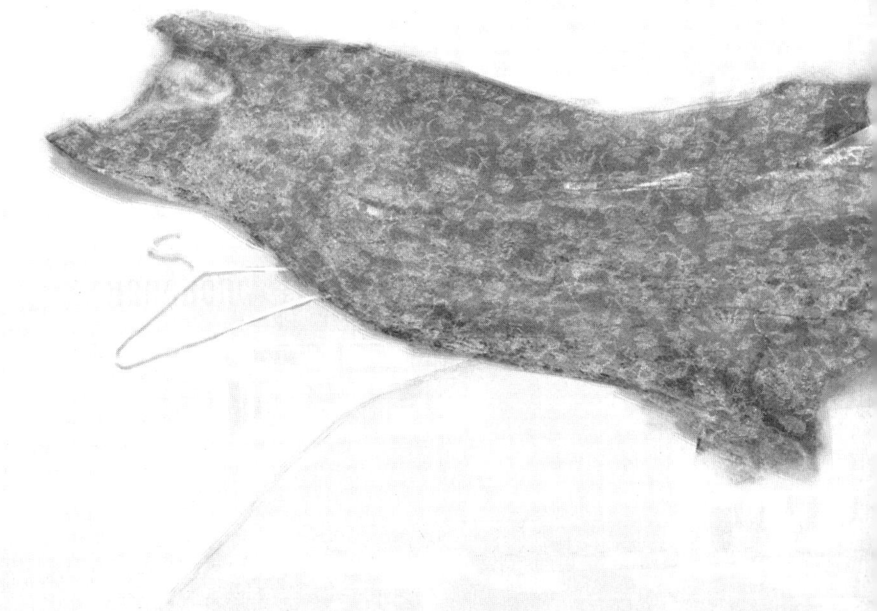

"날씨 한번 기분 나쁘게 좋군!"

2년 만에 처음 듣는 그의 음성은 깊게 가라앉아 있었다. 희부연 도심의 대기 사이로 석양이 뿌려지고 있었고 그 빛 사이로 비둘기 떼가 날아올랐다. 새들은 도로 위를 한 바퀴 휘돌다가 빌딩 유리창 속 빛 덩어리 사이로 사라졌다. 나는 엷은 현기증을 느끼며 인사동을 향해 걸어갔다.

"우리 그때 거기로 가지?"

내가 그의 어깨에 손을 올리며 말했다.

"그래, 비창."

우리는 낙원상가로 넘어가는 사거리 신호등 앞에 멈추어 섰다.

"몰! 말 좀 해. 아무 말이나."

그의 이름은 '몰'이다. 대학 3학년 때부터 그를 아는 몇몇 사람들이 그를 그렇게 불렀다. 그의 깊은 눈 때문일까. 그래서 굴

속 같은 그의 눈, 沒. 그는 그 어떤 들뜬 분위기도 눈빛 하나로 가라앉힐 수 있는 사람이다. 그는 내 이름을 부르지 않는다. 그냥 툭 치거나 야, 하면 그만이었다. 타인을 등진 듯한 무심한 태도는 다른 사람에게는 거부감의 대상이었겠지만 오히려 나에겐 그에 대한 갈증의 이유이기도 했다. 그의 마음의 완강한 빗장을 열고 그 속에 들어가고 싶은 욕망을 불러일으킨다고나 할까.

"이봐, 몰?"

"왜?"

그가 깊은 동공을 열고 나를 바라보았다.

"오후 4시의 절망."

"……."

"높게 뜬 태양도 아니고, 붉게 물드는 노을도 아니고, 시름시름 앓듯 쇠락해가는 빛."

몰은 아무 말도 없이 지겨운 듯 터벅터벅 발걸음을 옮겼다.

"오줌이 마렵지도 않은데 너무 심심해서 오줌을 누러 마당에 나와 포도나무에 물을 주는 어린 소년. 오후 4시. 그러다 문득 올려다본 하늘에 흰 구름 몇 점, 무심히 떠가고. 저 멀리 밭에는 아버지의 흰 속옷이 상장처럼 박혀 있고."

내가 허공을 바라보며 중얼거렸다.

"그냥, 외롭다고 말하면 될 것을. 자식!"

그가 무지르듯이 말꼬리를 잘랐다.

우리는 비창에 들어오자마자 소파에 허물어지듯 앉았다. 넓은 창 아래로 한산한 거리가 내려다보였다. 그와 마주 앉아 있으니, 무슨 말이라도 해야 한다는 의무감이 마음을 조이기 시작했다. 이런 어색함이 찾아들 때면, 하지 말아야 할 말도 모두 해버리고 후회한다. 나에게 둘이라는 관계는 구속의 무게감만큼 힘겹고, 셋이라는 관계는 제외의 두려움에 긴장하게 하고, 집단 속에서 나는 항상 부재한다.

서른이 넘은 나이에도 나는 아직 혼자다. 그는 결혼한 지 3년 이 조금 넘었고 두 돌이 지난 아들이 있다.

"영민이는 잘 크니?"

몰의 입가에 작은 미소가 일어나다가 금세 사그라졌다.

"응. 어린애치고는 너무 얌전해서 탈이지. 잘 울지도 않고, 속 에 뭐가 들었는지 애늙은이 같아."

"자기 자식한테 무슨 소릴…… 아, 은희도 잘 지내지?"

은희는 대학 때 우리와 같이 지냈던 미대 여학생이었다. 우리 가 군대에 갔다 와서 복학하고 만났으니까 우리보다 나이는 어 렸지만, 모두 친구처럼 잘 지냈다.

*

몰과 내가 한 지방대학에 복학한 그해 봄, 우리는 늘 칙칙한 군용 야상을 걸치고 학교를 배회하고 있었다. 햇빛이 눈부시게 쏟아지고 있었고, 하늘은 투명했다. 그 아래 정문으로 난 도로에는 붉은 현수막이 겹겹으로 걸려 있었다.

나른한 오수가 밀려들던 오후, 우리는 미대 쪽으로 향하는 한적한 솔밭 길을 걸었다. 이따금씩 청설모들이 소나무 사이로 고개를 내밀다가 사라지곤 했고, 그들의 재빠른 움직임처럼 마음은 봄볕처럼 가벼웠다. 그리고 무엇보다도 다시 되찾게 된, 낭만을 빙자한 대학생 특유의 여유와 나태에 감사했다. 나는 손가락 사이로 지나가는 부드러운 바람을 느끼며 천천히, 아주 천천히 봄 길을 밟았다.

"나는 이 길이 제일 좋아."

내가 느즈러진 음성으로 말했다.

"그래, 신입생 때부터 그랬잖아."

몰이 내 어깨에 손을 올렸다.

"옛날에 저기 보이는 조각상 앞 잔디밭에서 신문지로 얼굴을 덮고 자곤 했었지. 한 번은 오후 내내 잔 적도 있었어."

"그때, 내가 널 깨우러 여기까지 왔었잖아."

뼈대만 앙상하게 남아 있는 사람이 아치 모양의 철봉 아래 매

유리집

달려 있는 모습의 청동 조각품. 그것을 처음 본 순간 나는 강한 동일시를 느꼈다. 목마름 같은 단어를 떠올리며 말이다. 지금 생각하면, 자코메티라는 조각가의 이미테이션 같은 것을, 그때는 왜 그렇게 절실하게 느꼈던 것일까.

우리는 미대 앞까지 왔다. 건물 아래로 늘어뜨린 현수막 몇 개가 바람에 펄럭거렸고, 그 앞 광장에 학생들이 삼삼오오 짝을 지어 어지럽게 돌아다니고, 이따금씩 까르르 웃음들이 새어 나왔다.

'The 14th Exhibition 신춘 유화전. 4월 16일(월)~20일(금) 미술대학 제1전시실.' 커피를 뽑아 건물을 빠져 나오다가 나는 우연히 입구 유리문에 붙어 있는 포스터를 보았다.

"봄에 웬 유화 전시회?"

내가 말했다.

"왜?"

"봄에는 왠지 수채화 전시회 같은 게 어울릴 것 같지 않니? 봄에 유화라? 칙칙하잖아."

"반드시 그런 법도 없지. 다 그리기 나름 아니야?"

말을 마치고 몰은 마시던 종이컵을 접어서 휴지통을 향해 던졌다.

평소에도 햇볕 한 줌 들어오지 않는 반지하 자취방. 비 내리던 그날 아침은 짙은 어둠이 방 안을 가득 채우고 있었다. 몰과 나는 아침 겸 점심으로 라면을 끓여 밥까지 든든하게 먹었다. 밥상을 물리고 나서 커피를 한 잔씩 앞에 두고 앉았을 때, 몰은 유화 전시회에 갈 것을 제안했다. 나는 그날은 수업이 없었기 때문에, 하루 종일 집에서 사회과학 서적이나 읽으려고 했던 참이라 조금은 귀찮은 생각이 들었다. 그러나 비 오는 날, 땅속에 묻혀 우울하게 지내는 것도 답답한 일 같아서 몰을 따라 나섰다.

미대로 가는 소나무 길에는 엷은 물안개가 감돌았고, 쌉쌀한 솔향기가 가득 퍼져 있었다. 우리는 전시실 앞에서 젖은 우산을 털고 안으로 들어섰다. 음울한 바깥 날씨와는 대조적으로 노란색 조명이 그림들을 비추고 잔잔한 클래식 음악이 흘러나오는 실내는 퍽 안온했다. 대체적으로 그림들은 어두운 톤으로 그려져 있었다. 나는 몰과 조금 거리를 둔 채, 그림들을 바라보았다. 그러다가 나는 어느 그림 앞에 멈추어 섰다. 언뜻 보아서는 인물을 분간할 수 없을 만큼 어두운 색조로 그려져 있었는데, 잠시 후 그 그림이 여인의 나체라는 것을 알 수 있었다. 여인의 성기는 유난히도 크게 그려져 있었고, 풍만한 가슴은 밑으로 쳐진 채 검은 유두만이 건포도처럼 매달려 있었다. 그 여인의 얼굴은 오르가슴을 느끼는 것 같기도 했고, 한편으로는 고통에 일그러진 표정으로 느껴지기도 했다. '쓸쓸한 性/ 캔버스에 유채/ 80×80 ㎝ 오은희, 1994.'

"어때?"

몰이 말했다.

"참담하군."

"심각하긴, 자식!"

몰이 내 등을 툭 쳤다.

전시실에 흘러나오는 음악이 베토벤 피아노 소나타 〈비창〉으로 바뀌었다. 잠시 후, 몰은 그 그림을 그린 사람이라며 한 여자를 데리고 왔다. 그 여자는 생머리를 길게 늘어뜨려 얼굴의 대부분을 가린 채, 오똑한 콧날과 자줏빛이 감도는 입술만을 내보이고 있었다.

"무섭군요."

내가 그림을 바라보며 여자에게 말했다.

"네?"

"이 여인의 표정 말이에요."

"음…… 그건 제가 가진 성에 대한 관념을 표현한 거예요."

여자가 소곤거리듯 말했다.

우리가 한동안 멀뚱한 표정을 짓고 있자, 그녀가 말을 이었다.

"글쎄요. 이 그림 속의 여인은 자위를 하고 있는 겁니다."

몰과 나는 어색하게 고개를 끄덕이며 서 있을 수밖에 없었다.

*

갑자기 울리는 전화벨 소리에 놀라 수화기를 들었다.

"여기 바다야. 유리집."

몰이었다.

"그래?"

"나와라. 은희랑 같이 있어. 은희가 너 보고 싶단다."

나는 알았다 하고서 전화를 끊었지만, 궂은 날씨에 마음이 썩 내키지 않았다.

오랜만에 검은색 롱코트를 꺼내 입었다. 그리고 마른 우산을 집어 들었다. 대문을 빠져나와 언덕을 내려갔다. 비바람이 정신없이 몰아쳤다. 도로 위에는 빗물이 거세게 흘러내렸다. 세찬 바람은 몇몇 행인의 우산을 꺾어버렸다. 나는 비바람에 휩쓸리며 큰길을 향해 내려갔다. 저 아래에서 택시를 잡아타야겠다고 생각했다.

도로에 차들은 양옆으로 거대한 물을 뿜어내며 질주했다. 그 물은 인도의 행인들까지도 삼켜버렸다. 무섭도록 내리는 비에 이미 모두가 젖어 있었고, 아무도 화를 내지 않았다. 어린 학생들은 재미있다는 듯 웃어대기까지 했다. 택시는 쉽게 잡히지 않았다. 온몸이 모두 젖어 한참을 걸었을 때, 지붕 위에 노란색 탑등을 밝힌 택시 한 대가 멈춰섰다. 나는 우산을 접고 택시 안으로 파고들어 갔다.

"이 빗속에 왜 바다엔?"

줄곧 말이 없던 기사가 의아하다는 듯이 말했다.

"아, 누구를 좀 만나려고요."

"아, 그래도 그렇지. 태풍이에요, 태풍. 봄에는 원래 태풍이 없는데……."

"5월에 태풍이라. 정말 이상하네요."

택시 기사는 아무 말 없이 고개만 끄덕였다. 그는 무표정한 얼굴로 빗길을 미끄러지듯 질주했다. 와이퍼는 유리창에 부딪치는 세찬 빗방울을 정신없이 훔쳐냈다. 차창 밖으로 바다가 보이기 시작했다.

바다는 검은 먹구름 아래로 회색빛으로 일렁였다. 난 넋이 나간 듯, 그 풍경을 바라보고 있었다. 갑자기 차가 멈추었다.

"손님, 다 왔습니다. 명리 포구."

택시에서 내리자, 숨도 제대로 쉬지 못할 정도의 비바람이 몰아쳐왔다. 우산을 쓸 수도 없고, 써봤자 꺾일 기세였다. 작은 포구엔 수많은 배가 정박해 있었다. 파도가 일렁일 때마다 폐타이어를 매단 배들이 서로 부딪치며 요동쳤다.

조금 위쪽에 수협 공판장 부근으로 가면, 횟집과 카페들이 모여 있다. 폭우 속에서도 유리집이라는 입간판은 붉은색 네온을 밝히고 있었고, 빗물이 흐르는 창에는 수많은 작은 전구들이 반

원을 그리며 빛나고 있었다. 나는 2층으로 올라가는 계단 앞에서 우산을 접고 코트를 벗어 빗물을 털어냈다. 그리고 손수건을 꺼내어 머리의 물기를 닦으며 쓸어 넘겼다. 이윽고 나는 2층으로 올라가 문을 열고 안으로 들어섰다. 나는 순간 그 공간이 주는 이역감(異域感)에 소스라치게 놀라고 말았다. 밖에 휘몰아치는 폭풍우와는 아무 상관이 없다는 듯, 아니 그게 대체 무슨 상관이냐는 듯, 그 내부는 이루 말할 수 없는 평온함으로 가득했고, 오래된 술집 특유의 비릿한 냄새가 확 풍겨왔다. 그들은 비에 젖은 내 모습을 보더니 과장되게 웃었다.

"너무 멋있지 않니? 오늘 날씨!"

몰이 자리를 내주며 말했다. 앞에 앉은 은희가 빙긋이 웃음을 머금고 나를 바라보았다.

"그래. 그런데 너희들은 비 안 맞았어?"

"차를 몰고 나왔지."

몰이 탁자에 놓인 열쇠를 집어서 흔들며 말했다.

"웬 차?"

"동부일보 기자 하는 형 있지? 취재 차량이야."

나는 창문 밖을 내다보았다. 빗줄기 사이로 검은색 아반테가 웅크리고 있었다.

"형, 미안해요. 이런 날씨에 나오라고 해서."

은희가 다정하게 형이라고 부르며 말을 건넸다.

“아, 아니야. 좋은데, 뭘.”

“그럼, 좋아야지. 은희가 널 특별히 나오라고 한 건데 말씀이야.”

몰이 익살스러운 표정을 지었다.

내 몫으로 술잔이 나오고 우리는 한 순배 술잔을 돌렸다. 우리들은 전시실에서의 어색했던 첫 만남이 무색할 정도로 한 달여 만에 너나없이 친해져 있었다. 창밖에는 빗줄기가 폭포처럼 맹렬하게 쏟아졌고, 짙은 회색빛 구름이 물의 장막 저편에 가득했다. 멀리 방파제에 흰 포말로 터져 오르는 파도가 어슴푸레하게 보였다.

“미로 혀엉?”

은희가 낮고 조용한 목소리로 불렀다.

“응?”

“이토록 비바람이 몰아치는 세상이 무척이나 낭만적이군요. 풍랑을 만났을 어선이나, 고기잡이에 나서지 못한 어부들 생각은 하나도 나지 않으니까요.”

은희가 책을 읽듯 어조 없이 말했다. 창가에 매달린 작은 전구들이, 이곳은 안전합니다, 라고 위무하는 듯 점멸했다.

“……그래. 언제나 그런 식으로 세상을 바라볼 필요는 없어. 적어도 이런 날에는. 그건 당위가 아니라 차라리 강박이야.”

몰이 격앙된 어조로 말했다. 잠시 후, 그는 차분하게 가라앉은 음성으로 말을 이었다.

"어린 시절, 아니 지금도, 난 태풍을 기다리지. 일기예보에서 태풍이 우리나라를 비껴서 일본으로 빠져나간다고 하면, 어찌나 섭섭하던지. 대낮에도 불을 밝혀야 할 정도로 시커먼 날에, 난방 안에서 TV 생방송을 보며, 태풍을 감상하지. 다급하게 사고 소식을 전하는 아나운서의 목소리, 비바람 몰아치는 현장에서 리포트하는 기자, 카메라 렌즈에 부딪혀오는 빗방울. 항구에 오종종 모여들어 몸을 떨고 있는 배들, 방파제를 덮치며 터져 오르는 거대한 파도, 무너진 제방을 쌓고 있는 군인들. 이 아수라장 위에 계속해서 빗줄기가 쏟아지지. 얼마나 신나는 일이냔 말이야. 밥도 먹지 않고 TV를 보면서 태풍을 즐겨. 이 방은 안전하다. 형광등이 하얗게 밝혀진 내 방은 따뜻하다. 소주라도 홀짝거리며 그들의 아우성을 즐기는 거야. 아……."

그는 눈을 감고 있었다. 은희와 나는 아무 말도 못하고 그가 몽환처럼 지껄이는 말을 듣고 있었다. 어느새 우리는 만취해 있었다. 우리는 세상에 대하여 사기 치는 자신들을 조소하며 술을 마셨던 것 같다. 알 수 없는 오기가 솟구쳐 오를 때마다 소주잔을 비웠다. 갑자기 은희가 울기 시작했다. 평소에도 그녀에게 느껴지는 서늘한 우수는, 울음조차 낯설지 않게 했다.

몰은 묵묵히 술잔을 털어 넣었다. 우리 곁에는 이웃도 떠나고 열정도 떠나고, 울고 있는 여인과 술잔을 연신 기울이는 몰과 멍하니 바다를 바라보는 나만이 있을 뿐이었다.

*

와이퍼가 정신없이 빗물을 밀어냈다. 아반테는 계속해서 빗속을 질주했다. 몰은 술이 취해 자신이 얼마나 빠르게 달리고 있는지 모르는 것 같았다. 은희는 뒷자리에 거의 인사불성이 되어 누워 있었다. 비바람은 조금도 잦아들지 않았다.

"근데 몰, 은희 집 알아?"

"……음."

나는 어떻게 아느냐고 물어보지 않았다. 그걸 물어보기에는 너무나도 분위기가 무거웠기 때문이다. 차는 소나무 숲 사이로 뻗은 길을 달리기 시작했다. 전조등을 밝힌 자동차가 모퉁이를 돌 때마다 숲은 들키고 싶지 않은 속살을 내보인 듯이 화들짝 놀랐다. 아무래도 몰이 너무 취한 것 같았다. 나 역시, 취기가 차오르고, 속이 메슥거렸다.

"몰, 괜찮아?"

"……."

몰의 손이 나의 무릎 위로 올라왔다. 잠시 후, 그가 나의 손을 그러잡았다. 따뜻하다. 몰의 커다란 손. 그에 비해서 내 손은 너무 작다. 갑자기 마음이 든든해졌다. 나도 맞잡은 그의 손이 좋았다.

어서 오십시오. 명리군입니다, 라고 적혀 있는 표지판이 헤드라이트 불빛에 반사되어 빛났다. 그 앞으로 무수히 떨어지는 빗방울이 나의 정신을 더욱 혼미하게 만들었다. 나는 그가 잡아주는 손에 모든 것을 의지하며 가물거리는 의식을 붙잡고 있었다.

차는 국도를 달리다가, 시멘트로 포장되어 있는 좁은 농로(農路)로 접어들었다. 논과 논 사이를 가로지르며, 이따금 산허리를 끼고 돌았다. 어둠 저편에 희미한 형광등 불빛이 새어 나오는 집이 보였다. 인적이 없는 캄캄한 산중에 이런 집에 있다는 것이 조금은 괴기스럽게 느껴졌다.

"야, 은희 깨워."

"다 왔어?"

내가 잠겨 있던 목소리를 가다듬으며 말했다.

"은희야, 정신 차려. 다 왔어."

나는 그녀의 어깨를 흔들며 말했다.

정신없이 잠에 빠져 있던 그녀는 한참 만에야 일어났다.

"여, 여, 여기가 어디야?"

그녀는 주위를 두리번거렸다.

"다 왔대, 은희야. 저기가 너희 집 맞니?"

내가 손으로 집을 가리키며 물었다.

"어, 어떻게 된 거야?"

그녀는 운전석의 몰을 쳐다보았다.

"빨리 내려!"

그녀는 잠자코 옷을 여미더니 차에서 내렸다. 농로에서 집까지는 좁은 비포장 길이 나 있었는데, 그녀는 그 길을 달리기 시작했다. 몰은 그녀를 위해 전조등 불빛을 상향으로 조정했다. 순간 빗줄기들이 일제히 불빛 속으로 들어와 빛났고, 그 희미한 장막 저편으로 고개를 숙이며 뛰어가는 그녀의 모습이 눈에 들어왔다. 이윽고 집 앞 현관에 노란색 외등이 들어오고, 그녀는 괜찮다는 듯이 우리를 향해 손을 흔들었다. 그것을 본 몰은 두말없이 차를 돌렸다. 나만이 어색하게 그녀에게 손을 흔들었다. 뒤를 보니 아직도 그녀는 대문에 서서 우리를 바라보고 있었다. 자신의 집 앞에 내린 그녀지만, 왠지 버리고 가는 듯한 느낌에 미안한 생각마저 들었다.

차는 다시 국도로 나갔다. 우리가 사는 도시로 돌아가는 길이었다. 몰은 더욱 세차게 차를 몰았다. 도로의 흥건한 물을 가르는 소리가 계속 들렸다. 그는 기어를 5단으로 고정시켜놓은 채, 무서운 속도로 나아가고 있었다. 나는 눈을 감았다. 더 이상 빗속을 가르는 차의 속도를 참을 수 없었기 때문이다. 몰이 다시 손을 잡았다. 마주 잡은 손은 내 성기 가까운 곳에 놓여 있었다. 잠시 후 그는 내 바지 위를 쓰다듬기 시작했다. 나는 가슴이 뜨

끔했으나 아무런 저항도 하지 않았다. 모든 것이 허물어지는 듯
한 느낌이 밀려들었다. 나의 물건은 조금씩 커져, 바지 위가 팽
팽해졌다. 몰은 그 위를 계속 쓰다듬다가 이따금 세게 쥐곤 했
다. 그가 내 바지 지퍼를 내렸다. 모든 것을 막고 싶었으나, 아무
런 힘도 없이 무너져 내렸다. 차는 세상의 끝을 향하여 질주하는
듯 무시무시한 속도로 나아갔다. 벨트가 열리고 지퍼 사이로 그
의 커다란 손이 들어왔다. 그리고 뻣뻣해진 물건을 잡았다. 그런
채로 우린 한참을 달렸다. 그가 갑자기 갓길에 차를 세웠다. 내
성기 위로 고개를 숙였다.

차 지붕 위에 정신없이 떨어지는 빗방울 소리를 들으며 오랜
시간을 보냈다. 이상한 일이었다. 그 순간 나는 어렸을 때, 아버
지가 떠올랐다.

"미로야, 미로야, 이리 와라."

아버지가 흐릿한 미소를 지으며 나를 부른다.

"우리 미로, 불알 얼마나 컸는지 만져보자."

나는 부끄러운 듯 도망치려 하지만, 끝내 못 이기는 척 아버
지 곁에 눕는다. 아버지는 나의 바지 속에 손을 넣고는 이렇게
말했다.

"음……, 하나는 있고, 그런데 하나는 어디 있나…… 여기 있
다. 많이 컸구나."

나는 그 순간, 아버지의 사랑이 고마워 눈물이 났다. 그리고

나서 아버지는 그래, 이제 나가 놀아라, 하시며 베개를 모로 세워 돌아 누웠다.

*

우리는 언제나 함께 앉아서 강의를 들었고, 같은 음식을 먹었고, 같이 뛰어다녔고, 매운 연기 속에서 눈물을 흘리는 나의 눈에 그는 흰 담배 연기를 불어주었다. 폭우 속, 차 안에서의 일이 자꾸 부끄럽게 떠올랐지만, 그 수치심은 내가 그에게 가끔씩 엉덩이를 열어주기 시작하면서 차츰 사라졌다.

그러기를 몇 년, 우리는 대학을 졸업하고 모두 서울에 올라왔다. 은희는 대학원에 진학했고, 몰은 잡지사에 들어갔다. 그사이, 몇 차례 그녀와 잘 기회가 생겼지만, 나는 번번이 어설픈 핑계를 둘러대며 관계를 거부했고, 차츰 그녀는 나에게서 멀어져갔다.

결국 몰은 1년 후, 은희와 결혼했다. 그리고 지금은 영민이라는 두 돌이 조금 지난 사내아이가 있다. 그들이 결혼한 후, 나는 몰을 생각하면서 지겹도록 수음을 했다. 하지만 그의 커다란 손이 은희의 젖은 음부를 만지고 있다고 생각할 때마다 나는 베개를 감싸 안고 밤새 괴로움에 떨어야 했다. 그녀의 그림, 〈쓸쓸한

性)은 나를 위해 예비된 것이 아니었을까?

　비창에서 만난 뒤, 우린 서로 아무런 연락도 하지 않았다. 그
것은 우리 관계가 만남으로 해결될 수 있는 일이 아님을 너무나
도 잘 알고 있었기 때문이었다. 차라리 서로를 향한 애증을 진정
시킬 시간이 필요했을 뿐이다. 그로부터 몇 달이 지났을 때, 난
데없이 은희에게 전화가 걸려왔다.
　"미로 형, 나 좀 만나주실 수 있어요?"
　그녀를 만난 날은, 5월 중순 어느 토요일이었다. 티 없이 파란
하늘 위에는 정말 그림처럼 한 조각 흰 구름이 떠 있었다. 어린
시절, 너무 외롭고 심심해서 마당에 나와 포도나무에 오줌을 누
며 바라보았던 하늘. 그 하늘 위에 무심하게 흘러가는 흰 구름은
아버지가 돌아가신 뒤로 어머니의 머리 위에 상장으로 떠올랐는
데. 그녀와는 덕수궁 정문에서 만나기로 되어 있었다. 약속 장소
에 나가자, 그녀는 먼저 표를 사 들고 입구에 서 있었다. 그녀는
어색한 미소를 지었다. 나도 멋쩍은 웃음을 지어보았지만, 그녀
의 눈가에 잔주름이 먼저 눈에 들어와 금세 사그라들고 말았다.
무슨 말을 해야 할까. 그녀의 왼손엔 영민이가 매달려 있었다.
　"아이고 예뻐. 많이 컸네."
　영민이의 머리를 쓰다듬으며 내가 말했다.
　덕수궁 석조전 앞에서는 서울 팝스 오케스트라의 청소년 음악

회가 열리고 있었다. 그 앞에 운집한 몇백 명의 군중들은 저마다
의 행복을 거추장스럽게 입가에 매달고 벙긋벙긋 웃고 있었다.
다정하게 손잡은 은희와 영민이 곁에 내가 나란히 걸었다. 언뜻
보면, 우리도 아이를 데리고 나온 젊은 부부로 보일 것 같았다.
우리는 석조전 뒤로 돌아갔다.

"그런데, 몰은? 회사에 있니?"

"……."

우리는 나무 벤치에 앉았다. 영민이가 가끔씩 칭얼대며 은희
를 괴롭혔지만, 그녀는 익숙하게 아이를 달랬다.

"왜 보자고 한 거야?"

나는 영민이의 얼굴을 바라보며 물었다.

"……."

"응?"

"사실, 그이는 지금 여기 없어요. 프렘단에 있어요."

그녀는 주섬주섬 가방에서 붉은 글씨로 *AIR-MAIL*이라고 인쇄
된 봉투를 꺼냈다.

엉켜버린 실타래를 끊어버리듯, 나는 떠났다. 캘커타에 도착
하자마자, 난 은희에게 전화를 걸었고, 분명 한 달 후에 돌아간
다고 그녀를 안심시켰다. 그러나 이 땅에 온 지, 3개월이 다 돼
간다. 얼마나 못된 남편이며, 못난 아빠인가. 이런 사람인 내가

여기서 소외된 사람들을 먹이고 씻기며 살고 있다는 사실은 얼마나 기만적인 일인가.

오늘은 아침부터 비가 왔다. 오후에 행려병자인 어느 노인의 몸을 씻기다가, 그의 시든 성기를 바라보며 너를 떠올렸다. 편지를 쓰자니, 두려움이 먼저 손끝에 걸린다.

비가 오니, 집 생각이 더욱 간절하다. 지금, 가장의 빈자리를 혼자 메워가며 살아가는 은희, 가엾은 아들 영민이. 이들을 생각하면 하루 속히 돌아가야 한다는 생각이 먼저 떠오른다. 또 이렇게 떠나오니, 이젠 모두에게 죄인이 되었다는 생각에 나 자신을 자책하며, 그럴수록 속죄하는 마음으로 여기 사람들에게 마음을 쏟는다.

미로야, 난 다시 돌아갈 거다. 내가 다시 네 곁으로 갈 때까지 은희와 영민이를 잘 부탁해. 사랑한다, 미로.

크게 숨을 들이마시며 문득 하늘을 바라보았다. 하늘은 어느 날보다도 파랗게 펼쳐져 있었다.

"은희야, 힘들지?"

내가 한참 뒤에 입을 열었다.

"아니, 뭘."

그녀는 말을 얼버무렸다.

"그럼, 어떻게 먹고사니?"

“미술 학원에 아르바이트 나가요.”

“왜 그동안 나한테 말하지 않았어? 몰이 인도에 간 것도, 네가 그렇게 사는 것도.”

“난 그 사람의 고민이 뭔지는 잘 몰라도, 지금 그 사람을 그대로 인정하고 싶어요. 나름대로 정리가 되면 건강하게 다시 돌아오겠죠. 난 그렇게 믿어요.”

“……”

“그리고 그 사람이 나만큼이나 형을 생각하고 있다는 것도 알아요.”

“……”

“형! 그이 돌아오면 우리 같이 살까요?”

나는 자리에서 일어나 정문을 향해 걸어갔다. 연주회장에서 관현악 연주가 끝나자 일제히 박수 소리가 터져 나왔다. 멀리 북한산 자락이 희미하게 눈에 들어왔다.

*

인도의 우기를 생각하며, 너에게 편지를 쓴다. 나는 지금, 눈물에 얼룩진 글자들 사이로 너의 얼굴을 그렸다가 순간 펑, 하고 사라지는 너의 영상을 다시 만들어내려고 애쓰고 있다.

은희를 만났다. 영민이도 많이 컸더구나. 은희는 아직까지 흐
트러지지 않고 꿋꿋하게 살고 있다. 너를 너무도 그리워한다는
것만 빼고. 어서 돌아와야지.

며칠 전, 이태원에 있는 바(bar)에 갔었다. 사랑스러운 얼굴
로 서로를 바라보며 춤을 추고, 술을 마시고, 입을 맞추는 모습
들을 보았다. 순간, 나도 모르게 다른 사내들에게 곱게 보이고
싶어하는 자신을 발견하고 얼마나 놀랐는지 모른다. 몇몇의 사
내가 내 앞에 앉아서 술을 권하며 말을 시켰지만, 난 거들떠보
지도 않았다. 다만, 사랑을 나누는 저들의 모습에서 지난날 너
와의 사랑이 자꾸 떠오를 뿐이었다.

거기서 이런 일이 있었다. 화장실에서 소변을 보고 있는데,
뒤에서 갑자기 흰 손이 다가오더니 내 물건을 덥석 쥐는 것이었
다. 누런 털이 복슬복슬 난, 봉숭앗빛의 커다란 손이었다. 뒤를
바라보니 머리를 박박 밀어버린 미국인이었다. 한눈에도 그가
미군이라는 것을 알 수 있었다. 놈의 완력에 나는 비명 소리도
지르지 못하고 꼼짝없이 화장실 안으로 끌려들어갔다. 급기야
놈은 자신의 물건을 꺼내고 내 바지를 벗기려 했다. 내가 계속
반항하자 그는 나를 발길로 걷어찼다. 종업원이 내 비명 소리를
듣지 못했다면 그 자리에서 나는.

집에 돌아와 너에게 보낼 사진을 찍었다. 삼각대에 폴라로이
드를 고정하고 그 앞에 알몸으로 섰다. 너에게 보여줄 물건은
아무리 노력해도 일어서지 않았다. 차 안에서 가졌던 너와의 첫

관계를 떠올리려고 노력했다. 그러자 물건은 초라한 그리움만큼만 자라났다. 리모컨을 누르자 플래시가 터졌다.

여기 사진이 있다. 몹시 일그러진 표정으로 담배 연기를 뿜으며, 엉거주춤하게 서 있는 나신. 몸뚱이에 초라하게 매달려 있는 성기는 아무런 생기도 느껴지지 않는다. 너에게 이 편지와 사진을 보내려 한다. 미지의 생명체를 찾아가는 우주선 속 인류의 나체 사진처럼, 너에게 보내는 외로운 한 줄기 타전.

몰, 은희, 나, 그리고 영민. 이렇게 우린 함께 살 수 있을까. 나는 영민이의 아빠이기도 하고, 삼촌이기도 하고, 너는 나의 애인이기도 하고, 은희의 남편이기도 한, 모든 관계를 넘어선 관계를 만들 수 있을까. 네가 몹시 보고 싶다.

돌아오는 일요일에는 영민이를 데리고 동물원에 가려고 해. 은희가 기뻐할 거야.

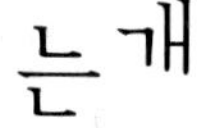

는개

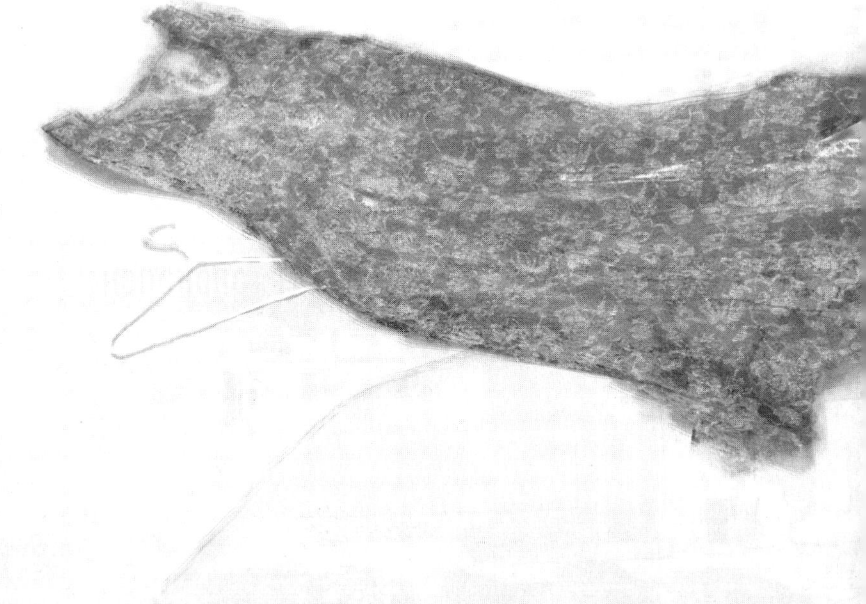

부연 풍경 너머로 언뜻언뜻 보이는 네온 불빛이 악령들의 손 짓인 양 깜박이고 있었다. K시에 온 지 정확하게 일주일이 되던 수요일 오후였다. 나는 마치 구름 속을 유영하는 것처럼 하얗게 흩날리는 는개 사이를 헤치며 걸어갔다. 담배를 꺼내 물었으나 라이터에 쉽게 불이 붙지 않았다. 습기 찬 공기 때문이 아닐까 싶었다. 어렵사리 불을 댕긴 담배를 흡족히 빨아들였다 길게 내 뿜었다. 담배 연기는 흩어지지 못하고 작은 물 입자들 사이에 섞여 주위를 떠돌았다.

나는 해송들 사이로 난 좁은 산책길로 접어들었다. 저 길 끝, 눈밭에 떨어진 몇 방울의 피처럼 박혀 있는 붉은색 네온, cafe paradise. 점멸하는 그 불빛은 어서 와, 여기야, 어서, 하면서 손 짓하는 것 같았다. 이윽고 그 카페의 묵직한 나무문을 미니 안에 는 이미 사람들로 가득했다. 흐느적거리며 흘러나오는 재즈와 뽀얀 담배 연기, 왁자한 사람들. 나는 주문한 맥주를 천천히 마시며, 창가에 걸려 있는 네온 간판이 p에서 e까지 차례로 점멸하다가 일제히 켜지는, 시그널의 순서를 헤아리고 있었다.

사람들은 삼삼오오 모여 앉아서 모두 자신들의 이야기에 몰두했다. 남자든 여자든 모두가 집요하게 담배 연기를 뿜어내었고, 실내는 가스실처럼 답답했다. 하지만 어느 누구 하나 불평을 하거나 창문을 열지 않았다. 쓰린 눈을 껌뻑거리며 나도 담배를 피워 물었다.

"손님이 많군요?"

나는 주위를 둘러보며 바텐더에게 말했다.

"처음 오시나 보죠?"

그가 빙긋이 웃었다.

"네……. 여기 내려온 지 며칠 되지 않아서."

"그러시군요."

그는 갑자기 말을 멈추고 다른 손님의 주문을 받았다. 그는 페퍼민트 한 잔을 만들고 나서, 다시 내 앞에 다가왔다.

"그럼 여기는 여행차 내려오신 건가요?"

"아뇨."

"그럼 어떻게……."

나는 그의 질문에 멋쩍은 표정을 지었다.

"실례였다면 죄송합니다."

바텐더가 마른안주를 내주면서 말했다.

"아녜요. 여기 시립 도서관에 근무합니다."

나는 손톱으로 피스타치오 껍질을 톡톡 까고 있었다. 바텐더는 고개를 끄덕였다. 그가 벌써 내 외모에서 지루하고 융통성 없어 보이는 공무원 특유의 인상을 읽어버린 것 같아 머쓱해졌다.

"말씨를 보니 그쪽도 여기 사람이 아닌 것 같네요?"

나는 그가 타지 사람이기를 은근히 바라면서 물었다. 당시 나는 억센 사투리만큼이나 K시를 이물스럽게 느끼고 있었기 때문이다.

"저야 서울 촌놈이지만, 이젠 여기 사람이 다 됐다고 해야겠죠."

그는 앞으로 자주 오세요, 라는 말을 남기고 다른 자리로 가서 누군가와 얘기를 나누기 시작했다. 저도 서울이에요, 라며 반색을 드러낼 찰나였다. 한 모금의 맥주를 마시고 다시 주위를 살펴보았다. 아직도 모든 사람들이 결사적으로 담배를 피우며 자신들의 얘기에 빠져 있었다. 나는 이곳의 기묘한 분위기 때문인지, 흐느적거리는 재즈 소리에도 조금은 경직된 기분으로 시간을 보냈다.

"저, 손님! 가시려고요?"

나는 대답 대신 머리를 끄덕였다.

"저, 다음 주 토요일에 시간 있으세요?"

"왜에 그러시조오?"

몇 병의 맥주에 취했는지, 내 입에선 의외로 뭉개진 발음이 흘
러나왔다.

"여기서 무슨 행사가 있거든요."

"무슨 행사요?"

"이 지역에선 그런 대로 큰 문화 행삽니다. 와보시면 이곳을
이해하는 데 도움이 될 겁니다. 도서관에 계신다고 했죠?"

*

12시 무렵, 목사와 몇 명의 전도사와 집사라는 사람들이 영안
실에 왔다. 어디선가 목탁 소리와 함께 반야심경 독경이 들려왔
다. 또 어디선가 오열하는 울음소리가 들려왔다. 그의 영정 앞에
는 목사가 앉고, 그 주위로 상주를 맡은 그의 형과 어머니와 여
동생이 둘러앉았다. 그들은 옆방의 염불 소리와 동시에 〈저 요단
강 건너편에〉라는 찬송가를 불렀다. 슬픔 하나도 없고 금빛 찬란
한 데서 구속하신 주의 얼굴 뵈오리, 하는 후렴은 그의 어이없는
죽음에 아무런 해석도 내리지 못하고 있었다. 노래를 힘없이 따
라 부르던 그의 어머니는 바닥에 뒹굴며 울부짖었다.

"시충아! 시……추……웅……아…… 아이고, 시충 아버지. 왜
우리 아들을 이렇게 빨리 데리고 갔어."

　의식을 마친 목사와 전도사는 담담한 얼굴로 사라졌다. 옆방에서는 염불이 계속되고 있었고, 어떤 방에서는 싸움을 하는지 큰 소리가 오갔다. 이처럼 서로가 불러들인 신들과 떠나지 못하는 영혼들이 한데 뒤섞여 있는 것 같았다. 느끼한 육개장 냄새와 향냄새가 뒤엉켜, 속을 메스껍게 했다.

　그는 바로 내 앞에서 죽었다. 같이 술을 마시고 있었는데, 소주 두 병이 넘어갈 무렵, 그는 갑자기 가슴의 통증을 호소하다 쓰러져 그대로 숨이 멎어버렸다. 나는 모든 원망을 한 몸에 받고 있으면서도 이곳을 떠나지 못하고 있었다. 그렇게 하는 것이 그를 향한 마지막 도리라고 생각했다. 아니면 나도 피해자의 한 사람이라고 암묵의 시위를 벌이고 있는지도 몰랐다.

　그는 죽는 날까지 심장병이 있다는 사실을 왜 끝내 말하지 않았을까? 그러면서도 나만 보면 술을 먹자고 보챘던 건 도대체 무슨 이유였을까?

*

　이 도시에 온 지 또 한 주가 지나가고 있었다. 나는 수서과에서 넘어온 신간 서적에 바코드를 붙이고 정리하는 단순한 업무를 시작으로, 도서관에 적응해가고 있었다. 퇴근 후에는 아무 생각 없이 집으로 향했다. 집이라고 하기보다는 작은 골방이라고 하는 것이 좋겠다. 방에 돌아와 대충 라면으로 저녁을 때우고, 멍하니 재즈를 듣거나 하릴없이 인터넷 사이트를 돌아다니며 시간을 보냈다. 그다지 적적하지도 우울하지도 않았다. 서른이 넘은 아들이 객지에서 어떻게 사는지 노심초사할 어머니의 얼굴이 가끔 떠올랐다. 그러나 세상을 정상적으로 살아가기에 일찌감치 글러버린 아들이라는 사실을 어머니는 아직 알지 못했다.

내가 다시 카페 파라다이스를 찾은 것은 바텐더가 말했던 토요일 저녁이었다. 바다에는 이미 땅거미가 내려앉아 어둑어둑했다. 그날도 어슴푸레하게 저녁 안개가 깔려 있었다. 알싸한 해송 냄새를 맡으며 걸어갔다. 해송 사이로 펼쳐진 검은 바다는 소리 없이 고여 있는 듯했다. 내가 카페의 문을 열고 들어갔을 때, 이미 많은 사람들이 모여 있었다. **박해조 시의 밤/ 주최: 곰솔 문학회**라고 적힌 플래카드 밑으로 작은 무대가 꾸며져 있었다. 거기서 몇몇 사람들이 행사를 준비하고 있었으나 그는 보이지 않았다. 나는 자리에 앉아 주위를 둘러보았다. 모두가 팸플릿 같은 작은 책자를 이리저리 펼쳐 보고 있었다.

"어! 오셨네요?"

어디에 있었는지 갑자기 바텐더가 다가왔다. 그는 나와 잠시 악수를 나누고 나서, 곧장 주방으로 들어가버렸다.

잠시 후, 사회자의 안내 방송이 나왔다.

　"지금부터 곰솔 문학회 주최, 박해조 시의 밤 행사를 시작하겠습니다. 먼저, 곰솔 문학회 회장님으로 계시며, 주부 문학 클럽을 이끌고 계시는 시인 백시복 선생님의 인사 말씀이 있겠습니다."

　커다란 덩치에 베이지색 양복을 차려입은 한 남자가 무대 위로 올라갔다. 암흑가의 보스같이 머리를 올백으로 빗어 올린 그가 마이크 앞에서 잔기침을 몇 번 하더니 목소리를 가다듬어 인사말을 시작했다. 그는 이 행사가 상업적으로 이용되는 것을 원하지 않으며, 다만 망자가 세상에 남긴 시와 그의 애석한 삶을 반추하는 시간이 되길 바란다는 내용의 간단한 인사말을 마치고 무대에서 내려왔다. 바로 그때 바텐더가 내 옆에 다가와 앉았다.

　이어 백시복이 이끌고 있는 주부 문학 클럽 회원 중 한 사람이 추모시를 낭송하기 시작했다. 그녀는 높은 톤으로 절규하듯 시를 읽었다. 그대! 죽음의 유혹을 뿌리치지 못했다면, 진정 세상을 사랑한 자가 아니오, 라는 말로 끝맺었다. 자리가 자리인지라 아무도 박수를 보내지 않았지만, 그녀의 과장된 감정은 누구에게도 감동을 주지 못한 것 같았다.

　"오늘 행사가 뭔지 알겠어요?"

　바텐더가 곁에 와 있었다.

　"글쎄요. 아직 잘……."

　"우리 정식으로 인사나 하죠. 난 마시충이라고 합니다."

　난 그의 이름이 무슨 곤충 이름 같다는 생각을 했다. 사실, 내 이름도 그렇게 평범한 이름은 아니다.

"아, 네. 난 피민구라고 해요."

망자의 유고 시 몇 편이 낭송되고, K시립대학교 노래패의 추모곡을 끝으로 공식적인 행사가 마무리되었다. 그들이 내려오자 좌중들 사이에서 드문드문 박수가 새어 나왔고, 곧바로 왁자지껄한 자리가 이어졌다. 나는 마시충과 함께 곰솔 문학회 사람들의 자리에 섞였다. 그 자리에서 나를 소개받은 백시복은 내 손을 덥석 잡아 흔들었다. 커다란 손에서 느껴지는 완력이 기분 나쁜 위압감으로 전해졌다. 이윽고 몇몇 사람들과 서먹한 인사가 오갔다.

"시충 씨도 곰솔 문학회예요?"

"나도 회원이긴 하죠. 시충 씨, 하니까 무슨 열매 씨 같군요."

그가 풀썩 웃으며 말했다. 바로 그때 백시복이 불쑥 끼어들었다.

"시충아! 시 하나 낭송해봐라!"

술도 몇 잔 기울이지도 않은 것 같은 백시복이 호기를 부리며 말했다.

"아! 선배님! 술이나 드시죠."

"한 번 쫙 읊어봐. 그 뭔가? '그를 찾는 밤'인가 하는 시 말이다!"

그는 살짝 외면하는 듯했으나, 부스스 일어나 낮은 목소리로 읊조리기 시작했다. "…… 매운 해풍이 이는 물이랑 사이로/ 그는 가루처럼 그렇게 떠다니리라." 그가 털썩 주저앉았다. 그러기를 잠깐, 백시복은 아까보다도 더 큰 소리로 말했다.

"아, 좋아! 좋아!"

백시복은 자신감 있는 목소리로 좌중을 압도했고, 사람들은 이에 순종했다. 나는 어색함을 달래기 위해 거푸 맥주만 마셨다. 마시충은 사람들과 드문드문 말을 주고받을 뿐, 분위기에 쉽게 젖어들지 못하는 것 같았다.

시간이 지나자, 자리는 점점 흐트러지고 남아 있는 몇 명의 사람들은 끼리끼리 모여서 자신들만의 얘기에 열중했다.

마시충이 먼저 자리를 뜨자, 나도 따라 우물쭈물 일어섰다. 먼저 요의를 해결해야 했기에 화장실 표시등을 찾아 그쪽으로 발길을 옮겼다. 화장실은 이미 만원이었다. 나는 종종걸음을 치며 측문을 통해 옆 건물로 갔다. 횟집 벽에는 화장실의 위치를 알리는 표지판이 붙어 있었다. 화살표를 따라갔지만 화장실 문이 닫혀 있었다. 문이 걸린 게 아닌가 싶었지만, 손잡이를 돌리자 힘없이 열렸다. 남녀의 구분이 없는 화장실이었다. 소변기 앞으로 가서 오랫동안 참아왔던 오줌을 일시에 터뜨렸다. 나는 그제야 깊은 안도의 숨을 내쉬었다. 그 순간, 좌변기가 놓여 있는 문 안쪽에서 이상한 소리가 들리기 시작했다.

"자, 선미 씨. 괜찮아요. 자, 어서."

나는 깜짝 놀랐다. 그건 백시복의 목소리였다. 그러나 상대 여자가 완강하게 거부하지는 않는 것 같았다. 이윽고 엷은 신음 소리가 흘러나오기 시작했다. 순간, 피가 거꾸로 솟고 가슴이 쿵쾅거리기 시작했다.

"선미 씨. 아까, 낭송한 시 죽이던데요? 아주 좋았어요."

백시복이 숨을 헐떡이며 말했다.

"아, 백 선생님. 거기가 아녜요. 아이, 참……."

"괜찮아요. 아무려면 어때요?"

화장실을 뛰쳐나온 나는 가쁜 숨을 몰아쉬었다. 이 일을 누군가에게 말하지 않고서는 견딜 수 없을 것 같은 조급증이 일었다.

시충은 벌써 밖으로 나갔는지 보이지 않았다. 도로로 나가니 차가운 바닷바람이 덥석 안겨왔다. 나는 정신없이 몰아치는 바람 속을 헤치며 해안도로를 걸었다. 솔숲으로 통하는 길모퉁이 가로등 아래, 그가 검은 그림자로 웅크리고 있었다. 내가 곁에 앉았지만, 그는 아무 말도 하지 않았다. 나도 침묵할 수밖에 없었다.

*

그를 지키는 사람들은 점점 지쳐갔다. 그의 어머니도 영안실 어느 구석에 쓰러져 잠들어 있었다. 나를 저주하던 그의 여동생도 보이지 않았다. 그의 형만이 텅 빈 분향소를 지키고, 쏟아지는 잠을 주체할 수 없는지 가끔씩 고개를 떨어뜨리며 졸고 있었다.

어느 누구도 나에게 말을 걸어오지 않았다. 나는 복도의 간이 의자에 앉아서 분향소 내부를 지켜보았다. 영정 앞에는 향불이 꺼질 듯 타오르고, 나는 사진 속 그의 얼굴을 멍하니 바라보고 있었다.

"이봐요?"

누가 나의 어깨를 건드렸다.

나는 고개를 돌렸다.

"저는 시충이의 친구예요."

"……."

"너무 상심하지 말아요. 그 친구는 내가 잘 아니깐."

"……."

"아마, 그 친구가 그렇게 어이없이 죽지 않았더라도 걔는 어떤 식으로든 세상을 떠났을지 몰라요."

"……."

"심장마비라. 그거 참 우스운 겁니다. 내가 아는 사람도 멀쩡하다가 그렇게 죽었는데, 사람 목숨이 그렇게 가벼운 것인 줄 그제야 알겠더군요."

나를 위로하기 위해 작심한 사람처럼 그는 계속 말을 늘어놓았다.

"나도 그 친구가 심장병이 있었다는 사실을 알지 못했어요. 10

년 지긴데도 말이죠."

"네에……."

피곤에 찌든 목소리라도 그의 말을 받지 않으면 안 될 것 같았다.

"걘 술을 좀 마셨다 하면은 무척 괴로워하곤 했어요. 한 번 토하기 시작하면 밤을 새우면서 열 번이고 스무 번이고 계속했죠. 노란 위산을 거푸 토해내더니, 이윽고 검은 피를 섞어 토하는 그런 식이었습니다. 그러다 탈진해서 병원으로 가면, 혈당이 40 가까이 떨어져 있었어요. 링거를 맞고 서너 시간이 지나서야 겨우 일어나곤 했죠."

"……."

"그러나 그렇게 고생을 하고서도 깨어나면 아무 일도 없었다는 듯이 살았어요. 평소처럼 술도 계속 마시고."

"……."

"그런데 지금 생각해보면 아마도 그건 죽음 연습이었던 것 같습니다. 그렇게 앓고 나면, 세상에 다시 태어난 것 같은 느낌을 가지게 된다고 했거든요. 그때, 난 이렇게 말했죠. 미친놈. 너 그러다가 제명에 못 산다. 잘 알아둬."

나는 오랫동안 참았던 입을 열었다.

"그럼, 그는 왜 스스로를 힘들게 했을까요?"

"글쎄요. 우리는 대학에서 만났습니다. 군대만 빼고 4년 내내 같이 산 셈이죠. 그러던 녀석이 대학을 졸업하더니 아무런 말도 없이 사라졌어요. 여기저기서 보내 온 엽서의 소인을 보면, 한 번은 속초, 또 한 번은 해남, 부산, 목포, 그런 식이었죠. 가는 곳마다 일용직으로 건설현장에서 일했다고 하더군요. K시에 있다는 사실도 얼마 전에 온 작은 엽서를 통해서 알았어요."

"네에……."

"그쪽은 시충이를 안 지 얼마나 됐습니까?"

"제가 시립 도서관에 근무하기 시작할 때부터 만났으니깐 반 년쯤 된 것 같습니다."

"그의 아버지는 여기서 배를 여러 척 가지고 있었습니다. 돈도 꽤 있었는데, 바람기를 참지 못했나 봐요. 시충이는 둘째어머니의 자식이었어요."

그는 말을 잠시 끊고 마른침을 삼켰다.

"그런데 태풍 셀마가 올라왔을 때, 무리하게 출항했다가 그의 아버지는 결국 돌아오지 못했다고 합니다."

나는 가슴에 거미줄이 친친 감기는 것 같은 답답한 느낌이 들었다.

백시복이 나타난 것은 바로 그때였다. 그는 검은 양복에 검은 넥타이를 매고, 당당하게 걸어 들어왔다. 잠시 후, 그와 눈이 마주쳤다. 나는 불현듯 섬뜩한 기운을 느꼈다.

"어떻게 된 일입니까?"

나를 보자마자 그가 말을 던졌다.

"……."

"모두들 난립니다. 그때, 민구 씨가 시충이와 함께 있었다고
요?"

"……."

"우선 분향을 하고 봅시다."

그의 말에서 냉랭한 기운이 감돌았다.

그가 안으로 들어가자, 화환이 따라 들어갔다. 흰 국화가 빼곡
히 꽂혀 있는 커다란 화환이었다. 양쪽으로 늘어진 리본에는 謹
弔 ○○文學社 白時福이라는 문구가 당당히 적혀 있었다. 그 화
환은 다른 화환을 밀치고 그의 사진 오른쪽에 당당하게 자리 잡
았다.

그는 분향을 끝내고 나서 그의 형과 몇 마디 말을 나누었다.
잠시 후, 그는 자못 심각한 얼굴로 걸어 나왔다. 나의 가슴은 걷
잡을 수 없이 쿵쾅거리고 머릿속은 하얗게 변해갔다. 백시복은
문학회 사람들의 안내를 받으며 구석 자리로 가 앉았다. 그가 사
람을 시켜 나를 불러 앉혔다. 마주 앉은 나에게 그는 다짜고짜
술을 권했다. 그렇게 서너 잔 소주를 주고받았을 때, 그는 나를
이상한 눈초리로 바라보았다. 시충의 친구라는 사람은 어디에
갔는지 보이지 않았다.

"술을 마시다가 죽었다고요?"

그가 단도를 빼들 듯 말했다.

"……."

"크게 될 시인이었는데……."

"……."

"술을 얼마나 먹였소? 심장마비? 도대체 어쨌기에?"

백시복이 소리를 질렀다.

"제가 어떻게 압니까?"

"당신이랑 술 마셨으니까 물어보는 거 아니오?"

"잘 모르겠습니다. 왜 죽었는지."

"지금 무슨 말을 하는 거요? 당신 앞에서 일어난 일 아니오?"

"무슨 대답을 원하시는 거죠?"

"좀, 자세히 얘기해보라고. 당신도 책임이 있지 않소?"

"당신이 뭔데 그래?"

내가 격앙된 어투로 말했다.

"당신? 야, 이 새끼야!"

그는 난데없이 술잔을 던졌다. 고개를 숙여 피하자, 술잔은 벽
에 부딪혀 산산조각이 났다. 이윽고 그는 상을 밀어젖히고 나의
멱살을 잡았다. 순간 모든 것이 아수라장으로 변했다. 주위 사람
들은 선생님이 참으세요, 라며 그를 감싸고 나섰다. 나는 끓어오
르는 감정을 참지 못하고, 그의 얼굴에 주먹을 날렸다. 순간 여
자의 날카로운 비명 소리가 들렸다. 그는 얼굴이 돌아간 채로 동

작을 멈추고 서 있었다. 사람들이 아우성치며 나를 밀쳐내려 할 때, 그가 갑자기 나를 향해 주먹세례를 퍼붓기 시작했다. 나는 속수무책으로 구석에 처박혀 그의 매질을 감당할 수밖에 없었다. 아무도 그의 주먹질을 제지하지 않았다.

내가 다시 일어나 그를 밀치는 순간,

"지금 여기서 뭐 하는 거예요?"

시충의 여동생의 날카로운 목소리가 들려왔다.

"이게 무슨 행패예요?"

그녀는 나에게 말했다. 그러자 백시복은 더욱 기세가 등등해졌다.

"이제 보니까 이 자식, 아주 나쁜 놈이야. 이 새끼가 죽인 거야. 우리 시충이를."

그는 분을 이기지 못하겠다는 듯이 흐느끼기까지 했다. 그러자 분위기는 얼른 숙연해졌다.

"진정하세요, 백 선생님."

시충의 여동생은 백시복을 위로했다.

"오빠. 이 사람 내보내."

나는 시충의 형과 몇몇 사람들에 의해 밖으로 끌려 나왔다. 차가운 수은등 불빛이 날카로운 바늘처럼 머리 위로 쏟아졌다. 순간 입가에 찝찔한 액체가 느껴졌다. 가슴속에서 뜨거운 무엇이 울컥하고 치밀어 올라왔다. 기어이 눈물이 비어져 나왔다.

*

그 후로, 시충과 나는 자주 만났다. 퇴근 후, 거의 매일 그 카페를 찾았다. 그 무렵 우리는 서로 마음을 터놓고 지내는 친구가 되어 있었다. 그는 언제나 그곳에 있었다. 주인이 그에게 전적으로 카페 운영을 맡겨서 사실 매인 몸이긴 했지만, 그는 지겹도록 바닷가를 떠나지 않았다. 가끔씩 시내에 가서 쇼핑도 하고 영화도 보면 좋으련만, 그는 정말 집요할 정도로 그곳을 떠나지 않았다. 나는 그의 집착을 이해할 수 없었다.

계절은 입동을 지나 겨울로 접어들었다. 퇴근 무렵이었으나 두 명의 손님이 한 테이블을 차지하고 있을 뿐, 한산했다. 그는 여느 때처럼 카페에 앉아 있었다. 그는 인기척을 느끼지 못하고 무엇인가를 써 내려가고 있었다.

"뭐 해?"

그제야 그는 고개를 들었다.

"네 시를 읽어봤어."

"그래?"

"언젠가 백시복 씨가 말해주더군."

그는 아무 말 없이 자리에서 일어나더니, 커피머신에서 에스프레소 한 잔을 빼 내왔다. 그사이, 두 명의 손님마저도 나가버렸다.

"음악 들을래?"

잠시 후, 스피커에서는 엘피판 특유의 잡음과 함께 음악이 흘러나왔다. 그는 맥주 몇 병을 들고 와 자리에 앉았다.

"난 이 음악을 듣고 있으면 저 시퍼런 바다 한가운데로 내려가고 싶어져. A day in the life of a fool. 이 어리석은 삶의 날로부터 벗어나 바다 밑으로."

말을 마친 후, 그는 한동안 무표정한 얼굴로 창밖에 펼쳐진 바다를 묵연히 바라보았다. 햇빛이 설핏해지면서 바다는 짙은 코발트빛을 띠고 있었다. 나는 그의 모습이 거북했지만, 담배 몇 개비를 피우며 난감한 분위기를 달랬다.

"하지만, 요즘은 온통 바다에 매달려 사는 이곳이 지옥일지도 모른다는 생각이 들기 시작했어."

그가 오랜 침묵을 깨고 말했다.

"……."

"그 죽은 시인에 대해서 생각해봤니?"

그가 맥주잔을 건네며 물었다.

"도서관에서 시집은 찾아봤지만, 글쎄 그의 죽음까지는……."

"나도 뭔가 확실하게 말할 수는 없어. 그가 해조(海鳥)라는 필명으로 ○○문학을 통해 등단하고 나서 몇 편의 시를 여기저기 발표했지. 그리고 몇 해 뒤 시집을 냈고, 여러 사람들에게 주목을 받았어. 물론 대중적인 인기를 얻었다는 게 아니고, 동업자들 사이에서 말이야. 그 무렵 그가 갑자기 죽은 거야."

"……."

"저기 보이는 바위섬 말이야."

그가 창문 밖의 바다를 향해 손짓을 했다. 나는 그의 손가락이 가리키는 곳으로 눈길을 던졌다.

"저기 멀리 있는 바위까지 헤엄쳐 갔던 모양이야. 거기서 자신이 가져간 칼로 동맥을 끊었어. 오랜 뒤에 생각해본 건데, 갈매기의 밥이 되기 위해서 그랬을지도 모른다는 생각이 들어. 그가 시에서 갈매기를 바다의 천사라고 했었거든. 해조라는 그의 필명도 그렇고."

그는 맥주를 한 모금 마시더니 말을 이었다.

"어쨌든 그가 세상을 떠나고 나서 백시복은 작은 행사를 준비했어. 그게 박해조 시의 밤이야. 그는 고인을 아는 전국의 문인들에게 초청장을 보냈어. 그리고 비교적 소박하게 첫 행사를 치렀지. 그런데 그 행사가 매년 해를 거듭할수록 유명해지기 시작했어. 하지만 그게 백시복이라는 지방의 무명 시인을 알리는 계기가 될 줄은 아무도 몰랐지. 그 여세를 몰아 그는 출판사를 차렸고, 죽은 시인이 여기저기 발표한 시들과 미발표 시들을 모아서 유고 시집을 냈어. 그런데 그게 몇십만 부가 팔려나간 거야. 더불어 그의 출판사도 유명해졌고."

*

비가 내렸다. 내가 그를 처음 만나던 날처럼 뽀얗게 는개가 내렸다. 나는 그의 운구 행렬을 멀찍이 서서 지켜보았다. 잠을 자지 못한 그의 가족들이 부스스한 모습으로 뒤를 따랐다. 나도 그의 관을 함께 들고 싶었으나, 아무도 그것을 허락하지 않으리라 생각했다.

영구차의 작은 옆문이 열리면서 관이 들어갔다. 그리고 철커덕하고 문이 닫혔다. 사람들이 줄줄이 영구차 안으로 들어갔다. 나는 백시복을 찾기 위해 주위를 돌아보았다. 그러나 그는 이미 보이지 않았다. 나는 어떻게 해야 할지 알 수 없었다. 그들과 같이 간다는 것은 애초에 불가능했다. 순간, 누군가 내 등을 두드렸다.

"가셨는지 알았습니다. 괜찮으세요?"

돌아보니, 어제 만난 시충의 친구라는 사람이었다.

"그런데 이제 어디로 간답니까?"

나는 대답도 없이 갈증에 겨워 물었다.

"화장터로 가지 않겠습니까?"

"그럼, 저와 함께 택시로 가시면 안 될까요? 나는 도저히 저 차에 올라탈 수가 없어요."

"그러시죠. 뭐."

그는 사정을 알겠다는 듯이, 선선하게 대답했다.

뽀얀 는개 사이로 그를 태운 버스가 서서히 멀어져갔다. 그러자 그와 헤어진다는 사실이 비로소 가슴에 전해졌다. 잠을 이루지 못해 뻑뻑한 눈에 엷은 물기가 돌았다.

우리도 택시를 타고 그의 뒤를 좇았다. 분말 같은 는개가 유리에 덮일 때마다 와이퍼는 규칙적으로 움직이며 흐린 시야를 열어주었다.

"눈을 좀 붙이세요. 피곤하실 테니까. 어젠 고생하셨죠?"

"아, 네. 모두 예상했던 일인 걸요."

도로에는 차들이 일으키는 물보라와 는개가 뒤엉켜 휘몰아쳤다. 마음은 그 밑바닥이 어딘지도 모르게 꺼져 들어갔다. 나는 스르르 눈을 감았다. 눈을 감는 것처럼 삶과 죽음의 경계가 엷게만 느껴졌다.

속이 메슥메슥하고 자꾸 신물이 올라왔다.

"괜찮으세요?"

나는 아무 말 없이 고개를 저었다.

"다 와갑니까?"

그가 나를 대신해 길을 재촉했다.

"네. 조금만 가시면 됩니다."

나는 차에서 내리자마자 토악질을 했다. 어제 마셨던 소주가 노란 위산과 범벅이 되어 올라왔다. 마치 노란색 물감이 쏟아진 것처럼 보였다. 구토는 좀처럼 멈추지 않았다. 모든 것을 다 토해버리고 나면 내장까지도 따라 올라올 것 같았다.

겨우 정신을 차리고 뒤를 돌아보니 그의 친구가 멍하니 나를 바라보고 서 있었다.

"그래서 가실 수 있겠어요?"

나는 비틀거리며 일어섰다. 그러자 그가 내 팔을 잡으며 부축했다.

대리석으로 지어진 몇 동의 건물이 눈에 들어왔다. 검은색 상복을 입은 사람들이 여기저기 서 있고, 간간이 절규에 가까운 울음소리가 들려왔다.

그의 관은 차에서 다시 꺼내져 건물 안으로 운구되고 있었다.

"가세요. 저는 여기에 있을랍니다."

"혼자 계셔도 괜찮으시겠어요?"

그가 잠시 머뭇거리다가 말했다.

"네. 저들에게는 내가 앞에 있는 게 더 괴로울 테니까요."

그는 점점 멀어져갔다. 이윽고 그는 유족들과 함께 건물 안으로 들어갔다. 나는 바닥에 주저앉아, 어리석은 삶의 날로부터 떠나가는 영혼을 바라보고 있었다. 그의 영혼은 어떻게 될까. 아마도 하늘로 오르지 않고, 절절히 뼛속에 남아 부서지고 쪼개지고 갈려서는, 마침내 는개와 같은 흰 가루가 되어 그의 바다에 뿌려지리라. 백시복은 또 한 권의 유고 시집을 낼 것이고, 추모행사

를 기획할 것이다. 살아 있는 자들은 이를 통해 그를 기억하게
될 것이다. 피어오르는 그의 영혼을 바라보며, 나는 는개처럼 뿌
연 세상을 바라보고 있었다.

봉인된 시간

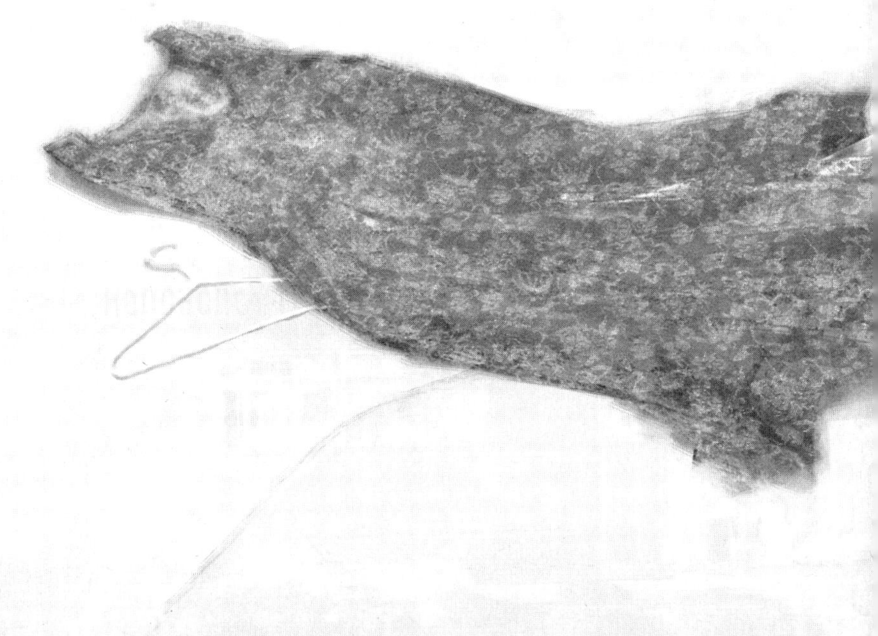

배부른 자들이 불꽃놀이를 하는 법이지.

그들은 은유가 함정이라는 것을 모르지.

아내가 운다. 나는 운전을 하면서 아내를 힐끗 돌아본다. 차는 한적한 고속도로를 정신없이 내달리고 있다. 얼굴이 화끈거리면서 가슴이 뛰기 시작한다. 여자의 눈물은 가슴을 울렁이게 한다. 이젠 아예 흐느끼기까지 한다. 앞 유리가 뿌예지기 시작한다. 바깥 날씨가 제법 차기 때문이다.

"울면서 헉헉대니까 습기 차잖아, 아이씨."

나는 마른걸레로 얼른 유리를 닦아내고 다시 운전대를 잡는다.

"그렇게밖에 말 못하겠어?"

아내가 버럭 소리를 지른다. 화를 낸다는 건 이제 다 울었다는 뜻이다. 화로 소진된 에너지만큼 눈물은 더 솟지 못한다.

"어디로 가는 거야, 대체."

아내가 쏘아댄다. 이제 눈물은 완벽하게 신경질로 바뀌어 있다.

"조금만 아래로 내려가면 집이 있을 거야. 오늘 중으로 꼭 집을 구할 테니까.”

나의 목소리는 확신이 아닌 불안으로 흔들린다.

인구 이동이 빈번하지 않은 지방 소도시에서 전셋집을 구한다는 것은 그리 쉬운 일이 아니다. 은행 이자가 싸기 때문에 집주인들은 대부분 월세를 놓는다. 어제저녁, 아내는 아침 일찍 일어나 정보지를 가져오라고 말했다. 전셋집이 귀해 계약이 대개 오전 중에 이루어지기 때문이다. 그것도 중개업자를 끼고 하는 것이 아니라 임대인과 임차인 쌍방이 계약하는 것이 보통이다. 이것은 부동산 거래에 대한 인식이 낮은 지방 도시이기 때문에 가능한 일이다.

“정보지 보고 아침 일찍 전화를 해도 될까 말깐데, 늦잠이나 자고 이젠 뭘 어쩌겠다는 건데?”

아내의 신경질은 점점 견디기 힘든 수위까지 올라간다.

“미안해. 정말 미안해. 오늘은 어떻게든 해볼게.”

이건 서울에서 집을 구하는 게 아니다. 서울에서 무려 244km나 떨어져 있는 바닷가 소도시에서의 일이다. 더구나 여기는 해발 800m 이상의 준령이 백두대간이라는 이름으로 병풍처럼 막아선 곳이다. 성글게 모여 사는 사람들과 아스팔트 깔린 소로들이 그대로 도시라는 명패를 달고 듬성듬성 터를 잡은 곳이다. 낮에 시내에서 같은 사람과 세 번 이상 마주쳐도 무안해하지 않고, 도시의 불빛들을 하룻밤이면 모두 헤아릴 수 있을 것만 같은 곳이다. 이런 소읍 같은 도시들 중, 한곳에서 다른 한곳으로 이사를 간다는 게 무슨 대수일까. 전세비가 조금 쌀 것 같은 곳으로 가보는 거지. 그러나 아내는 그렇지 않은가 보다. 이곳에서마저 밀려난다면 그다음은 벼랑이라고 생각할 테지. 나라고 왜 그런 생각을 해보지 않았겠는가.

아내의 숨소리가 조금 진정되자, 나는 룸미러로 뒷자리에 앉은 아이를 바라본다. 제 부모가 큰 소리를 내도 깨지 않고 꾸벅꾸벅 졸고 있다. 소이증(小耳症)이라는 선천적 기형을 안고 태어난 녀석은 잘 듣지 못한다. 다행히 오른쪽 귀만 기형이지만 왼쪽 귀의 청력도 보통 사람에 비해 현저하게 낮다. 여섯 살이 넘어가지만 말이 늦고 친구들과 어울리지 못한다. 내가 아이 옆에 서 있어도 아파트 단지 내의 아이들은 "야, 귀 병신 지나간다"라고 놀리고 도망가곤 했다. 녀석들의 다리몽둥이를 부러뜨리고 싶었지만 그들을 따라잡기에는 역부족이었다.

하루는 아이들을 잡으러 쫓아간 적이 있었다. 서너 명의 아이들이 일시에 흩어져 도망가는데, 들쥐 같은 그들을 따라잡는 것은 거의 불가능했다. 자기들끼리 휘파람으로 신호를 보내며 놀려대는 여유까지 보였다. 악귀 새끼들. 갈아 먹어도 시원치 않을 놈들. 아이들에게 그 어떤 저주를 퍼부어도, 골뱅이처럼 오그라든 내 아들의 귀는 부풀어 오르지 않을 것이다. 그리고 여기는 외지(外地)다. 한 다리 건너 모두 친척이고 친구다. 모두가 아는 사람들로 연결되어 있는 마당에, 놀리지 않았다고 시치미를 떼는 아이를 붙들어놓고, 왜 우리 아이를 괴롭히느냐고 윽박질러봤자 동네의 비웃음거리밖에 되지 않을 것이다.

"우리 사는 아파트도 좆같은데 오히려 잘됐어. 이번 기회에 사람 많지 않은 동네 가서 조용히 살자. 응?"

나는 차분한 어조로 아내를 위로하듯 말한다.

"우리가 뭐 죄졌어? 왜 만날 피해 다녀? 그래서 온 게 여기야? 서울에서는 안 그랬다고. 각박하다고 하는 서울에서도 안 그랬다고. 난 여기가 싫어. 지긋지긋해!"

아내는 또 울기 직전이다. 아내의 절규는 내 입을 틀어막아 골뱅이처럼 만들어버린다.

"누가 죄인이라고 했어? 죄가 있다면 나한테 있지."

난 계속 수세에 있을 수밖에 없다.

"왜 그렇게 당당하지 못해? 세민이 때문이 아니야. 당신 때문이라고. 당신!"

또 아내의 얼굴에 눈물이 번진다.

"나 때문이라고? 당신은 그렇게 당당해서 반상회도 못 나가?"

하지 말아야 할 말을 하고 말았음을 직감적으로 느낀다. 아내가 달리는 차 문을 열고 내릴 태세다. 문 열어, 이 개새끼야. 문 열어. 문 열라니까. 내가 도어록 버튼을 누르며 저지했지만, 아내는 문 손잡이를 부러뜨리며 절규한다. 아이도 잘 들리지는 않지만 제 어미의 행동이 이상했던지 엄마의 손목을 잡아끌며 이상한 소리를 지른다. 정신병동이 따로 없다.

 가까운 휴게소에 차를 세우고 아내와 아이를 차에 둔 채 밖으로 나온다. 어지럼증이 인다. 담배를 한 대 피워 물고 바다가 한눈에 들어오는 난간에 기대어 선다. 비릿한 바닷바람이 훅훅 얼굴을 스쳐 지나간다. 대책 없이 펼쳐진 바다가 오히려 답답하게 느껴진다. 서쪽은 산, 동쪽은 바다, 나갈 곳 없이 막힌 섬이다. 단절, 고립, 유폐 등의 유의어를 나열해봤자 나의 정서는 치환될 수 없다.

 차 문을 닫고 나왔다고 끝이 아니다. 아내와 아이가 걱정된다. 차로 돌아와 보니 아무도 없다. 어디로 간 걸까. 미안한 생각이 마음속에 차오른다. 그 기분에 태평하게 휴게소에서 우동이나 먹고 있지는 않을 텐데. 아내가 아이를 데리고 돌아올 때까지 차 안에서 기다리기로 한다.

 안양역에서 핏덩이를 안고 있었다는 어머니의 말이 생각난다. 그 핏덩이는 바로 나였고, 그 뒤로 누이 셋이 따라붙었다. 트랜스 공장, 가발 공장, 목재소 등의 사업이 실패를 거듭하자, 아버지는 양계장을 하겠다며 경기도의 한 시골 마을에 내려가 있었다. 어머니는 교통편과 주소가 적힌 종이 한 장을 들고, 주렁주렁 매달린 자식들을 이끌고 아버지를 따라 들어갔다. 어머니는 안양역 앞에서 마을 이름조차 생소한 벽촌으로 들어가는 시외버스를 하염없이 기다리고 있었는데, 그때 첫눈이 내렸다고 했다. 펑펑 쏟아지는 함박눈을 맞으며 서러워 하염없이 눈물을 흘렸다고. 당시 생후 15일이었던 나는 털 없는 생쥐처럼 어미의 품에 안겨 있었지만, 그 한스러움이 지금 내 눈앞에 놓여 있다. 왜 삶은 악순환의 고리로 맞물리는가. 이러한 운명의 대위법이 나를 초월한 지평 속에서 이미 예고되었던 것이라면, 모든 생은 복선이자 전조이고 끝내 필연이 된다.

멀리 아내가 아이의 손을 잡고 걸어오고 있다. 무조건 미안하다고 해야 한다. 도어 핸들이 부러진 문의 반대쪽 문을 열고 아내는 아이를 태운다. 아이는 자신이 다시 돌아왔음을 나에게 알리려, 역시 알 수 없는 말을 웅얼거린다. 웅알이를 6년째 하는 놈은 너뿐이 없을 거다. 아내는 아직도 화가 가시지 않았는지 바깥에 그대로 서 있다. 차창을 내리고 아내에게 말을 한다.

"추워, 빨리 타. 내가 잘못했어. 다 내가 못나서."

사과가 아닌 자조와 변명의 말이 흘러나온다. 아내는 미동도 하지 않는다. 할 수 없이 차 문을 열고 나와서 아내의 어깨에 손을 올린다. 아내가 움찔하며 손길을 거부한다.

"미안해. 조금 아래로 내려가면 집을 구할 수 있어. 빨리 움직이자, 응?"

"……."

"나도 힘들어. 너까지 이러면 난 어떻게 해. 힘을 합해도 될까 말깐데.”

아내를 억지로 떠밀어 차에 태운다.

다시 출발 당시의 대형으로 헤쳐 모인다. 이런 쓸데없는 감정 싸움에 에너지를 소모하자 차에 시동을 걸 힘도 없다. 능력 없는 가장, 눈물 마를 날이 없는 아내, 귀 병신 아들. 스스로도 힘겨운데 모여 사니까 더 힘들다. 이렇게 살 바에야 모두 죽어버리자.

*

이곳으로 이사를 온 것은 어머니가 세상을 뜨자마자 바로 결행된 일이었다. 담배 한 모금 피우지도 않은 어머니는 폐기종(肺氣腫)이 악화되어 죽고 말았다. 의사는 간접흡연의 영향을 유력한 원인으로 들었지만, 역시 3년 전 폐암 말기 판정을 받고 저세상으로 떠난 아버지를 불러다 놓고, 당신이 뿜어낸 연기가 어머니를 죽였다고 따져 물을 수도 없었다. 의사는 공기가 들어갈 폐 내부의 공간이 이미 부풀어 오를 대로 부풀어 올랐고, 폐포 벽도 거의 파괴되었다고 말했다. 숨을 제대로 쉴 수 없는 것이 당연했다. 색색거리는 숨소리는 점점 더 거칠어졌다. 설에 뵈었을 때 ‘색색’ 하던 소리는, 추석에는 ‘쌕쌕’으로 바뀌어 있었다.

“엄마가 아무래도 올겨울을 넘기기 어려울 거 같다.”

형은 한껏 가라앉은 목소리로 말했다.

"담당 의사는 당장 입원하는 게 좋겠단다. 그래서 말인데, 네가 좀 병원에 있어야겠다. 언제부터 방학이지?"

시집간 누이들을 불러다 놓을 수도 없고, 외국에 자주 드나드는 자신이 엄마 곁에 있을 수도 없고, 고부간에 사이가 좋지 않은 형수가 간병을 할 수도 없으니 내가 좀 있어야겠다는 말이었다. 방학이 뭐 따로 있는가. 기말고사 보고 나면 방학이고, 성적처리 다 하고 나면 그야말로 한정 없는 시간의 무게를 머리에 이고 살아야 하는 것을. 크리스마스를 며칠 앞두고 있었으니 형은 이미 내가 방학이라는 사실을 알고 있었을 것이다. 언제나 그렇듯이 형은 나의 말 없음을 긍정과 확답의 표지로 읽었다.

"어머니 간병은 자식이면 누구나 해야 하는 일이지만, 그래도 네가 시간 여유가 제일 많으니, 어머니 마지막 가실 때까지 잘 부탁한다. 물론 누이들과 내가 3~4일에 한 번씩 교대를 해줄 거야. 그때 집에 가서 푹 쉬고 다시 나오면 돼."

이젠 아예 이미 짜놓았던 계획까지 말했다. 아무리 어머니 일이라지만 어이가 없었다. 대학 강사에게 방학이란 임시 폐업을 의미한다는 사실을 모른다는 말인가. 월급 한 푼 없이 뭘 먹고살라는 말인가. 번역이든 과외든 그 어떤 일이라도 해야 먹고살 수 있지 않은가.

"내가 하루하루 일당 쳐서 줄 테니까, 그건 염려 말고."

형은 진담 반 농담 반의 말을 섞어 나의 간병을 독려했다.

"어머니 간병이 뭐 일이라고 형이 돈을 줘?"

말은 이렇게 했지만, 주는 돈을 마다할 형편은 아니었다.

"그래. 그렇지. 다음 주, 월요일에 입원 예정이니까 네가 어머니 모시고 병원에 좀 가라. 가져가야 할 짐이 많을 거야."

모든 일은 일사천리로 이루어졌다. 형은 모든 것을 계획하고 지시했지만 정작 자신은 늘 현장에 없었다. 극진한 효심이 아니더라도 어머니의 숨소리가 쌕쌕에서 색색으로 되돌아올 수만 있다면 1년이든 2년이든 당신 곁에 있어야 하는 것은 당연했다. 병원에서 누군가를 간병해본 사람은 알 것이다. 입원실에 있는 그 자체가 말할 수 없는 고역이라는 것을. 100원짜리 동전에 30분 작동하는 TV를 어떤 채널의 선택권도 없이 바라봐야 했다. 시끄러워 조금 끄고 싶어도 어느 누군가가 끊임없이 동전을 넣었다. 언제나 하루는 〈좋은 아침〉에서 〈뉴스24〉로 끝났다. 수많은 병에 대한 고통과 그것들로 이루어진 대화들, 공포에 가까운 우울과 권태, 그 사이로 날카롭게 신경을 곤두세우는 신음 소리들. 그 고통의 음성에는 호흡곤란을 호소하는 어머니의 격한 몸부림도 실려 있었다. 3~4일 간격으로 누이들은 정확하게 간병을 교대해주었다. 일산에서, 시흥에서, 인천에 있는 병원에 찾아오는 그들은 구원자였다.

지하철을 타고 아내와 아이가 있는 면목동 집으로 돌아갈 때마다, 휴가를 나온 사병의 심정이 되었다. 그러나 집안 사정은 좋지 않았다. 어린이집에서도 귀머거리로 놀림감이 된 아이는 갖은 짜증을 부리며 하루 종일 제 엄마를 괴롭히고 있었다. 그렇지 않아도 이리저리 카드를 돌려 막으며 살아가는 형편에, 아무리 방학이라지만 남편이라는 사람은 아무것도 벌어오지 못하고, 제 어머니 간병한답시고 병원에 틀어박혀 있으니, 아내도 내가 곱게 보일 리가 없었다.

"당신네 식구들 너무한 거 아니야? 우리 어떻게 사는 줄이나 알아? 세민이하고 나하고 먹고살 수 있게는 해주고 간병이든 뭐든 시켜야 할 거 아니야?"

옷도 벗기 전에 아내가 언성을 높였다.

"미안해. 어쩔 수가 없잖아."

내가 작게 웅얼거렸다.

"그놈의 미안해 소리 지겨워. 병원에 가서 당신 어머니를 살려내든지 말든지 아예 들어오지도 마."

물론 이 말이 아내의 진심이 아니라는 것은 안다. 하지만 더 이상 집에 있을 수가 없었다. 나는 누이가 간병을 교대해주어도, 집에 가지 않았다. 아니, 갈 수가 없었다는 게 더 정확한 표현일 것이다. 친구를 만나 술을 마시거나, 술김에 스포츠 마사지 업소에서 안마를 받거나 늘어진 안마사의 젖가슴을 주물럭거리며 굶주린 성을 해소하고, 다음 날 병원으로 돌아가곤 했다. 병마 속에서 이승의 마지막 고통을 감당하고 있는 어머니에게 더러운 몸으로 돌아간다는 것이 더없이 죄스러웠지만, 성은 어미의 고통스러운 숨소리보다도 강한 욕망이었다. 어떻게 사는지 알 수 없는 아내와 아이를 생각하면 며칠에 한 번씩 그렇게 소비하는 돈은 산더미처럼 쌓여 있는 내 죄업만큼 큰 것이었다.

병실에는 끊임없이 누군가가 찾아와 병문안을 하고 돌아갔고, 그들이 사온 주스 상자는 하염없이 쌓여갔다. 보험 혜택을 받을 수 있는 6인용 입원실의 침대가 하나둘 빌 때마다 어머니는 다음은 당신 차례가 될 거라고 귀에 못이 박히도록 말했다. 그렇게 두 달의 방학이 끝나가자, 어머니는 고장 난 폐의 운동을 영원히 멈췄다. 지천으로 널려 있는 한 모금의 공기가 어떤 사람에겐 그렇게 간절한 들숨과 날숨이 된다는 사실을 난 비로소 깨달았다. 고마운 어머니는 약속이나 한 것처럼, 당신의 막내아들이 겨울 방학이 시작되자 병원에 입원했고, 이듬해 봄 학기 개강을 일주일 앞두고 숨을 놓았다.

장례식장에서 형은 당신이 어머니를 모두 간병한 것처럼, 문상객들에게 어머니의 간병일지와 그 최후까지 소상히 알리느라 여념이 없었고, 그럴수록 부의금은 점점 쌓여갔다. 염을 하고 입관하고 장지에서 매장을 하기까지 형은 눈물을 흘리지 않았고, 나 역시 과장된 몇 번의 울음을 뒤로하고는, 감당할 수 없는 슬픔은 찾아오지 않았다. 키 작은 아내가 사람들 사이에 숨어 흐느겠지만, 나 말고는 아무도 그녀의 눈물을 눈여겨보지 않았다. 모든 슬픔은 자기 연민이다. 슬픔이 옅은 자는 타인의 아픔과 자신의 감정 사이의 공유점이 희박한 사람이다. 그저 옆 사람의 눈물이나 흉내 낼 뿐이다. 형은 모든 장례 절차가 끝나고 며칠이 지나도, 일당으로 쳐주겠다는 돈을 부의금에서 한 푼도 꺼내주지 않았다.

어머니도 계시지 않은 이곳에 더 이상 살 이유가 없다고 생각한 나는 당장 떠나기로 했다. 그도 그럴 것이 내가 출강하는 대학이 모두 지방의 한 지역에 모여 있기 때문이었다. 길거리에다 뿌리고 다니는 돈만 절약할 수 있다면, 그곳이 산골이든 섬이든 대학이 있는 곳으로 가야 했다. 전임 교수가 된 것도 아닌 주제에, 대학 강사질 하려고 지방으로 이사를 간다면 다 비웃을 것이다. 누가 조소를 하든 말든, 내 처지에 맞게 거처를 옮기는 것은 당연한 일이었다. 다행히 아내도 흔쾌히 동의했다. 제주도가 고향인 아내는 동해로 간다고 하니, 들뜬 마음을 감추지 않았다. 제주도의 쪽빛 바닷물과 동해의 바다색은 닮아 있을 것이었다. 귓구멍이 막힌 세민이도 거기에 가면 바다만큼이나 시원하게 귀가 열릴 것 같은, 말도 안 되는 기대도 했더랬다. 한심하기 짝이 없는.

*

　베이비 붐 세대인 우리 학번의 대입 경쟁률이 몇십 대 일이었다 해도, 내가 여기까지 유학을 온 것은 상식적으로 이해할 수 없는 일이었다. 공부도 공부지만, 지리 선생이나 할 거라고 생각하며 이곳의 대학에 진학할 때만 하더라도, 가족들은 그래도 사범대학이라는 생각을 위안 삼아 나를 보냈던 것이다. 롤러스케이트장과 고고장과 음악 감상실과 커피숍과 오락실을 전전하며 보낸 고등학교 3년이, 내게 영동으로의 유배를 요구한 것이니, 이것은 스스로가 판 무덤치고는 깊은 수렁이었다. 그렇다면 임용고시 공부나 열심히 해야 할 것이지만, 팔자에도 없는 대학원에 진학해 그것도 학위까지 땄으니 삶의 형식과 내용은 자꾸 아귀가 벌어지고 있었다. 모름지기 사람은 제 분수를 알아야 하는 것이다. 적어도 출신 성분 같은 것쯤은 파악할 수 있어야 하는 법이다. 대학원은 학력 세탁의 대안이 되지 못했다. 어디서나 어느 대학 출신인가가 중요했다. 어쨌든 거기서 대학 강사질을 계속하든, 뭘 하든 서울에서보다는 나아질 것이라고 생각했다. 더구나 거기엔 축축한 마음을 펴서 꾸덕꾸덕 말릴 수 있는 바다가 있지 않은가.

　그러나 서울에서부터 쌓인 부채는 이곳에 와서도 쉽게 줄어들지 않았다. 이곳도 아파트 전세 가격은 만만치 않아서 서울에서 빼낸 다세대주택 보증금이 고스란히 들어갔다. 언제나 그러했듯이, 여름방학과 겨울방학을 합해 다섯 달 동안은 벌이가 없지 않은가. 1년에 7개월만 돈을 벌어 부채가 탕감되리라고 생각한 것 자체가 순진한 발상이었다. 대한민국의 물가는 서울과 같은 대도시에서 멀어지면 멀어질수록 비쌌다. 물가도 그렇지만 알게 모르게 누이들에게 얻어먹던 것도 뚝 끊겨버렸다. 사람은 뭔가 없어져야 비로소 아쉬운 것을 느끼는 법이다. 어머니의 간절한 호흡만큼이나.

결제금을 막을 수 없을 때마다 카드는 점점 늘어났다. 처음엔 3개였던 카드가 7개로 늘어났다. 결제일을 조정하고, 한쪽 카드에서 현금 서비스로 인출한 돈을 다른 카드의 결제금으로 막으며 카드를 이리저리 돌리는 것은 거의 신기에 가까웠다. 아내의 결제 기술은 날로 발전했다. 한 학기에 20시간 이상 강의를 해도 5개월간의 방학까지 견딜 수는 없었다. 법적으로는 고용 안정을 보장해주지 않으면서도 소득세 신고는 어김없이 해야 했다. 환급을 받는 것이 아니라 오히려 세금을 내야 하는 처지이고 보면, 1년 동안 이 나라에 세 들어 살았구나 하는 생각이 절로 났다. 결국 카드를 더 이상 돌릴 수 없게 되자, 아내는 전세 보증금을 빼서 집을 줄여야겠다고 말했다. 돈을 모으는 것이 아니라 있는 돈을 점점 까먹고 있는 상황이었다.

가끔 방학 때 걸려오는 학생들의 안부 전화는 나를 더욱 당황스럽게 했다. 교수님, 방학인데 어떻게 지내세요? 애교 섞인 음성으로 전해지는 여학생의 안부 인사. 학교 가서 책도 보고, 글도 쓰고 그러지 뭐(사실은 골뱅이 귀를 가진 아이에게 악을 쓰며 말을 가르치고, 괴로우면 바닷가에 나가 담배나 피우고, 밤엔 아내와 카드 빚 때문에 싸우고 있어). 스스로를 비웃게 만드는 가증스러운 대답들. 학교에 나가서 공부한다면 학생들은 으레 교수 연구실의 분위기를 떠올릴 것이다(사실은 취업 재수생들이 바글대는 대학 도서관에 앉아 있거나 고삐리들이 죽치고 있는 시립 도서관을 전전하고 있어. 그래도 양심은 있어서 점심은 굶어. 그리고 도서관에서 만나면 인사 좀 하지 마, 이 새끼들아).

집주인에게는 계약 기간이 끝나기 전에 나가는 것이니 새로 들어올 사람을 구해놓고 나가겠다고 했다. 새로운 입주자는 쉽게 나타났다. 정보지에 내놓기가 무섭게 다음 날 아침 7시에 전화가 왔다. 다른 사람이 계약하는 것을 막기 위해, 그는 세입자인 내게 계약금으로 100만 원을 내놓으며 가(假)계약을 하자고 했다. 실제 계약은 저녁에 집주인과 하기로 되어 있다고 했다. 집을 구하는 게 전쟁이었다. 문제는 새로운 입주자가 일주일 후에 들어온다는 것이었다. 상황이 급했다. 갈 집도 못 구한 상황에서 집을 비워줘야 하는 날짜는 하루하루 다가오고 있었다.

"밥 안 먹을 거야?"

어렵게 마음을 가라앉힌 아내가 퉁명스럽게 말한다. 감기 기운에 콧물을 훌쩍이는 아이가 온종일 건조한 히터 바람을 쐬며 돌아다니고 있으니, 마음이 짠하다. 밖에 잠깐이라도 서 있으면 그대로 얼어버릴 것 같은 매서운 날씨에 우리 세 식구 거처할 집 한 칸 없어 헤매고 있다니 눈자위가 자꾸 뜨거워진다. 휴게소 안으로 들어간다. 우동 두 그릇을 시키고 김밥을 산다. 아내는 아이에게 먹일 우동을 덜어 식히고 있다. 성질이 급한 아이는 벌써 랩을 뜯어 김밥을 작은 입에 욱여넣는다. 나는 모락모락 김이 오르고 있는 우동을 앞에 두고 정보지를 펼친다. 21평 천곡 빌라 2층 거실1 방2 욕실1 기름보일러 보증금 3000만 월 15만 / 부영아파트 106동 405호 24평 거실1 방2 욕실1 전세 5000만 / 2층 단독 21평 거실1 방2 욕실1 기름보일러 보증금 2500만 월 20만 / 성인만의 고품격 대화 ―오빠! 나 젖었어요. 060-700-32** / 동해 나이트 부킹100% 웨이터 세븐 / 스포츠 마사지 발 전신 경락 ―남성의 피로를 확 날려드립니다 / 다세대 주택 3층 21평 주방 겸 거실1 방2 기름보일러 전세 3500만

전·월세비는 지금 사는 도시나 여기나 비슷하다. 마지막으로 눈에 들어온 광고를 손가락으로 가리키며 아내에게 묻는다.

"여기 가볼래?"

아내는 건성으로 그렇게 해, 라며 아이의 입속에 우동을 집어넣느라 여념이 없다. 턱을 크게 벌리지 못하는 세민이는 우동을 죄다 흘리고 있다. 소이증은 귀에만 문제가 있는 게 아니라 턱을

비롯해 얼굴 전체의 균형을 깨뜨린다. 그런 세민을 애써 못 본 척하며 우동 그릇에 코를 박는다. 정신없이 우동 그릇을 비우고 나오니 시간은 벌써 오후 2시를 넘기고 있다. 겨울 해는 짧다. 이러다가 한 집도 제대로 보지 못하고 돌아갈지 모른다. 급하게 정보지에 있는 연락처를 보고 전화를 건다. 긴 통화음이 계속되다 노인의 목소리가 들린다. 아직 나가지 않았단다. 신혼부부가 보고 갔는데, 오늘 안으로 오기로 했다고 한다. 계약금을 먼저 거는 사람이 임자니까 오려면 빨리 오라고 한다. 임대인의 전형적인 수법이다. 이런 식의 낡아 빠진 말에 속을 것 같으냐고 곧 욕이 튀어나올 것 같다가도, 이런 말을 들으면 괜히 마음이 급해진다.

다시 차로 돌아와 시동을 건다. 배터리를 제때 갈아주지 못한 자동차는 쉽게 시동이 걸리지 않는다. 뭐든 성한 것이 없다, 기계나 사람이나.

"다세대주택이야. 주소를 보니까 바다 쪽인 거 같은데 아무래도 구 시가지 쪽인가 봐."

기운은 없지만 계속 뭔가를 얘기해야 한다는 강박에 시달린다.

"그래?"

역시 아내는 심드렁하게 말을 받는다.

가는 곳까지 아무 말도 하지 않기로 한다. 지쳐 있을 때는 말 한 마디 한 마디가 힘을 빠지게 하는 법이다. 다세대주택은 쉽게 찾을 수 없다. 편의점 사거리에서 우회전해서 언덕으로 계속 직진하다가 우정 세탁소를 끼고 다시 좌회전하면 세 번째 집이라고 했다. 말만 들어도 달동네 같은 생각이 든다. 서울의 신림동이나 봉천동 같은 곳 말이다. 차가 올라가기 어려울 만큼 가파르고 좁은 언덕길이 계속된다. 저기 우정 세탁소라는 낡은 간판이 보인다. 아이 옆에 앉은 아내의 얼굴을 바라본다. 표정은 벌써 흙빛으로 변해 있다. 노인 한 사람이 세탁소 앞에서 기다리고 있다가, 우리 차가 그 옆을 끼고 돌자 차를 멈춰 세운다.

"집 보러 오셨수?"

노인이 군데군데 빠진 누런 이를 내보이며 말한다. 그렇다고 말하자, 얘기를 해뒀으니 차는 이 앞에 세워두고 자기를 따라오라고 한다. 같이 나갈 거냐고 눈치를 보냈으나 아내는 미동도 없다. 하는 수 없이 나 혼자 노인을 따라 3층으로 올라간다. 노인은 나이가 많이 들어 보였으나, 성큼성큼 계단을 올라가는 모습이 강단지게 느껴진다. 집은 도배를 새로 해서 그런지 나름대로 깔끔해 보이지만, 구조가 낡고 엉성하다. 게다가 거실은 보일러도 들어오지 않는 마룻바닥이다. 노인은 옥상이 있는 슬라브 주택을 개조해 기와를 얹었기 때문에 여름에도 그리 덥지 않다고 재차 강조한다. 집을 구하러 돌아다니다 보면 싼 게 다 이유가 있다는 것을 알게 된다. 집은 좋은데 보증금이 싸면 근저당이 많이 잡혀 있는 집이고, 보증금은 싼데 평수가 넓으면 낡은 구옥이기일쑤다. 이런 집에서 살 수 없다는 결론을 내린다. 계단을 다시 내려오며 노인에게 잘 봤다는 인사말을 건넨다. 노인은 계약할 거냐고, 아까 왔던 신혼부부들이 곧 올 거라고 말한다. 나는 그런 노인이 순진해 보여 슬며시 신소(哂笑)를 짓다 다시 차에 오른다.

아내는 집이 어떠냐고 물어보지도 않는다. 그런 아내가 야속하지만 이유는 뻔하다. 이런 집이 어떤지 굳이 올라가 봐야 아느냐고, 이런 데서 아이를 키우라는 거냐고, 사람이 그렇게 순진하고 바보 같아서 어떻게 세상을 살 거냐고, 또 악을 쓸 것이다. 아내의 표정을 한순간에 간파하고 그 내용까지도 속속들이 알아챘다. 결혼 7년차의 노하우라면 이것뿐이다. 시간은 벌써 5시 반을 넘기고 있다. 차를 돌려 언덕 아래로 내려간다. 어둠이 내려앉기 시작한 항구에는 주황색 불빛이 이글거린다. 저 멀리 바다에는 오징어잡이 배가 환한 집어등을 밝히고 있다. 마음이 휭하다. 이제 남은 시간은 단 3일뿐이다. 머릿속에는 어떻게 할 것인가라는 문장이 전광 사인 보드의 불빛처럼 뱅글뱅글 맴돈다. 언덕을 내려가던 차가 갑자기 크게 요동친다. 페인트가 벗겨진 요철을 미처 보지 못한 것이다.

"아~악!"

아내가 비명을 지른다. 나는 급한 대로 가로에 차를 세운다. 아내의 짜증은 화산 폭발 직전으로 올라간다. 그 결에 아이는 잠을 깨 어리둥절해한다. 이런 상황이 바로 나의 처지를 대변하고 있는 셈이다. 고의는 아니었으나 잘못된 운전으로 동승자를 괴롭게 하는 것 말이다.

*

　마음의 여유는 이렇게 찾아오는 것이라는 듯이, 나는 아내와 아이를 데리고 학교며 시내며 관광지들을 구경시켜주느라 여념이 없었다. 뒤늦게 신혼이 찾아온 것처럼 이곳에 내려와서 처음 한 달은 나름대로 분주하고 즐거웠다. 늘 새로운 것이면 홀딱 반해버리는 아내이기에 이곳의 낯선 풍물을 재미있고 신기하게 받아들이는 듯했다. 특히 바다를 곁에 둔 이 도시가 좋다고 아이처럼 기뻐하기도 했다. 그러나 우린 여기에 여행을 온 것이 아니었다. 한 달여의 시간이 지나가자, 아무리 내 청춘의 시간이 묻힌 유적이라지만 더 이상 볼 것도, 즐길 것도, 맛난 것도 다 떨어지고 말았다. 그러자 이곳이 이제 적나라하게 그 알몸을 드러내기 시작했다. 대학 동창들도 이 도시에 남아 있지 않았다. 그도 그럴 것이 여기 부모들은 자식들을 모두 영(嶺) 너머 서쪽으로 보내야 출세했다는 얘기를 듣는다.

　서울에서 대학원까지 마친 아내가 남편을 따라 변방 소도시까지 와서, 아는 사람도 없이 남편만 바라보며 오로지 육아에 매달

리고 있다. 이런 아내의 처지가 러시아나 동남아시아에서 국제
결혼으로 들어온 외국 여자와 다를 게 뭐가 있는가. 더욱이 아내
는 물 건너 제주도에서 온 사람이 아닌가. 나는 무슨 탁월한 비
유라도 되는 것처럼 아내에게 이런 말을 했지만, 결과는 예상 밖
이었다. 식탁에서 아침밥이 사라졌고 학교에 간다고 해도 내다
보지 않았으며 내가 집에 돌아오면 아이와 함께 안방으로 들어
가 방문을 걸어 잠갔다. 이런 아내를 다시 거실로 주방으로 끌어
내는 데는 무려 한 달이 걸렸다. 아내는 자신의 가장 아픈 곳을
찔렸다는 생각이었다. 말없이 아는 것과 말해서 상대방의 상처
를 벌어지게 하는 것은 다른 것이다.

　어쨌든 일상을 유지한다는 것은 참으로 어려운 일이다. 먹고
사는 것도 문제이거니와 가족들 간의 휴식과 여가를 위한 시간
은 그야말로 아무런 도안도 없는 막막한 빈 도화지였다. 학교에
서 돌아오면 무엇인가 아내와 아이를 위한 시간을 만들어야 했
다. 서로 웃든 싸우든 모든 관계는 이 안에서 이루어지니까. 아
내는 저녁마다 인근 호변(湖邊)을 달리며 운동을 하자고 했다.
우린 새로 산 운동화를 신고 호수를 달리기 시작했다.

　저녁마다 호수를 돌며 운동을 하는 것이 처음엔 그리 나쁘지
않았다. 이 호수는 관동별곡에도 나오는 유명한 곳이 아니던가.
봄이면 벚꽃이 흐드러지게 피고, 만(灣)이 막혀 이루어진 석호이
기 때문에 여름이면 호수의 표면을 스치며 불어오는 바닷바람이

시원했으며, 가을이면 갈대숲이 호변을 장식했고, 겨울이면 청둥오리 떼들의 군무가 장관을 이뤘다. 그러나 이것은 철저하게 나를 둘러싼 외계의 일들이었다. 계절이 바뀌듯 호수를 돌고 돌아도 아무것도 변하지 않았다.

처음에는 나를 잊고 달린다고 시작한 운동은 떼를 쓰는 아이를 달래고 아내의 신경질을 가라앉혀야 하는 일로 변하면서, 가시밭길을 걷는 것처럼 불편했다. 길게 꼬리를 물고 영(嶺)을 넘어가는 자동차의 행렬이 눈에 들어오면, 알 수 없는 그리움에 맥없이 주저앉았고, 산 위에 석양이 지면 저처럼 내 인생도 후미진 변방에서 초라하게 낡아가는 것처럼 느껴졌다.

차라리 악을 쓰려면 집에서 쓰는 게 낫다. 농촌 총각과 결혼한 외국인 여성처럼 살아가는 아내의 외로움과, 귓구멍이 막힌 귀병신 아들의 숨 막하는 답답함과, 무능한 대학 강사인 남편의 절망이 만들어내는 끔찍한 하모니는 그 자체로 상처의 지도이다. 이 작은 가정의 풍경에는 요즘 유행하는 디아스포라도, 장애아의 사회적 소외도, 비정규직 노동자의 제도적 불평등까지도 고스란히 담겨 있다. 이산의 고통을 찾아 탈북자나 이주 노동자들을 생각할 필요가 없다. 우리 가족 안에 디아스포라가 있고, 처절한 인권의 사각지대가 있고, 우리 사회 지식 노동자의 현실이 있다. 사회학 전공자의 관점에서 보면 나의 가정은 그 자체로 부조리한 대한민국의 축도이다.

이렇게 상처의 흔적이 모여 우리의 삶을 이룬다면, 모든 존재들은, 심지어 우주까지도 결국은 소멸을 향해 돌고 도는 것이 아닌가. 인간은 죽음을 향해 달려가고, 도로 위의 자동차도 낡고 닳아 빠질 때까지 달리고 달리다 결국은 한 장의 찌부러진 쇳조각으로 남는 것이 아닌가. 나의 호수 돌기가 결국은 파국을 향해 나아가는 우주의 성도(星圖)다.

언젠가 아내가 말했다. 왜 허생이 자신이 경영하던 빈 섬에서 글 아는 자를 모조리 배에 태우며 이 섬의 화근을 없애야지, 라고 말했는지 알아? 학문도 예술도 모두 필요악인 거야. 이에 내가 화답했다. 여기서 악은 내가 전존재적으로 체현하고 있는 셈이군. 피해망상에 빠진 나약한 먹물인 내가. 상처의 지도인 내가. 아이의 막힌 귓구멍 하나 뚫지 못하는 가방끈만 긴 내가. '소아증 환아에 대한 사회·심리학적 임상연구'라는 거창한 논문이라도 써볼까. 상처는 바로 앞에 있는데, 이를 개념어로 관념적 도식으로 치환하려 한다는 것이 역겹지 아니한가. 손가락 잘린 이주 노동자 앞에 가서 디아스포라에 대해 열심히 떠들어보아라. 이 오징어 먹물만도 못한 놈들아.

"이제 어디로 가는 거야?"

비명을 지르던 아내는 이제 다시 가라앉은 목소리로 말한다.

"보면 몰라? 집으로 가는 거지. 이제 단 3일뿐인 우리 집으로."

"제발 이죽거리지 마. 이 개새끼야."

아내가 욕을 한다. 그 욕이 이상한 청량감을 던져준다.

"알았어, 씨팔년아."

아내가 웃는다. 부조리극의 인물들 같이 시시덕거린다.

"이제 어떻게 할 거야? 이 좆같은 새끼야."

아내가 더 큰 소리로 욕을 하고 나서 배가 아파 죽겠다는 듯이 웃는다.

"몰라, 이 보지야."

아내가 숨이 멎을 듯이 웃는다. 아이는 이에 아랑곳하지 않고 수평선 위에 점점이 터져 오른 환한 불빛에 눈길을 주고 있다.

"야, 씹새끼야. 우리 확 죽어버릴까?"

"그래? 확 핸들을 돌려버려!"

내가 더 큰 소리로 고함을 지르며 깔깔거리고 웃는다.

고속도로 위를 달리는 차는 이리저리 돌아가는 핸들을 따라 미친 듯이 흔들렸고, 차 안에는 더할 나위 없이 질펀한 욕이 계속 터져 나오고 있다. 어느덧 서로의 눈에는 눈물이 끈적끈적하게 비어져 나온다. 아마도 울음과 뒤범벅된 우리의 웃음은 집으로 돌아가는 길 내내 계속될 모양이다.

하수도

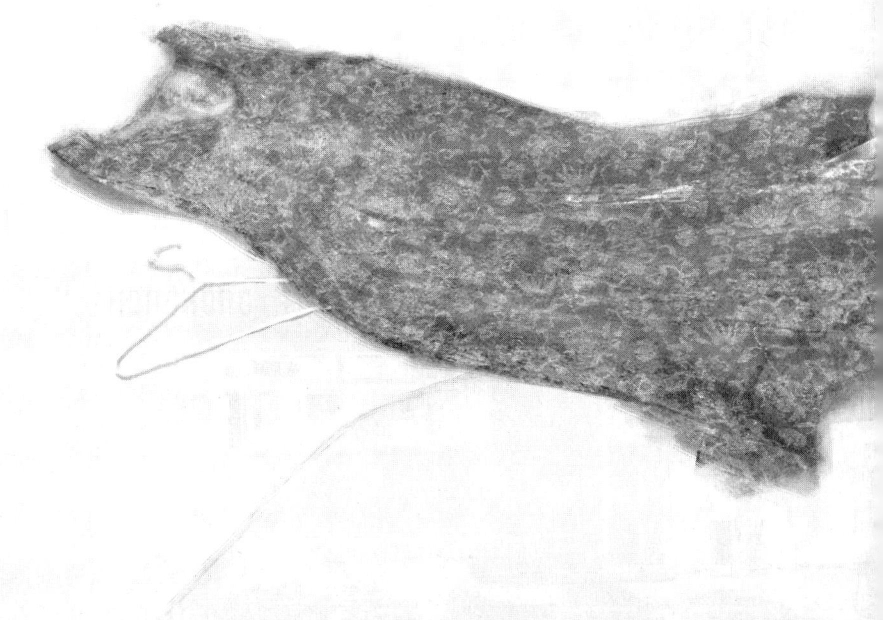

집을 나설 때, 나는 아내에게 며칠간 여행을 다녀오겠다고 말했다. 가정을 떠나서 자유로움을 만끽할 수 있는 곳이라면 어디라도 좋다고 생각했다. 아내는 아이를 놀이방에 맡기고, 노방 전도를 나갔거나, 시인이라고 불리는 아줌마들과 어울려 진부한 인생론을 떠벌릴 것이다.

지하로 내려와 카페 우드(WOOD)의 문을 열자, 팽팽하게 차올랐던 음악 소리가 일시에 터져 나온다. 벽에는 장식용 대형 선풍기가 흰 조명을 분광시키며 천천히 돌아가고, 실내는 매캐한 담배 연기로 가득하다. 어서 오세요, 몇 분이십니까? 얼굴에 빨강, 노랑, 파랑으로 페이스페인팅을 한 남자 종업원이 달려들며 말한다. 아니 좀, 하면서 바텐을 바라보자 칵테일을 만들고 있는 O의 모습이 보인다. 긴 머리를 질끈 뒤로 묶은 그녀의 모습은,

석양을 등지고 선 야생말의 꼬리를 연상케 한다. 내가 그녀에게
다가가자, 종업원은 서로 아는 사인가 보다 생각했는지 자신의
자리로 얼른 돌아간다.

— 사장님, 장사 잘되시나?

내가 바텐 안에 있는 O를 향해 소리친다.

— 어? 어쩐 일이야?

그녀가 환하게 웃는다.

그녀는 나에게 코로나 한 병을 건네주며, 내 앞에 선다.

— 물장사 잘되네?

— 우리나라에서 이것 말고 뭐 되는 게 있나?

— 그래.

— 근데, 그냥 들른 거지?

— 여행 간다고 며칠 집 나왔다, 왜?

나는 풀썩 맥없는 웃음을 지어 보인다.

— 신혼 재미는 없으시고?

— …….

— 그럼 오늘은 문 좀 일찍 닫고 밀린 얘기나 하자.

O가 주문을 받으러 간 사이, 나는 담배 한 개비를 피워 문다.
음악 소리가 높아질수록 이곳에 있는 권총과 장미들은 병나발을
불며 맥주를 들이켠다. 반대편 바텐에는 한 쌍의 권총과 장미가
서로 껴안고 자빠져 있고, 또 구석진 테이블에는 네 명의 권총들

이 흰 담배 연기를 계속 뿜어댄다. 순간, 바텐 벽에 걸려 있는 작은 칠판이 눈에 띈다. 거기에는 正자로 사람들이 온 횟수에 따라 순위를 매겨놓고 있다. 한 달에 스물한 번째 온 김 아무개가 1등이다. 나는 쿡 하고 웃음이 터진다. 저거 일등 하면 뭐 주는 거야? 나는 이런 생각을 하며 코로나 한 병을 더 시킨다.

지난 학기 나는, 이런저런 수도권 소재 대학에 보따리를 들고 다녔다. 모 여자대학에서는 교양과목인 '현대 사회와 인간'을, 생긴 지 5년도 안 된 신설 대학에서는 계열공통 선수과목인 '사회학의 이해'를, 마지막으로 모교에서는 전공기초로 '사회학 개론'을 강의했다. 강의 내용을 서로 다르게 하고 싶었는데, 몇 주의 시간이 지나자 결국 다 같은 얘기를 떠들고 있었다. 신경통이나 당뇨병이나 모두 다 듣는 만병통치약을 파는 약장수나 다를 바가 없었다.

형형색색의 머리들이 와글거리는 강의실에는 수업시간에 핸드폰 받는 아이, 늦게 오는 아이, 강의 내내 엎드려 자는 아이, 리포트 내주면 인터넷에서 다운받아 그대로 내는 아이, F학점을 주면 집에 전화해서 항의하는 아이, 별별 아이들이 다 모여 있다. 남들 보기에는 어떤지 몰라도, 학원 수업보다 나을 것이 없다. 학생들의 입장에서도 학부제다 뭐다 해서 대학 1학년의 생활은 소속감 없이 우왕좌왕하는 단과반 재수생 같은 느낌일 것이다.

학과장은 학생들이 흥미를 느낄 수 있는 것을 테마로 재미있게 강의를 해달라고 신신당부를 했다. 더구나 강의 평가가 좋지 않으면 더 이상 강의를 맡을 수가 없다고. 어쨌든 나는 내 방식대로 한 학기 강의를 진행했고, 그 반응이야 내가 크게 신경 써야 할 문제가 아니라고 생각했다. 얼마 후, 성적 처리도 다 끝나고, 연말연시 분위기도 한풀 꺾인 1월 중순 무렵, 행정적인 문제로 그 학교를 다시 찾은 나는, 연구실에서 그를 만났다. 의식적인 인사말이 오가고 나자, 그는 대뜸 이런 말을 꺼냈다.

— 너무 원론적인 테마를 잡아서 그런가요? 강의 평가 좀 보세요.

그는 강의 평가 명단을 내밀었다. 거기에는 평점 60점 이하의 강사 명단이 기재되어 있었고, 그는 손가락으로 내 이름을 가리켰다.

— 원칙적으로 이런 경우, 다음 학기에 시간 배정을 할 수 없어요. 강사 위촉 대상자에서 제외된단 말입니다.

그의 말이 계속될수록 내 얼굴은 쪼그라들며 소심이라는 글자를 이마 위에 돋을새김하고 있었다.

— 이런 말을 해서 미안합니다. 사실, 아니할 말로 학생들이 공부를 안 해서 그렇지, 선생이 무슨 책임이 있겠어요? 강의 평가라는 것도 극히 주관적이고 때론 악의적일 수 있으니까요.

학과장의 말은 더 이상 듣기 힘들었다.

— 매춘이나 대학생 동거 이런 테마면 좋겠죠?

내가 짐짓 억지를 써보았다.

— 뭐, 말 그대로 교양 아닙니까? 조금은 피부에 와 닿고, 학생들이 흥미 있어 하는 것이 좋잖아요. 안 그래요? 학생들의 항의가 들어와요. 쉽게 쉽게 가야 돼요. 리포트도 적당히 쉬운 걸로. 뭐 여자애들이 공부해봤자 얼마나 하겠어요? 안 그렇소?

— …….

— 내 말 너무 섭섭하게 듣지 말아요. 아참, 은사님은 잘 계신가요?

그는 내 은사의 대학 후배이고, 내가 이 대학에 출강하게 된 것도 은사의 소개로 된 것이었다.

— 네, 뭐, 안녕하십니다.

— 강의 평가도 그렇고 해서 하는 말인데요. 다음 학기부터는…….

— 힘들게 말씀하지 않으셔도 잘 알겠습니다.

— 어이쿠, 단단히 화가 나신 모양이군요. 지금은 내 말이 섭섭하겠지만, 잘 생각해봐요.

우드에는 군데군데 빈자리들이 늘어가고, 흥이 한풀 꺾이기 시작한다. 벽에 걸린 전자시계는 붉은색으로 2:30 AM을 나타내고 있다.

― 이제 슬슬 정리하지?

내가 약간은 지겨운 듯한 목소리로 O에게 말한다.

잠시 후, 지금은 우리가 헤어져야 할 시간 다음에 또 만나요, 하는 음악이 흘러나온다. 저희 우드를 찾아주신 손님 여러분 오늘도 음주에 수고 많으셨습니다, 라는 말이 나오자 몇몇의 사람들이 크게 웃어댄다.

술을 마시던 사람들도 나가고, 일하는 아이들과 종일 음악을 갈아 틀던 DJ 녀석도 모두 돌아간다. O가 셔터를 내리는 소리가 들린다. 이제 지하엔 그녀와 나, 둘뿐이다.

― 여긴 불을 끄고 방에 가서 한잔하자. 어때?

주방과 연결되어 있는 그녀의 방에는 몇 권의 연극에 관한 책들과 시집, 소설책들이 한쪽 벽에 무질서하게 쌓여 있고, 그 앞에 작은 탁자 위에는 낡은 오디오와 노란색 갓등이 놓여 있다. 또 한쪽에는 몇 가지의 옷이 걸려 있는 행거와 한 채의 이불이 개켜져 있다. 홀로 이불을 덮고 자는 그녀의 모습이 떠오르자 애처로운 생각이 든다. O가 커티삭 한 병을 들고 들어온다.

― 여행을 간다고 집 나온 사람이 여기 있으면 어떡해?

얼음이 담긴 언더락 잔에 술을 따르며 O가 말한다.

― 너, 보고 싶어서 왔다. 됐냐?

― 옛날에는 안 보고 싶었고? 유부남과 이혼녀가 만나 뭐해.

O가 입을 삐쭉였다.

O는 대학 연극 동아리 동기였다. 연극 연출을 공부하던 그녀는 졸업 무렵, 한 편의 작품을 연출했고, 나는 그 작품에 단역으로 출연했다. 졸업 이후, 그녀는 대학로에 있는 어느 극단에 들어갔다. 나는 O가 연극판에 잘 적응하기를 바랐고, 일이 자리 잡히는 대로 그녀와 결혼하고 싶었다. 하지만 연극하는 아내와 지지리도 가난한 대학원생 남편이라. 우리는 서로에게 악조건이었고 이러한 현실의 벽을 넘지 못했다. 결국, 그녀는 현명한 선택을 했다. 자신이 몸담고 있는 극단 대표와 결혼한 것이다.

나는 O의 결혼을 지켜보고 나서 몇 달 후, 어머니가 다니는 교회의 집사라는 사람을 통해서 지금의 아내를 만났다. 그렇다고 나의 결혼이 O 때문이라고 말할 수는 없다. 홧김에 지금의 아내와 결혼했다고 말한다면, 그것은 얼마나 비열한 자기변명인가?

O는 결혼 생활을 오래 지속하지 못했다. 남편의 난삽한 여자 관계와 가정에서 그녀의 공백을 무엇으로도 극복할 수 없었던 것이다. 그래서 그녀는 남편과 이혼하고, 몇 푼의 위자료와 대출금으로 어렵사리 이 바(bar)를 인수했다.

O는 커티삭을 얼음 잔에 반쯤 따른 뒤 나에게 건넨다. 서로 건배를 하고 나자, 짧은 정적이 흐른다. 나는 담배를 피워 물까 하다가 그녀가 안주로 가져온 나초 조각을 소스에 찍어 입속에 넣는다.

— 너는 잘 사는 줄 알았는데, 아니니?

— 잘 살기는? 마나님이 워낙 고상한 시인인 데다가 독실한 종교인이셔서.

— 왜 그렇게 이죽거려?

— 문단에서도 얼치기 관념파들의 말석에 자리를 잡은 모양이야. 그 평론한다는 사람들 말이야. 걔네들도 너무 하더군. 집사람 시를 두고 뭐라고 하더라? 뭐, 상실의 시대에 던지는 잠언들? 참, 붙이면 다 말이 되는 줄 아나 봐.

— …….

— 말하자면 이런 식이야. 저 창공을 차고 오르는 흰 새를 보라. 누가 그 수직의 깊이를 가늠할 수 있으랴? 뭐 이런……. 난 아주 그런 것들에 닭살이야. 아무런 미학적 전략이 없는 시들.

O는 아무 말도 없이 나의 얘기만을 듣고 있다.

— 근데, 넌 아주 연극은 그만둔 거니?

— 그런 셈이지. 남편과 헤어지고 나서 더욱더 그쪽 판은 보고 싶지도 않아.

— 벌써 1년이 다 돼가지?

— 사람 사이에 끈끈한 것도 이젠 싫어. 의무감으로 관계를 지탱하는 것도. 부부 관계라는 게 몇 년 지나면 대부분 식상하고 타성에 젖어서 살게 되잖아.

그녀는 술을 한 잔 따라서 마시고는, 탁자 위에 있는 노란색 갓등을 켜고, 형광등의 전원을 내린다. 그러자 갑자기 방 안은 오렌지빛으로 가득 찬다.

그녀가 갑자기 개켜져 있는 이불 위로 몸을 털썩 뉜다. 대학 3학년 어느 늦가을, 그녀를 처음으로 품에 안았던 날이 떠오른다. 아마 그녀도 그 순간을 생각하고 있는지 모른다. 날 선 바람이 옷섶을 파고들던 날, 술에 취해 그녀의 자취방으로 무작정 쳐들어가지 않았던가. 그 무모함이 한편으로는 가상했던 것일까. 그녀는 술 담배에 찌든 내 몸뚱어리를 거부하지 않았다.

나는 게처럼 엉금엉금 그녀에게 다가간다. 이윽고 그녀의 목과 귓불에 입술을 댄다. 그러자 그녀에게서 희미한 신음 소리가 흘러나온다. 아무런 저항도 하지 않는다. 남자가 오랫동안 그리웠던 모양이다. 나는 속으로 그런 생각을 하며 그녀의 가슴을 쓰다듬다가 이따금 세게 쥔다. 그러자 그녀는 발작적으로 나를 껴안는다. 청바지 호크를 풀고 손을 집어넣어 보니, 그곳은 이미 젖어 있다.

나는 아내와의 첫날밤에도 O를 생각했다. 그 어떤 애무를 해도 아내에게선 애액이 나오지 않았다. 그래서 신혼 초에 우리는 한 달에 두 통씩 러브젤을 써야만 했다. 정상적인 관계가 불가능한 아내로서는 섹스가 오히려 고통스러웠을 것이다. 나는 그 후로 여인의 젖은 음부를 절실하게 그리워했다. O의 질에 코를 박는다. 연한 식초 냄새가 난다. 혀를 놀리자 그녀는 더 크게 신음 한다. 그녀는 더 이상 참을 수 없다는 듯이, 내 뿌리를 잡아 자신의 미끈한 동굴 속으로 밀어 넣는다. 그녀의 외로운 육체를 위로할 수 있음에 나는 잠시 감격한다.

다음 날, 눈을 뜨자 얼룩진 벽과 좁은 천장이 눈에 들어온다. 갑자기 낯선 기분이 몰려든다. 지난 새벽 O의 가슴을 만지며 잠들던 순간을 떠올리자 다시 편안해진다. 나는 일하는 아이들이 출근하기 전에 일어나야 한다고 생각한다. 내가 여기서 잠을 잔 것을 알게 된다면, 녀석들은 O를 만만하게 볼 것이고, 급기야 그녀에게 껄떡거릴지도 모른다. 나는 방에 딸린 욕실에서 세수를 하고 난 다음, 옷을 챙겨 입고 바로 나간다. 가스레인지 위에선 북엇국이 한창 끓고 있다.

— 일어났어? 속은?

O가 희미하게 웃으며 말한다.

나는 빙긋이 웃어 보이며, 고개를 끄덕인다. DJ 녀석이 하루 종일 음악을 트는 구석 자리에 가서 CD들을 골라본다. 한쪽 벽에 층층이 꽂혀 있는 CD는 1000여 장 정도 돼 보인다. 이런저런 음악들을 틀며, 가스펠이 들리지 않는 아침에 감사해 한다.

— 가게 문 언제 여니?

시계는 벌써 1:30 PM을 나타내고 있다.

— 한 3시 반쯤 애들이 올 거야.

— 그럼, 지금 문을 열어놓을까?

O가 슬며시 밖으로 나가 셔터를 올리고 들어온다. 문이 닫혀 있는 지하 카페에 두 남녀가 있는 모습을, 아이들에게 들키고 싶지는 않을 거다.

북엇국과 몇 가지 밑반찬, 그리고 두 공기의 밥. 우리는 밥상을 마주하고 앉는다.

— 넌, 늘 이 시간쯤 일어나겠구나?

— 거의 그런 셈이지. 왜 알잖아. 내가 아침에 일찍 못 일어나는 거. 이젠 오래된 습관이기 때문에 건강 해칠 염려도 없고, 뭐 잘하는 일 있다고 하루에 세끼 꼬박 챙겨 먹니? 늦게 일어나고 늦게 자면, 밥도 절약되고 얼마나 좋아?

나는 O의 말에 엷은 미소를 짓다가 금세 지워버린다.

아내는 무엇을 할까? 이젠 아이를 놀이방에 맡기고, 교회에 갔을 것이다. 종교와 문학, 종교와 삶 사이에서 어떤 타협안도 마련하지 못한 나로서는 아내가 쓰는 시와 그녀의 신앙 사이에 어떤 상관이 있는지 도무지 알 수 없다.

밥을 먹고 나서 30분쯤 지나자, 아이들이 출근하기 시작한다. 어제 얼굴에 페이스페인팅을 했던 녀석이 먼저 들어와 나를 보더니 조금 놀라며, 인사를 한다.

— 또 오셨네요?

O에게 인사를 하자마자, 그는 테이블 위로 의자들을 모두 올리고 있다. 청소를 할 모양이다. 나는 O가 그냥 앉아 있으라는 말을 못 들은 체하고 녀석이 청소하는 것을 도와주기로 한다. 그가 빗자루질을 하고, 나는 기름걸레를 들고 나무 바닥을 민다. 청소가 거의 끝나갈 무렵, 또 한 녀석이 DJ와 함께 들어온다. 그들이 O에게 인사를 건네자, 그녀는 일하는 사람들이 없으니 손님이 일을 하잖아요, 라고 나를 슬쩍 빗대어 농을 던진다.

잠시 후, 그들은 각자 자기들의 일을 맡아서 하기 시작한다. DJ 녀석은 내가 틀어놓은 음반을 빼고, 빠른 비트의 댄스 음악을 튼다. 홀 서빙을 보는 두 녀석은 옷을 갈아입고 나서, 서로의 얼굴에 페이스페인팅을 해주고 있다. O는 바텐에서 잔들을 닦으며 분주하게 손을 놀린다. 결국, 나만 할 일이 없어진다. 나는 구석자리에 앉아서 담배를 피워 문다. 담배를 몇 모금 빨다가, 주머니 속에서 핸드폰을 꺼낸다. **부재중 통화 13**이라는 메시지가 올라와 있다. 아내의 통화가 열 통, 동료들의 전화가 세 통이다. 잔여 배터리 양을 보여주는 아이콘은 이제 자신의 에너지가 하나밖에 남지 않았음을 나타내고 있다.

종강 무렵, '미디어 혁명과 사회 문화 변동'이라는 주제의 세미나에 참석한 적이 있었다. 거기에 모인 사람들은 그쪽 판에서는 내로라하는 사람들이었다. 문학평론가로 잘 알려졌지만, 어느덧 잽싸게 문화평론가라는 타이틀로 얼굴을 내미는 K씨, 처음에는 진보적인 사회학자 행세를 했지만, 지금은 어느덧 날째게 인터넷 문화의 전령사를 자처하며 얼굴을 내미는 H씨, 한때는 시인이었지만 지금은 영화평론가로, 대중음악평론가로 안 끼는 데 없는 L씨. 이런 사람들이 논문을 발표하기로 되어 있었다. 나는 문화평론가 K씨의 약정 토론자로 참여했다.

얼마 전, 아내의 성화에 못 이겨 따라간 교회에서, 어느 대학 교수라는 사람이 내민 명함에는 다음과 같은 타이틀이 박혀 있었다. 시인 / 문화평론가 / 계간 『문화 culture』 편집위원 / 복음 성가대 '메시아' 상임고문 / ○○대 교수. 그것은 '저 높은 곳을 향하여' 가 아니라 '더 많은 직함을 위하여' 라는 말과 동의어였다.

그날, 교회에서 명함을 내밀었던 P씨는 세미나 장에서 만면에 과장된 웃음을 띠며 내 앞에 나타났다. 어떻게 알고 왔나 했더니, 문화평론가라는 타이틀로 얼굴을 내미는 K씨의 대학 선배였다. 이런 데서 P씨를 만났다는 사실만으로도 나는 충분히 기분이 나빴다.

발표는 K씨, H씨, L씨의 순으로 끝나고, 약정토론이 시작되었다. K씨는 "미디어 혁명과 문화 산업의 전망"이라는 제목의 글을 발표했는데, 논문이라고 하기에는 논의의 수준이나 깊이가 부족하고, 그러니까 말 그대로 개괄적인 전망을 제시하는 정도의 글이었다.

나는 그의 이러한 논의에 대하여 다음과 같은 소박한 논지의 질의를 했다.

— 간단히 말해서, 미디어 사회는 재화가 부를 창출하는 산업 사회가 아니라 정보가 부를 창출하는 고도의 지식사회를 말합니다. 그러나 이러한 변화는 자본주의적 생산 메커니즘을 또 다른 긍정적인 방향으로 전환시키기보다는, 오히려 그 억압적 구조를 보다 미시적으로 확대재생산할 가능성이 농후합니다. 따라서 권력과 자본주의적 억압 구조는 정보의 배타적 수용과 활용에 의해서 그것을 가지지 못한 다수의 사람들을 구속할 것이며 정보 민주화는 자본주의적 가치 체계하에서는 하나의 구태의연한 도덕적 슬로건이 될 수 있습니다.

이에 대하여 그는 다음과 같이 말했다.

— 토론자께서는 미디어 사회 그 자체에 대해서 비판적인 견해를 가지고 있는 것 같은데요. 이것은 우리가 원하든 원하지 않든 간에 우리 앞에 닥친 현실이고, 이러한 사회 문화 변동에 대하여 보다 미래지향적으로 대처하는 것이 중요합니다. 문화산업의 측면에서도 디지털 콘텐츠는 미래 산업의 가장 핵심적인 동력원이 될 겁니다. 문화에 대한 예술적 순결주의는 이제 의미가 없습니다. 모든 문화는 산업과 결부되지 않고서는 생각할 수 없습니다. 사실, 소설이라는 장르의 태동도 근대적 출판 산업의 토대 위에서 성립된 것이 아닙니까?

하수도

— 저도 그렇게 생각합니다만, 제가 우려하는 것은 그 미래 지향적 태도가 가지고 있는 미래 사회에 대한 무비판적 낙관주의가 보다 문제가 된다고 생각합니다. 특히 상업주의적 대중문화는…….

결국 평행선을 달리는 토론이었고, 결국 나는 미디어 사회에 대한 구시대적 비판을 가한 셈이 되었다. 시간에 쫓긴다는 이유로 세미나는 흐지부지 끝나고 말았다. 사람들은 모두 뒤풀이 장소로 이동해 자욱하게 연기를 피워 올리며 삼겹살을 구웠다. 그 자리에서 오가는 얘기란, 미디어 혁명과는 전혀 상관없는, 가령 누가 어느 대학에 자리를 잡았다더라, 누가 밀어줬다더라, 누가 장가를 갔는데 아파트가 50평이다더라, 누가 제자랑 그렇고 그런 관계까지 갔다가 학교에서 잘렸다더라 따위의 쓸데없는 말들이었고, 그들은 벌그레한 얼굴을 쳐들고 이 사람 저 사람 잔을 부딪치며 입속에 쌈을 우겨넣고 있었다.

나는 먼저 자리를 빠져나왔다. 계단을 다 올라갔을 때, 뒤따라온 K가 나를 멈춰 세웠다.

— 가시려고요?

내가 무표정한 얼굴로 뒤돌아보자, 그가 얼른 말을 붙였다.

— 하하, 아직도 기분이 안 좋으시군요?

실없는 웃음을 터뜨리는 그의 앞니엔 퍼런 상추 찌꺼기가 조금의 부끄러운 기색도 없이, 당당하게 박혀 있었다. 나는 그와

잠시도 말을 섞고 싶지 않았기 때문에, 싱거운 악수를 끝으로 곧
장 뒤돌아섰다.

　시계는 5:50 PM을 알리고 있다. 조금 지나면 사람들이 슬슬
들어오기 시작할 것이다. 나는 O에게 맥주 한 병을 부탁한다.
　— 어제도 마시고 오늘 또? 괜찮겠어?
　— 그럼, 술 하루 이틀 마시니?
　O는 레몬이 담긴 코로나를 가져다 준다. 나는 맥주를 한 모금
마신 후, 습관적으로 담배 한 개비를 피워 문다. 나는 홀로 내 맘
속의 여러 가지 감정을 저울질하며, 어지러운 마음을 하나씩 열
어 본다.
　언제까지 이곳에 있을 수 있을까? O는 종업원들의 눈을 피해
가끔씩 나에게 눈길을 주며 미소를 짓는다. 스피커에서는 재즈
음악이 끈끈하게 흘러나온다. 내가 여기 있는 이틀 동안, 세상에
는 무슨 일이 일어났을까? 9시 뉴스는 또 어떤 지긋지긋한 이야
기를 들고 나왔을까? 아내는 지금쯤, 뭘 하고 있을까? 오늘이 일
요일이니까 아이와 함께 교회에 갔을 것이다. 성가대와 여전도
회 일 때문에 그녀는 아직도 교회에 있을 것이다. 아니면 아이를
교회 놀이방에 맡겨놓고, 길 잃은 양들을 찾아서 노방 전도를 나
갔을지도 모른다. **믿음 천국 불신 지옥**이 새겨진 붉은 띠를 두르
고, 도시의 찬바람 속을 헤매 다닐 것이다. 갑자기 아내가 안쓰

하수도

럽게 느껴진다. 그러나 그녀는 믿음이 없는 나를 더 안타깝게 생각할 것이다.

7:30 PM. 사람들이 꾸역꾸역 밀려들기 시작한다. O도 칵테일을 만들고 주문하는 술을 꺼내주기에 바쁘다. 서빙을 보는 아이들도 어서 오세요, 를 외치며 분주하게 움직인다. 나는 어쩔 수 없이 구석에 처박혀 어제처럼 다시 맥주를 빨 수밖에 없다.

— 혹시, 교수님 아니세요?

머리를 노랗게 염색한 녀석 하나가 내게로 다가와서 불쑥 말을 건넨다. 홀 중앙의 테이블에서 술을 마시던 세 명의 아이들 중 하나다.

— 자네는?

— 모르시겠어요? 이번 학기 교수님한테 수업을 들었던 학생인데.

그는 반듯한 태도로 말하려 했지만, 감출 수 없는 치기 같은 것을 풍겼다.

— 아, 그래요? 학생이 많다보니 기억이…….

— 선배님. 죄송합니다만, 좀 앉아도 되겠습니까?

— ……?

— 교수님, 우리 학교 출신이시라면서요? 사석에선 선배님이라고 불러도 되죠?

그의 한쪽 귓불에서 작은 귀걸이가 반짝거린다.

— 혹시 본교……?

— 아니, 선배님도 본교, 분교 가리시나요? K대면 다 K대지.

— 아니, 난, 그게 아니고…….

나는 기가 막혔다. 스무 살 새파란 놈이 30대 중반의, 그것도 자신들을 가르치는 사람한테 선배님이라니. 그 녀석은 내 옆에 앉더니, 저쪽에서 지켜보는 친구들을 향해서 조금만 기다리라는 듯 손짓을 한다.

— 그럼, 선생님이라고 부를게요. 교수님 그러면 좀 어렵게 느껴지잖아요. 그래도 되죠?

나는 어쩔 수 없이 고개를 끄덕인다. 강사님이라고 부르지 않는 것이 다행이다. 거기까지는 좋았다. 녀석은 인사치레로 나에게 몇 가지 안부를 묻더니, 선생님 한잔하시죠, 하면서 병을 부딪친다. 그러자 나도 함께 마셔주는 척이라도 할밖에 도리가 없다.

— 여기 자주 오시나 봐요?

— …….

— 제가 원래 신촌하고 홍대 쪽에서 놀거든요.

녀석은 내가 묻지 않은 것까지 주절거린다. 그는 머리를 몇 번 만지작거리더니 다시 말을 잇는다.

— 선생님. 뭣 좀 물어봐도 될까요?

— …….

— 저는 원래 성적 같은 걸로 쫀쫀하게 신경 쓰는 스타일은 아

닌데요. 이번 학기 성적은 정말 어이가 없어요. 제가 왜 F를 받아야 하죠?

— ······.

— 출석도 다 했고, 리포트도 다 냈고, 시험도 다 봤는데, 왜 그렇게 나온 거죠?

— 이봐, 학생. 이런 데서 지금 뭐 하는 건가?

내 목소리는 나도 모르게 격앙된다.

— 아, 선생님. 이런 데니까 물어보는 거죠. 그리고 학생이 그런 거 물어보면 안 돼요?

— 나 원 참. 그렇게 불만이 있으면, 성적 정정 기간에 정식으로 이의를 신청하게. 알겠나?

나는 이만큼 얘기를 했으면 돌아갈 줄 알았는데, 예상과는 달리 진드기다.

— 다른 교양 과목 같은 경우는 웬만큼 하면, 다 성적을 주던데, 선생님 과목만 F가 나와서······.

— 다른 과목은 다른 과목이고 그게 나하고 무슨 상관이야? 네가 잘못해서 그렇게 된 걸 가지고, 나한데 뭘 잘했다고 따지는 거야?

— ······.

— 그만, 가지!

그래도 녀석은 꼼짝도 않고 앉아 있다.

—야, 말이 안 들려?

—왜 큰소리치고 그러세요? 전, 그냥…….

—전, 그냥? 야! 꺼져.

나는 술김에 좀 심하다 싶은 말을 하고 만다.

—하, 참. 네가 선생이면 다야?

—뭐. 선생? 야, 너 몇 살이야? 대가리에 피도 안 마른 놈이. 그리고 왜 내가 네 선배야?

나는 그 녀석의 멱살을 잡아 일으켜 세운다.

—허, 잘하면 한 대 치겠는데?

녀석이 비아냥거리듯 말한다.

—그래, 이 씹새끼야. 너 같은 새끼 때문에 내 인생이 좆 됐어.

나는 녀석의 얼굴을 향해 주먹을 날렸다. 녀석은 옆에 있던 의자를 붙잡으려다가 그대로 널브러진다. 순간 주위의 시선이 모두 나에게로 쏠린다. 녀석은 비틀비틀 일어나서 머리를 몇 번 흔든다.

—그래, 쳤단 말이지? 네가 선생이냐? 이 씨발놈아.

녀석은 마시던 맥주병을 깼다. 몇몇 여자들이 놀라 비명을 지른다. DJ 녀석도 음악을 끄고 상황을 수습하기 위해서 나선다.

—야. 오늘 기분도 좆 같은데, 선생이고 뭐고 나한테 죽어봐.

녀석이 나에게 달려들려는 순간, 서빙을 보는 한 아이가 그 녀석의 손목을 잡는다. 그러자 일제히 아이들이 그를 둘러싼다. 녀석이 아이들의 손에 끌려 나갈 찰나, 그의 일행들 중 한 놈이 고함을 지른다.

—아이, 씨발 이거 뭐야!

그는 바텐 앞에 널려 있던 술병들을 모조리 쓰러뜨린다. 병은 모두 깨져서 나뒹군다. 그러자 이번엔 DJ가 그에게 달려든다.

—야, 이 새끼들 어디서 행패야?

DJ가 그들 중 한 녀석에게 주먹을 날린다. 한 방을 맞은 녀석이 옆에 있던 의자를 들고 DJ의 머리를 내리친다. 그는 곧 자리에 쓰러진다. 또 한 명의 녀석이 쓰러진 그의 위에 올라타 주먹 세례를 퍼붓는다. 상황이 이렇게 되자 나는 그대로 서 있을 수가 없다.

—그래, 씨발 오늘 다 죽었다.

나는 깨진 술병을 들고 그에게 달려간다.

순간, 계단에서 요란한 발소리가 들린다. 경찰이다. O가 연락했던 것이다. 내 손엔 깨진 병이 들려 있다. 나는 완전한 가해자의 모습이다. 그것을 본 의경 하나가 갑자기 달려들어 곤봉으로 어깨를 내리치자 나는 그 자리에 풀썩 쓰러진다.

잠시 후, 나는 그들과 함께 파출소도 아닌 인근 경찰서로 바로 연행되고 만다. 형사는 상황을 파악하기 위해 나를 먼저 불러 앉힌다. 내 뒤에는 20대 초반의 새파란 아이들이 고개를 숙이고 줄지어 앉아 있다.

─ 도대체 왜 그런 겁니까? 점잖은 분 같은데.

나는 어떤 말부터 해야 할지 모르겠다. 그는 길게 담배 연기를 뿜어내며 나를 쳐다본다. 살이 붙은 얼굴에 큼지막한 손을 가진, 전형적인 형사 타입의 인물이다.

─ 아, 말 안 할 거예요? 조서를 꾸며야 될 거 아니에요? 네?

나는 역시 아무 말도 할 수 없다. 뭐라고 말할 것인가? 순간, O가 문을 열고 들어왔다. 그녀는 형사에게 술 마시다가 잠깐 시비가 있었던 모양인데 싸움은 저 아이들이 먼저 걸었고, 가게엔 피해가 조금 있으나, 손해 배상 같은 것은 원하지 않으니 없었던 일로 하자고 말한다. 형사는 O의 말에 잠시 어리둥절한 표정을 짓는다. 이윽고, 그녀는 하지 않아도 될 말을 덧붙인다.

─ 형사님. 여기 이분은 대학에서 강의하는 분이세요. 저런 아이들과 싸움을 할 분이 아니에요. 잠시 흥분한 거죠.

피해자인 그녀가 상황을 정리하고 나자, 우리들은 모두 아무 일도 없었다는 듯이 풀려난다. 나에게 시비를 걸었던 놈은 형사의 지시에 따라 내키지도 않는 사과를 하고, 패거리들과 함께 서둘러 돌아간다.

─ 가자!

O는 나에게 짧게 말을 던지고 앞장서 걷는다. 아이들과 내가 그 뒤를 따른다. 퇴각하는 패잔병들의 모습이다. 나는 어디론가 가버리고 싶지만, 그녀의 가게를 그렇게 난장판으로 해놓고 그

냥 떠날 수는 없다고 생각한다.

다시 우드로 돌아온 우리는 아수라장이 된 홀과 바텐을 치우기 시작한다. 나는 O에게 뭐라고 말할 면목이 없다. 빗자루로 깨진 병 조각을 모으고 있는 그녀에게 다가간다.

— 미안하다. 뭐라고 해야 할지.

— 어깨는 괜찮니?

— 응. 괜히 너한테 와서 사고만 치는구나. 미안해.

— 됐어.

아이들은 술로 뒤범벅이 된 바닥을 대걸레로 닦고, 깨진 병들을 쓸어 담는다. 깨진 술만 하더라도 몇십만 원은 족히 될 것 같다. O는 고개를 들지 못하는 나를 생각해선지, 아이들을 서둘러 퇴근시킨다. 그들이 모두 돌아가고 나자, O는 맥주 두 병을 손에 들고 내 옆에 다가와 앉는다. 차가운 맥주를 마시자 정신이 잠시 맑아지는 것 같다.

— 왜 그랬어? 어린아이들하고.

— 모르겠어. 미안해. 여기 깨진 술들은 내가 모두 변상해줄게.

— 누가 변상하라고 했니?

순간 O가 짜증스러운 목소리로 말한다. 우리 둘 사이에 얼마간 어색한 정적이 흐른다.

— 괜찮아. 네가 원래 그런 사람도 아니고.

나는 아무 말도 못하고 맥주병만 만지작거릴 뿐이다. 걷잡을 수 없는 환멸이 밀려든다. 누구를 원망할 수도, 또 누구의 위로도 받을 수도 없는 너절한 내 인생에 대한. 순간 눈매가 뜨거워지면서 목이 메더니, 급기야 구정물 같은 눈물이 질금질금 새어 나오고야 만다.

소리의 장례식

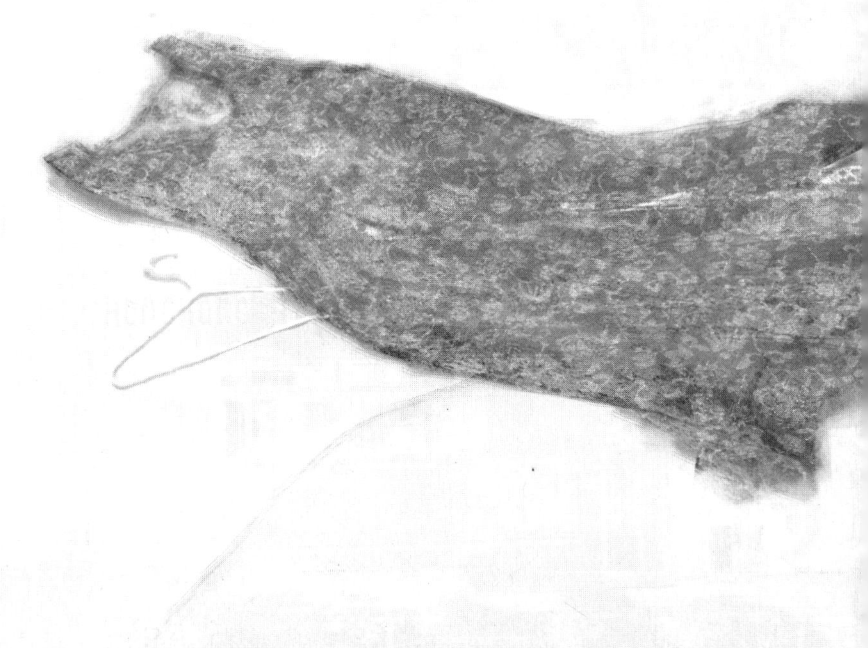

검은 기둥으로 차갑게 굳어 있는 빌딩 숲 사이로 날카로운 겨울바람이 매섭게 스치고 지나간다. 사람들은 저마다 종종걸음으로 길을 재촉하고 있다. 아주 상스러운 욕으로 추위를 달래보지만, 그럴수록 찬 바람은 더욱 맹렬한 기세로 나를 떠민다. 잠시 후 20층짜리 피혁 회사 빌딩을 돌아, 붉은 벽돌로 지어진 5층 건물 앞에 선다. 입구에 셔터가 굳게 닫혀 있다. 셔터를 조금 올리고 머리를 숙여 몸을 들이민 다음, 겨우 안으로 들어선다. 창문으로 새어 들어오는 가로등 불빛만이 희미하게 계단의 윤곽을 보여줄 뿐이다. 조심조심 발을 디디며 계단을 오른다. 미싱 소리가 들려온다. 2층 봉제 공장에서 나오는 소리다. 1년에 설날과 추석만 빼고 언제나 새벽까지 미싱 소리가 멈추지 않는다. 5층 계단을 다 오를 때까지 미싱 소리가 계속 따라온다.

녹슨 철문을 따고 안으로 들어간다. 형광등을 켰으나 방 안은 침침하다. 방 안 가득 채우고 있던 공허함과 싸늘한 냉기가 숨죽여 기다려온 악령처럼 엄습한다. 전철 지나가는 소리가 들린다. 그 소리가 멈추자 시계 소리만 규칙적으로 울린다. 숨이 멎을 것같이 답답하다. 어렵사리 정지했던 생각이 다시 머릿속을 파고든다. 이제 그녀는 세상에 없다. 소리, 가 소리 없이 떠났다. 대학 때, 친구들은 그녀를 오소리라고 불렀다. 그럴 때마다 그녀는 고소리, 라니까 라고 말했다. 작고 깡마른 체구의 그녀가 공과대학으로 가는 길고 가파른 계단을 쉬지도 않고 오르는 모습은 영락없는 오소리였다. 그녀는 지금 하늘로 향하는 계단을 또 열심히 올라가고 있지 않을까.

옷을 벗지도 않고, 냉장고에서 소주병을 꺼낸다. 다시 방바닥에 온기가 돌기까지 추위를 견뎌내기 위해서다. 옷에는 상가에서 묻어온 향내와 술 냄새가 찐득하게 묻어 있다. 먹다 남은 육포를 뜯어가며 몇 잔을 마시자, 몸은 어느새 달아오른다. 손에 대고 콧김을 불어보자 뜨거운 숨이 느껴진다. 기분 나쁜 취기다. 머리를 움직일 때마다 심한 어지러움을 느낀다. 방바닥이 조금씩 따듯해지기 시작한다. 벽에 놓인 쿠션에 허물어지듯이 몸을 기댄다. 그녀의 작고 동그란 얼굴이 눈가에 아른거린다. 그녀가 소리 없이 웃는다.

*

　오랜만에 모교를 찾은 이유가 부속병원 영안실에 안치되어 있는 그녀의 영혼을 만나기 위해서라니, 씁쓸한 기분이 자꾸만 고여 들었다. 병원은 머리 위에 흰 연기를 뿜어 올리면서 육중한 공룡처럼 서 있었다. 장례식장으로 향하는 건물 모퉁이를 돌자 맵찬 바람이 훅 밀려들었다. 어디선가 웅웅거리는 기계음이 들려왔고, 나는 이것이 죽어가는 이들에게 연결되어 있는 거대한 인공심장처럼 느껴졌다.

　장례식장에서 슬픈 표정을 짓기 위해 애쓸 자신을 생각하니 한심한 생각이 들었다. 기쁨이든 슬픔이든 그것에는 감정의 수사(修辭)가 섞여 있을 수밖에 없다. 인간의 감정에는 언제나 타인이 개입하기 마련이다. 그녀의 죽음을 슬퍼해야 한다는 당위가 나를 짓누를 것이다.

　현관에 들어서자 그녀의 이름이 전광판에 나타났다. **지하 1층 5호 故人 고소리 喪主 류민** 저렇게 나란히 적힌 이름을 그녀가 보낸 청첩장에서 보았다. 이제는 이 가지런한 이름이 부고가 되었다는 생각이 들자, 모든 상황이 비현실적으로 느껴졌다.

　5호실 앞에는 안에 들어가지 못한 근조화환이 즐비하게 늘어서 있었다. 부의금을 내는 접수대에 낯익은 얼굴이 보였다. 모교 산학협력단에서 근무하는 후배였다. 그와 짧은 악수를 나누고 부의금을 내려는 순간, 누군가 어깨를 두드렸다. 류, 였다. 조문객을 배웅하고 들어오는 길인 것 같았다. 하얗고 긴 얼굴은 그대로였지만, 딱 벌어진 어깨 어딘가에 권위가 내려앉아 있었다. 그는 몇 해 전, 긴긴 강사 노릇을 뒤로하고, 마침내 모교에 자리를 잡았다. 그러니 학교는 물론이거니와 이런저런 연구소에서 근조 화환을 보냈을 것이다. 그 힘은 후배 녀석까지 저 자리에 앉게 한 것이리라.

피어오르는 몇 줄기의 향연(香煙) 사이로, 환하게 웃고 있는 소리의 영정 사진이 눈에 들어왔다. 그 앞에는 냉정하리만치 담담한 표정으로 앉아 있는 류와 그의 형제들로 보이는 남자들이 앉아 있었다. 나 역시, 절을 하면서도 내 안에서 맴도는 감정이 무엇인지 알 수 없었다. 전처의 장례식장에 온 기분이랄까. 자조의 감정이 마음 밑바닥에서 몽그작거리는 느낌이 들었다. 어색한 인사와 의례적인 위로가 오가고 나서, 류가 나를 식당으로 안내했다.

"왜 그런 거야?"

나는 애써 담담하게 말했다.

"우울증이었어."

그의 얼굴은 너무나 평온했다.

"그게 사인(死因)이야?"

나도 모르게 목소리가 커지는 것을 어쩔 수 없었다.

"이형협심증. 우울증이 심해지면 그럴 수 있대. 종종 가슴이 쥐어짜듯 아프고 어지럽다고 하곤 했는데, 대수롭지 않게 생각했지."

"의사처럼 얘기하는군."

너희들 사랑하긴 한 거야, 라고 소리치고 싶었지만, 감정을 억누르고 있었다.

"최종 사인은 심장마비. 출근하면서 오늘은 늦잠을 자나 보다 했지. 집에 돌아와 보니……."

"알았어. 그만하지."

나는 저절로 한숨이 나왔다. 멱살이라도 잡고 싶었지만, 나에게 그런 자격이 있을 리 없었다.

식당엔 낯익은 이들이 불콰해진 얼굴로 모여 앉아 있었다. 동창회를 방불케 했다. 류는 벌써 영정 앞으로 돌아갔다.

"라면! 왔냐?"

내가 자리에 앉으려는 찰나, 누군가의 목소리가 날아왔다. 한 학번 위, 재인 형이었다. 한때 공대 학생회장으로 재단 퇴진 운동까지 했었는데, 그 바람에 그 형은 졸업을 하지 못했다. 그가 제적당하는 것을 막지 못한 것은 그 시절을 함께 보낸 우리들에게 모두 빚이었다. 그는 자기 술잔을 내게 권했다.

라면, 이라는 별명을 듣자 시간이 옛날로 되돌아간 듯했다. 식품공학과 안에서 나는 라면의 신으로 통했다. 눈을 감고 먹어도 무슨 라면인지를 알아맞힐 정도였으니까. 아침엔 부드러운 진라면, 점심에는 든든한 짜파게티, 저녁에는 얼큰한 신라면. 이런 식으로 세끼를 모두 라면으로 해결했다. 계란, 파, 콩나물, 건버섯, 가래떡 등의 부재료들을 필요에 따라 넣고 끓이면 훌륭한 성찬이 되었다. 경제적일 뿐만 아니라 간편했고 무엇보다 입맛에 맞았다.

“이런 데서 만나게 되네요.”

내가 설핏 웃음을 지으며 말했다.

“상갓집 다닐 나이 아니냐.”

“그건 부모님들이 돌아가시니까 그런 거고요. 이번엔…….”

“따지는 버릇은 여전하구나.”

형은 이렇게 말하고 핫, 하고 웃었다. 내 성격을 잘 아는 사람이다. 동기들과도 그다지 친하지 않았던 나에게 그가 먼저 다가와 마음을 열어주었다. 여기저기 앉아 있는 동기나 선후배들에게 다가가 일일이 악수를 하고 싶지는 않았다. 뭘 해서 먹고사느냐는 하나마나한 말을 나누고, 또 보자는 부질없는 인사로 헤어지는 것이 얼마나 헛된지 알고 있기 때문이었다. 그래도 여기저기서 날아오는 시선을 마주침으로써 서로에게 눈도장을 찍지 않을 수는 없었다.

“너희들 참 친했는데…….”

선배가 나의 마음을 이해한다는 듯이 말했다. 그가 말하는 너

소리의 장례식

희들이란, 나와 소리와 류를 모두 지칭하는 것이었다.

*

　내 이름은 사실, 김이면이다. 라면만 처먹는 나를 친구들이 라면이라고 부른 것인데, 이면이라는 이름을 붙여준 아버지도 고약한 사람이긴 마찬가지다. 평생 세상의 이면을 걸으라는 얘긴가. 소리는 마지막 글자를 따서 외자처럼 내 이름을 불러주었다.
　"고마워. 면아."
　소리가 낮은 소리로 말했다. 차창 너머로 스산한 늦가을 풍경이 펼쳐졌다. 전북 고창으로 가는 길이었다. 혼자 사는 소리의 어머니가 많이 아프다는 연락을 받았기 때문이었다. 엎친 데 덮친 격으로 소리가 그날 식품가공학 실습 시간에 허벅지를 데지만 않았다면, 그녀의 고향에 동행하는 일은 없었을 것이다. 게다가 나의 아버지가 중풍으로 누워 있지만 않았다면, 차가 집에서 쉬고 있을 리는 없었다. 차는 자연스럽게 내 것이 되었고, 과외 아르바이트로 기름값 정도는 유지할 수 있었다. 여하튼 어떤 일이 이루어지기 위해서는 삼박자가 맞아야 하는 법이다.
　"괜찮으셔야 할 텐데……"
　걱정 어린 목소리로 말하긴 했지만, 그녀의 어머니가 사경을

234

헤맨다 해도 내 마음은 두둥실 떠올랐더랬다.

거즈를 붙였지만 걸음을 옮길 때마다 화상 부위가 바지에 쓸리는지 소리는 입술을 깨물었다. 그런 그녀를 부축하며 느꼈던 따뜻한 체온이란. 또 휴게소 식탁에 마주 앉았던 순간은 얼마나 달콤했던가. 물론 고향에 다가갈수록 그녀의 근심은 커져갔지만 말이다. 그 무엇보다도 류가 없다는 사실이 는실난실한 기분에 젖게 했다.

버스가 고창 톨게이트를 빠져나갈 무렵, 이미 사위는 캄캄해져 있었다. 이제 그녀가 길을 안내했다. 키 작은 건물들이 옹기종기 모여 있는 군내를 빠져나가, 좁은 2차선 도로를 계속 따라갔다. 어둠 속에서 드문드문 인가의 불빛들이 새어 나왔다.

"이제 다 와가."

소리가 불안한 목소리로 말했다.

"응. 그런데 집에 어머니 말고 누가 계시니?"

"혼자 사신 지 오래됐어. 같은 마을에 친척들이 있고."

소리가 갑자기 생각난 듯이 핸드폰을 꺼내 누군가에게 전화를 했다. 수화기 저편에서 전화를 받는 사람은 소리의 작은아버지였다. 어머니, 어디 계세요? 아, 네. 그렇군요. 알았어요. 거의 도착해가요. 이런 말만 주워들을 수밖에 없었지만, 전화를 끊은 후, 그녀의 목소리는 밝아져 있었다.

"괜찮으시대?"

“응. 그런가 봐. 집에 계시다고 하네.”

전조등의 하얀 빛살이 어둠 속을 휘저었으나, 우리를 둘러싼 먹빛은 그보다 더 짙고 질겼다. 이따금씩 마주 오는 차들이 있었지만 사위는 괴괴할 정도로 적막했다. 캄캄한 어둠은 가도 가도 더 큰 부피로 우리 앞을 막아섰다.

한참을 달렸더니 듬성듬성 불빛들이 모여 있는 동네가 나타났다. 마을 어귀를 돌아 조금 올라가, 산 아래 외떨어져 있는 집에서 차를 멈췄다. 소리가 먼저 차에서 내려 대문을 열고 안으로 들어갔다. 나는 같이 따라 들어가지 못하고 대문 앞을 서성이고 있었다. 몇 분의 시간이 지나자, 마당엔 백열등이 환하게 켜지고, 어디선가 우렁찬 목소리가 날아왔다.

“우짤까. 오느라 고생 많았지라잉?”

나는 무심코 고개를 깊이 숙여 인사했다.

“내가 소리 어미요. 어서 들어오시요잉.”

뒤에서 소리가 눈가를 찡그렸다. 그게 별로 아픈 것 같지 않은 어머니 때문인지, 아니면 느닷없이 자기 고향집에 들어서게 된 나 때문인지 알 수가 없었다.

“시장헐 틴디, 싸게 방으로 들어가드라고. 내가 저녁상 봐올 팅께.”

결국 나만 방으로 들어가고, 소리는 어머니를 돕기 위해 부엌으로 갔다. 문을 열고 방 안으로 들어서자, 짚단 냄새가 섞인 훈

훈한 온기가 훅 끼쳐왔다. 벽에는 조부모로 보이는 빛바랜 흑백 사진과 초라해 보이는 어느 남자와 한복을 입은 아이들 사진이 걸려 있었다. 아이들 중에서 소리와 비슷한 얼굴을 찾으려 해도 알 수가 없었다. 낡은 TV가 놓여 있는 문갑과 자개장에서, 오래된 시간의 언저리가 맑게 빛나는 것을 보았다.

문이 벌컥 열리며 노모와 소리가 상을 맞잡고 방 안으로 들어왔다.

"오래 기다렸지라? 어서 앉아요."

소리 엄마는 나를 밥상머리로 불러 앉혔다. 상에는 여러 가지 나물들과 노릇노릇 구워진 조기가 올라와 있었고 식탁의 한가운데는 청국장이 보글보글 끓고 있었다.

"많이 먹으요잉. 그란디 이제 본께 총각이 곱상허니 예쁘게도 생겼구만."

소리 엄마가 나를 향해 환하게 웃으며 말했다. 그러자 소리가 엄마의 옆구리를 찔렀다.

"엄마 아프긴 정말 아픈가 보네? 공부하는 딸 거짓뿌렁으로 불러 내리고서는, 뭔 소리를 한다요?"

소리가 안 쓰던 사투리를 섞어 말했다. 그러자 이번에는 내가 큰 소리로 웃었다.

"혼자 사는 어미 보러 오지도 않는 년이……."

소리 엄마가 짐짓 눈살을 째푸리자, 그녀는 아무 말 없이 젓가락으로 밥을 떠 입으로 가져갔다. 부모는 자식 입에 밥 들어갈 때가 가장 행복하다고 했던가. 소리 엄마가 푸근한 미소를 지어 보였다.

깊은 밤, 어디론가 전화하는 소리의 목소리가 내가 혼자 누워 있는 건넌방으로 새어 들었다. 아마도 류인 것 같았다.

*

언제나 그렇듯이, 오랜만에 동창들이 만나면 주된 화제는 뭐 하고 지내느냐, 는 말이다. 이는 서로의 안부를 묻는 것이 아니라, 돈벌이에 대한 얘기다. 나도 먹고살기 힘든데 너는 어떠냐, 는 뜻이다. 바꿔 말하면 모두가 힘들 때 너도 같이 힘들어야 한다는 얘기다. 그렇지 않다면 나만 억울하다는 말씀.

"뭐 하고 지내냐?"

옆자리에 앉아 있던 동기 녀석이 말했다. 이름도 기억이 가물가물한데, 늘 이 말은 그다지 친하지 않았던 놈이 하기 마련이다.

"연구소에 들어갔어."

"학교에 남았다고 들었는데, 결국 취업했군."

학위 과정만 수료하고 그냥 자리를 떠난 거였다. 곡류공학 전공으로 류가 전임이 되자 나는 바로 학교를 떠났다. 국내 학위로

238

자리를 잡은 것 자체가 이 분야에선 드문 일이었다. 나도 그와 같은 전공이었으니 더 이상 대학에 있어야 할 이유가 없었다. 나는 곧 식품회사 라면개발부에 취직했다. 나도 나의 주전공을 살린 셈이었다.

이쯤 되자 나도 묻지 않을 수가 없었다.

"너는?"

"나는 제약회사 식품부. 건강식품 만드는 데 말이야."

나는 아무 말 없이 고개만 끄덕였다. 앞자리에 앉은 선배도 묵묵히 우리 얘기를 듣고 있었다.

"지난달에 내가 만든 숙취해소음료가 출시됐는데 말이야. 알지? 가시오가피……."

그는 대박 조짐이 보인다며 너스레를 떨었다.

"그거 가시오가피 냄새만 피운 거 아니냐?"

선배가 다짜고짜 따지고 들었다.

"다 아시면서 왜 그러세요? 음식이라는 게 다 효과가 있을 거다 생각하면 다……."

그가 다시 큰 소리로 웃었다. 그러자 사람들의 시선이 우리 쪽으로 몰려들었다. 그러자 선배가 손을 가리고 잔 헛기침을 했다.

세상 일이 다 그런 게 아닌가. 사랑의 감정도 일종의 자기최면일 수 있다. 거기에 이타적인 감정은 몇 퍼센트나 담겨 있는 것일까. 그것도 냄새만 피우는 것이겠지. 그렇게 소리도 류에게 떠났다. 아니면 애초에 나에게 아무 감정도 섞여 있지 않았던 것인지도 몰랐다.

밤이 깊어지자 군데군데 자리가 비기 시작했다. 옆자리에 동기도 이제 슬슬 자리를 떠야겠다는 듯이 눈을 두리번거리고 있었다. 나는 소리가 아무도 모르게 홀로 죽은 것이, 질식할 것 같았던 결혼 생활 때문이 아니었을까 생각했다. 그들이 결혼한 후, 나는 둘 중 어느 누구도 만나지 않았다. 아니다. 딱 한 번 소리가 내 방에 찾아온 적이 있었다.

재작년 늦여름쯤이었다. 방 안의 적요한 공기를 꼬집듯이 초인종 소리가 울렸다. 이 빗속을 뚫고 누가 찾아 왔을까? 현관문을 열자, 바닷속이라도 들어갔다 온 사람처럼 흠뻑 젖은 한 여자가 벽에 기대어 서 있었다. 여자가 젖은 머리를 쓸어 넘기며 나를 바라보았다. 소리였다.

"어쩐 일이야? 이렇게 젖어서?"

내 목소리가 어두운 벽에 울렸다. 나는 얼른 그녀를 데리고 안으로 들어갔다. 방에 털썩 주저앉은 소리는 아무 말도 하지 않았다. 그러다 갑자기 울기 시작했다. 한마디 말도 없이 나를 떠나갔던 그녀가 또 이렇게 찾아와 일방적인 감정을 드러낸다는 것이 어이가 없었다. 하지만 젖은 몸을 떨며 울고 있는 그녀를 그대로 둘 수만은 없었다. 나는 소리를 끌어안았다. 그러자 그녀는 더 큰 소리로 흐느꼈다.

급하게 커피를 만들어 가져갔다. 그녀가 미세하게 떨리는 입술을 커피 잔에 갖다 댔다.

"미안해. 너한테 이럴 자격도 없는 사람인 줄 알아."

소리가 축축하게 젖은 목소리로 말했다.

"류와 무슨 일 있었니?"

그녀는 묵묵히 커피 잔을 입에 대고 훈김을 쐬기만 했다.

"그 사람 환자야!"

그녀가 팽팽한 고무줄을 끊어내듯 말했다.

"……."

"하루에도 수없이 집으로 전화를 걸어서 내가 있나 없나 확인해."

"……."

"그래도 그게 걔가 나를 아껴주는 방식이라고 생각하고 이해해보려고 노력했어."

나는 담배를 찾아 물고 창가에 섰다. 비는 더욱 세차게 쏟아지고 있었다. 내가 그녀를 위해 할 수 있는 일이 무엇일까 생각했다. 류를 만나 자초지종을 물을 수도 없는 노릇이었다. 소리가 나를 찾아왔다는 사실을 알리게 되는 셈이니까.

"갈게, 미안해."

소리가 비틀거리며 몸을 일으켰다.

"어디 갈 건데?"

"안 들어가면, 나 또 죽어. 지금도 몇십 번 전화벨이 울렸을 거야."

소리가 비틀거리며 현관으로 나갔다. 나는 그녀를 잡을 권리도, 그녀를 위한 아무런 대책도 없었다.

젖은 신발을 신다 말고, 소리가 현관 벽을 짚으며 말했다.

"나, 또 와도 돼?"

나는 아무 말도 하지 못했다. 그러자 그녀는 싸늘하게 웃으며 뒤돌아섰다.

"너도 이런 내가 싫지? 알았어. 이제 힘들게 하지 않을게."

"아, 아니야."

그 순간 현관문이 거칠게 닫혔다. 나는 뒤쫓아 나가지 않았다.

*

서리가 하얗게 내린 마당을 서성이고 있었다. 대기는 차고 맑았다. 지붕 위 굴뚝에선 흰 연기가 피어오르고 있었다.

"아따, 일찍도 일어났구먼. 잠자리가 불편했나 보네잉."

소리 엄마의 우렁찬 목소리가 아침부터 집 안을 울렸다. 내가 아니라고 말하자 그녀는 그저 빙긋이 웃기만 했다. 부엌에서 나오는 것을 보니, 벌써 밥을 짓는 모양이었다.

소리는 고향집에서 밀린 잠을 자는지, 아직 나오지 않고 있었
다. 나에게도 힘들 때마다 꺼내 떠올릴 수 있는 고향이라는 게
있었으면 좋겠다고 생각했다.

"추어탕을 끓이고 있는데, 혹시 못 먹는 건 아니겠지?"

나는 잘 먹는다고 말했지만, 그다지 즐기는 음식은 아니었다.

이윽고 밥상이 방 안으로 들어오고 모두 상에 둘러앉았다.

"요, 젠피랑 청냥꼬치도 넣어야 제맛이지라."

소리 엄마는 일일이 내 국에 양념을 넣어주었다.

"알아서 먹게 나둬."

소리가 퉁명스럽게 말했지만, 소리 엄마는 싱글싱글 웃기만
했다.

"딸내미만 자란 집에 요로코롬 총각이 온 게 좋구마이."

나는 피식 싱겁게 웃으며 국을 한술 떠서 입에 넣었다. 매콤하
면서도 구수한 맛이 그런대로 괜찮았다.

"이 솔 무침을 얹어 먹어야 제맛이제."

소리 엄마는 부추를 솔이라고 불렀다.

"엄마, 이제 좀 그만해요. 자기는 손이 없어?"

소리가 눈살을 찡그리며 말했다.

"아따, 왜 그런다냐? 손님을 잘 대접혀야지."

"아이구, 고맙습니다. 어머니."

내가 부러 큰 소리로 말하자 소리는 어이가 없다는 듯이 나를

소리의 장례식

바라보았다.

추어탕 때문이 아니라 소리 엄마의 넉넉한 마음에 온몸이 훈훈해졌다.

소리가 상을 내가자, 소리 엄마는 내게 다시 말을 걸었다.

"재가 말은 저렇게 해도 맴 하나는 따땃하지라. 알제?"

"네, 그럼요. 잘 알지요."

"내가 딸 아홉을 키웠다우. 그란디 넷은 죽고, 다섯이 남았지. 소리가 말째지만 내가 아들놈 낳겠다고 밑으로 넷을 더 긁었지라."

소리 엄마는 소리가 들을세라 작게 말했고, 나는 소곳이 고개를 숙여 답했다.

"소리 아비는 싸우디 가서 죽어뿔고. 내가 울매나……."

순간, 소리가 부엌에서 쟁반을 들고 들어왔다. 소리는 덴 허벅지가 바지에 쓸려 아픈지, 느릿느릿 걸었다.

거기엔 누룽지와 단감 몇 개가 놓여 있었다.

"깜밥 먹어보더라고. 가매솥에서 긁어온 거라 꼬숩지라."

소리 엄마가 누룽지를 먹기 좋게 잘라 나에게 건넸다. 나는 누룽지 한 조각을 입에 넣고 오물거리다가 말했다.

"어머니. 뭐 좀 도와드릴 일 없을까요? 너무 신세만 지고 가는 것 같아서요."

"일은 무슨 일? 아녀. 빨리 서울 올라가야제? 공부 않고 여 있음 뭐혀?”

나는 아무 말도 하지 못하고 뒷머리만 긁적이고 있었다.

“난 됐어. 딸년 얼굴 한 번 봤으니 됐지. 조금 있다가 즘심이나 먹고 올라가. 근디 뭘 좋아하나 총각은?”

그때 소리가 불쑥 끼어들었다.

“쟤는 라면만 먹어.”

소리가 까르르 웃으며 말했다.

“그거 많이 먹으면 속 탈나는디, 안 되부러.”

그러자 나도 멋쩍은 웃음을 지을 수밖에 없었다.

잠시 후, 소리 엄마는 툇마루로 나가 뭔가를 잘라 큰 소쿠리에 담고 있었다. 내가 다가가 보았더니 감을 얇게 썰고 있었다.

“요 마당에 있는 감나무에 겁나게 열렸지라. 저 웃말 사는 조카사위가 와서 따줬지. 그란디 노인네가 먹어봐야 얼마나 먹겠소. 그래서 시방 감말랭이 맨든다고.”

소리 엄마가 또 환하게 웃었다. 그럴 때마다 볼이 홀쭉하게 들어가 얼굴이 움푹 파였다. 신산한 세월을 살아온 사람만이 가질 수 있는 소탈함이었다. 그처럼 바알간 감 쪽들도 맑은 가을볕을 받으며 꾸덕꾸덕 말라갈 것이다.

소리가 마당에서 나를 불렀다. 어느덧 정오가 가까워지자, 가을 햇볕이 마당에 환하게 고였다.

“장작 팰 줄 알아?”

소리의 장례식

소리가 나를 뒤란에 데리고 갔다. 거기엔 커다란 장작이 한가득 놓여 있었다. 나는 통나무를 세워놓고 담벼락에 기대어 있던 도끼를 들어 내리쳤다. 우연인지 나무는 정확하게 두 동강이 났다.

"잘 하는데?"

소리가 빙긋이 웃으며 말했다. 나는 살짝 우쭐해졌다.

"하고 있어."

소리는 핸드폰이 울렸는지 전화를 받기 위해 자리를 옮겼다. 아마도 류인 것 같았다. 그도 소리가 나와 함께 이곳에 왔다는 것을 알고 있을 것이었다. 나에게는 전화 한 통도 없는 것으로 보아, 그다지 마음이 편치 않은 것 같았다. 그도 당장 이곳에 내려오고 싶은 심정일 것이었다.

손에 힘이 풀렸는지, 몇 개의 통나무를 쪼개기도 전에, 도끼질이 자꾸 빗나갔다. 어렵사리 장작을 패고 또 팼다. 그러다 통나무 더미 옆에 버려져 있는 빈 개집이 눈에 들어왔다. 저것도 나무니까 패라는 것인지 알 수가 없었다. 제법 장작이 쌓였을 때, 소리가 다시 나타났다.

"제법인데? 많이 했네?"

나는 그냥 어깨를 으쓱해 보였다.

"그런데, 저 개집은 뭐야?"

"짱구 집이야. 작년 이맘때 죽었어. 다른 개를 키우기도 뭣하고 해서."

“…….”

“내가 많이 예뻐했는데.”

“왜 죽었어?”

“그때도 엄마한테 내려와 있었거든. 저녁 무렵 마당에 나와 보
니 짱구가 비실비실 걸어 들어오는 거야. 저게 왜 저러나 하고
다가갔는데, 내 발치에서 털썩 무릎을 꿇는 거야. 목줄을 가끔씩
풀어주었는데, 그날 어디서 쥐약을 먹고 왔나 봐. 들쥐들이 워낙
많아서 곡간에 곡식들을 다 갉아먹는다면서 마을 사람들이 쥐약
을 많이 놨지. 귀소본능이었는지, 제 발로 집을 찾아온 거지. 나
는 할 수 없이 무릎 위에 짱구를 올려놨어. 아직도 몸은 따뜻했
지. 편안해지는가 싶었는데, 벌써 눈동자가 위로 올라가 있더라
고. 그러더니 점점 몸이 식어가는 거야.”

나는 나도 모르게 한숨이 폭 새어 나왔다.

“해가 뉘엿뉘엿 넘어가고 짱구의 몸은 완전히 굳어버렸어. 나
는 조금도 무섭지 않았지. 어떻게 해야 할지 몰랐어. 그냥 내가
짱구의 죽음을 지켜주었구나 그런 생각만 했어. 슬프지도 않았
지. 그런데 바로 그때 짱구의 흰자에 티끌이 하나 날아와 박혔
어. 그런데 깜빡거려야 하는 눈꺼풀이 내려오질 않는 거야. 그제
야 몸이 덜덜 떨리면서 막 눈물이 나더라고.”

소리의 장례식

*

　여기서 밤을 새울 필요는 없을 것 같았다. 앞자리에 앉은 선배는 이제 슬슬 자리에서 일어나고 싶은 표정이었다. 옆에 있던 동기도 벌써 가고 없었다. 다들 내일 출근을 해야 할 몸들이었다.

　"딱 소주 한 병만 더 하고 일어나시죠?"

　내가 형에게 말했다. 선배가 고개를 끄덕이자 나는 술을 가지러 가기 위해 일어났다.

　영정 앞에는 아무도 없었다. 누구 한 사람이라도 자리를 지켜야 하는 게 아닌가 싶었다. 류는 어디에 갔을까. 죽음의 엄습을 받고 홀로 죽어간 소리는 다시 텅 빈 분향실에 홀로 남아 있었다.

　내가 술을 따르자 형이 말했다.

　"힘내라. 이면아."

　선배의 위로에 눈물이 왈칵 쏟아질 것 같았지만, 꾹 참았다. 사실 이 말은 류가 들어야 할 것인데, 그는 조금의 위로도 필요치 않은 것 같았다. 그는 왜 소리와 결혼한 것일까. 단순한 나와의 경쟁심 때문이었을까.

　소리 어머니의 부음이 전해졌을 때, 나는 마땅히 그곳에 가야만 했다. 단 한 번이었지만, 나는 내 어머니에게서도 느낄 수 없는 마음을 받았기 때문이었다. 서울에 올라오면서 소리는 이렇게 말했다.

"우리 엄마, 말 엄청 많으시지? 좀 정신이 흐릿하신 것 같아. 외로워서 그런 것일 수도 있고."

소리가 낮은 목소리로 읊조리듯 말했다.

"아니야, 보기 좋아. 다 자식같이 여기시니까 그런 거지. 참 정 많은 분이시더라."

내 말에 소리는 아무런 대답도 하지 않았다.

어쨌든 나는 소리 엄마의 장례식에 가지 못했다. 소리가 먼저 고창으로 떠나고, 류를 포함해서 학과 친구들 몇몇이 문상을 갔다.

중풍으로 누워 있는 아버지와 그를 간호하는 어머니가 이제 더 이상 자신들을 책임지지 못하고, 여생을 장남에게 위임하기 위해, 형이 직업군인으로 근무하는 낯선 도시로 이사를 가게 되었기 때문이다. 공교롭게도 소리 엄마의 장례식 날이 이삿날이었다. 주위의 많은 이들이 이를 말렸지만, 경제력이 없는 부모로서는 어쩔 수 없는 선택이었다. 군인 사택에서 나와 살아야 했던 형네 집으로서도 서울 집을 판 돈이 필요했을 것이다. 내 마음이야 물론, 이사보다는 소리 엄마의 장례식장으로 달려가고 싶었지만, 집안의 큰일을 모른 체할 수도 없었다.

이삿날, 우리 집에서는 많은 것들이 버려졌다. 9자짜리 자개장은 어머니의 혼수였고, 우리 가족의 삶과 함께 천천히 낡아가며 정든 것이었지만, 형수의 미련 없는 손길에 떠밀리고 있었다. 10년 넘은 크고 작은 솥과 양은 냄비들, 어머니가 손수 갈아 잘 벼

소리의 장례식

린 식칼, 움푹 파인 나무 도마, 금성 눈표 냉장고, 일본에서 외삼
촌이 사다 준 코끼리 전기밥솥, 이런 것들이 주차장 한쪽 구석에
즐비하게 쌓이고 있었다. 어머니는 그 앞에서 혹시나 쓸 만한 물
건을 버리지나 않았을까 이리저리 뒤적거리다가, 결국은 그 앞
에서 넋이 나간 사람처럼 굳어버렸다. 그것들을 가져간다고 해
도 어디에 두고 당신의 자리를 마련할 것인가. 그래서 포항으로
내려가는 이삿짐은 한집 살림치고는 한없이 초라했다. 그러니
굳이 포장이사를 할 필요가 없었다.

먼 길이라 밤에 떠나기로 했다. 가을비가 추적추적 내렸다. 대
형 트럭은 이리저리 쌓아 올린 짐짝 위로 커다란 비닐을 덮고 앞
장섰고, 그 뒤로 반신불수의 아버지와 가족들을 태운 봉고 차가
따랐다. 밤 11시에 서울을 출발해, 아침이 올 때까지 고속도로를
달리면 다음 날 포항에 도착하게 될 것이었다.

"여보, 이제 서울을 떠나요. 이제 이 집을 이제 떠나요. 여보."
어머니는 아버지를 붙들고 나지막이 울먹였다. 그러나 아버지
는 아무것도 알아듣지 못했다. 그는 이미 작년 여름, 육체적 불
구보다도 더 괴로운 마음의 고통 속에서, 자신의 정신마저 놓아
버렸다. 나는 아버지의 메마른 손을 붙잡았다.

'아버지! 이제 떠나는 거예요. 미지의 남쪽으로.'
나는 속으로 말했다. 아버지는 오랜만에 타는 차가 힘겨운지
이따금 괴로운 표정을 지었다. 소리도 엄마를 떠나보내며 얼마

나 힘들까. 그 곁에는 류가 있겠지.

학교 근처 낡은 원룸에서 살고 있었던 나는 그대로, 계속해서 라면을 주식으로 전투적으로 살아가면 되었다. 나를 냉랭하게 대하는 소리의 태도만 빼면 나의 일상은 똑같았다. 류와 같은 과 선후배들은 하관까지 장례식 내내 그녀를 도왔다고 했다. 나만이 그녀 곁에 없었던 것이다.

방학하면 한번 내려오라던 어머니의 말에, 이듬해 여름 포항에 갔었다. 그때 어머니의 첫마디 말은 이것이었다.

"네 형수가 자꾸 안방 문을 닫는단다."

그것은 아버지가 누워 있는 안방에서 쾨쾨한 냄새가 나기 때문이었다. 어머니는 찌는 듯한 더위 속에서도 아버지의 흐르는 땀을 닦아내며 소리 없이 대소변을 받아냈다고 했다.

"이면아. 여기는 사람이 사는 곳이 아니야."

나는 가슴속에서 뜨거운 것이 치밀어 올라왔다.

"그래도 집 안에서 큰소리 나지 않게 조용히 있다가 가거라. 꼭 그래야 한다. 네가 한바탕하고 나면 나는 여기서 더 힘들단다. 그래 줄 수 있지? 응?"

"엄마……."

내가 집에 있는 동안, 어머니는 고집스럽게 안방 문을 닫고, 작은 선풍기에서 불어오는 더운 바람을 쐬고 있었다. 누워 있는 아버지는 등이 가려운지 일으켜지지 않는 등을 자꾸 굼적거릴 뿐이었다. 나는 아버지의 손을 잡고 몇 방울의 눈물을 흘렸고, 아버지가 오래가지 못할 것 같다고 생각했다.

*

"이제 슬슬 일어날까?"

형이 몸을 한쪽으로 비틀며 말했다. 분향실 쪽을 바라보니 어느새 류가 앉아 꾸벅꾸벅 졸고 있었다. 선배나 나나 내일 모두 출근해야 할 사람들이었다. 시간은 새벽 2시를 넘기고 있었다. 장례를 모두 마칠 때까지 소리와 함께 해야 하지 않을까 싶었지만, 류를 생각하면 선배나 나나 그만 사라져주는 것이 더 나을 것 같았다.

나와 선배가 일어서서 나가려는 찰나, 류가 눈치를 채고 다가왔다.

"재인 형, 가실라고요?"

류가 잠꼬대 같은 목소리로 말했다.

"응. 수고해라. 마무리 잘 하고."

선배가 담담하게 말했다.

나는 아무 말도 없이 돌아섰다. 그런데 류가 들어가지 않고 1층으로 올라와 현관 밖까지 따라 나왔다. 찬바람이 훅 끼쳐왔다. 이

252

차가운 대기 어딘가에 소리의 영혼이 시리게 떨고 있는지도 모른다는 생각이 들었다. 순간 류가 내 어깨를 툭 치며 말했다.

"와줘서 고맙다."

나는 시선을 돌려 그를 바라보았다. 그의 표정은 약간의 피곤기를 제외하곤 지극히 평온해 보였다. 순간적으로 울컥하는 게 치밀어 올랐다.

"네가 그 말이 나와? 마누라 잡아먹은 놈이!"

나는 그의 멱살을 움켜쥐었다. 순간 내 손아귀를 풀어내기 위해 선배가 달려들었다. 의외로 류는 가만히 있었다. 한 대 칠 테면 치라는 식이었다. 그럴수록 더욱 적의가 밀려들었다. 나는 급기야 그의 얼굴에 주먹을 날렸다.

"야, 이 개새끼야. 나쁜 새끼!"

그는 곧 바닥에 쓰러졌고, 나는 그대로 뒤돌아섰다. 재인 선배가 그를 부축하는 듯하더니, 곧바로 내 뒤를 따라왔다. 지하철 입구까지 다 걸어왔을 때, 선배가 내 등을 두어 번 두드리더니, 마음 잘 추스르라고 말했다. 그리곤 그는 좌석버스를 타야 한다며 발을 돌렸다.

과연 류를 칠 자격이 있는지 스스로 물었다. 답이 없었다. 다만 억울하고 답답한 감정이 가슴을 옥죄는 것 같았다. 아프지만 헤어날 수 없었던 미궁의 연(緣)이 이렇게 우리 스스로를 망치게 한 것인지도 몰랐다.

*

목이 타들어 가는 느낌이 들어 잠에서 깬다. 검은 양복이 구겨져 몸을 휘감고 있다. 어렵사리 몸을 일으켜 세운다. 창 너머로 벌써 먼동이 트는 것 같다. 주방으로 비척거리며 걸어간다. 수도 꼭지를 틀고 거기에 입을 들이댄다. 한참 물을 들이마시고 나니 입안에 쇳내가 가득하다.

머리가 지끈지끈했지만 그런대로 정신이 돌아오는 것 같다. 담배를 한 대 빼물고 현관문을 열고 밖으로 나간다. 어디선가 해가 떠오를 텐데, 하는 생각으로 옥상을 향해 계단을 오른다. 단단하게 닫힌 옥상 문이 삐꺽 열린다. 세찬 겨울바람이 도시의 소음과 함께 와락 밀려든다. 그곳은 나에게 마당과 같은 공간이다. 거기엔 몇 개의 커다란 화분과 주인집에서 쓰는 크고 작은 장독들 그리고 녹슨 빨래 건조대가 놓여 있다.

하릴없이 한 생명에게 허탈한 시선을 던진다. 붉은 고무 함지에 심겨진 은행나무다. 집주인이 어디서 캐다가 심은 모양인데, 봄이면 연둣빛 새잎도 돋아나고, 한 방울의 비도 내리지 않는 한여름의 땡볕 속에서도 푸른 잎을 키워내며, 가을이면 잎을 노랗게 물들이고 작은 은행도 맺는다. 지금은 모든 이파리를 떨어뜨리고 앙상한 검은 가지로 남아 있다. 저 나무의 체관 속에도 자신의 생명을 유지하는 몇 방울의 물이 있어 이 겨울을 이기고 있는 것이겠지.

내 생에서 소리라는 구멍 난 사진을 메우는 것은 무엇으로 가능할까? 지금도 내 안에서 울려 나오는 목소리—나, 또 와도 돼?

그럼, 그럼. 그때 차마 하지 못했던 말이, 기갈에 신음하듯 내 안에서 울려 나온다.

비정성시(悲情城市)의 욕망을 응시하는

고명철 문학평론가, 광운대 교수

비정성시(悲情城市)의 욕망 속으로

정남 씨에게

지극히 낭만적 인상일지 모르지만, 동해를 곁에 두고 사는 정남 씨가 부러운 적이 한두 번이 아니에요. 글쎄 뭐랄까, 끝 간데없이 펼쳐진 바다는 지상의 모든 것들을 아무런 편견 없이 포용하고, 생(生)의 힘이 소진한 자들에게 '또 다른' 생의 기운을 충전시켜주는 뭇 생명의 근원인데, 이러한 바다를 앞마당처럼 자신의 삶의 영역으로 여기며 사는 데 대한 질투가 난다는 게 솔직한 심정입니다. 물론, 바다를 이렇게 낭만적으로만 생각할 수 없다는 것을 잘 알아요. 바다도 엄연히 생존의 치열한 사투가 벌어지는 삶터이죠.

그러고 보니, 정남 씨의 두 번째 소설집 『잘 가라, 미소』에 실린 아홉 편의 소설을 관류하고 있는 묵직한 문제의식을 제 나름대로는 이렇게 들려주고 싶어요. 머언 바다로부터 스멀스멀 피어오르며 점점 농도가 짙어가는 해무(海霧)는 소도시의 사위를 순식간에 에워싸고, 그 실체를 정확히 식별할 수 없어서 인간은 자신의 욕망을 은폐하든지, 굴절된 욕망을 드러내든지, 아니면 욕망의 맹목에 붙들려, 결국 자신을 비롯한 타자의 파국에 직면하는 황폐화된 풍경……. 사실, 이 황폐화된 풍경은 정남 씨가 곤곤히 부딪치고 있는 지금, 이곳의 현실에 대한 묵시록적 진실을 서사화한 것으로 보여요. 따라서 이번 소설집에 실린 아홉 편의 소설은 정남 씨의 서사의 미학을 다채롭게 보여주기보다 이와 같은 묵시록적 진실에 대한 작가로서의 치열한 산문 정신에 초점을 맞추고 있습니다.

우선, 「비정성시」로 말문을 열어볼까요. "희뿌연 안개 속에 갇혀 있"(60쪽)는 도시에서 퇴폐 이발소의 안마사로 힘겨운 생활을 근근이 지탱하고 있는 여인에게 삶의 기쁨과 희망이 있을까요. 혹자는 얼굴을 붉히며 이러한 퇴폐 이발소에서 일하는 여인을 가혹할 정도로 몰아세울 테죠. 이 여인은 할 일이 없어, 어쩔 수 없이 윤락을 하는 직업 여성으로 전락했느냐고요. 천박한 자본주의의 노예를 자처한 마당에 그 여인에게 도대체 이 악무한의 현실을 부정할 수 있는, 아니 견딜 수 있는 항체로서의 윤리와 정치의식을 발견할 수 있느냐고요. 맞습니다. 이러한 그녀를 향한 잇따른 비판 자체가 무엇을 내포하고 있는지 모르는 바 아닙니다. 그런데, 정말 그런데 말이죠. 매우 단순 소박한 물음을 간과해선 곤란한 게, 그녀가 하필 왜 이러한 삶을 선택할 수밖에 없었는가 하는 문제를 우리는 생각해보아야 하지 않을까요.

해설 | 비정성시(悲情城市)의 욕망을 응시하는

정남 씨, 제가 소설가인 당신을 대신해서 이 문제와 관련하여 일반 독자들에게 간곡히 들려주고 싶은 말이 있어요. 비단, 이것은 「비정성시」를 제대로 이해하기 위한 것만이 아니라 이번 소설집에 실린 다른 작품들을 이해하는 것과도 관련이 있습니다. 단도직입적으로 물어, 우리는 왜 소설을 읽을까요. 다양한 이유들이 있겠죠. 저는 정남 씨의 소설을 읽으면서, 이것만큼은 힘주어 강조하고 싶어요. 작중의 문제적 인물들이 파국으로 치달은 결과가 중요한 게 아니라 그 과정에서 그들이 삶의 넓이와 깊이를 어떻게 성찰하고 있느냐 하는 게 중요한 문제입니다. 그런데 여기서 우리는 착한 콤플렉스로부터 자유로워야 합니다. 이 성찰의 과정뿐만 아니라 성찰로부터 획득될 어떤 것이 고상하거나 아름답거나 깨우쳐야 할 것들로만 이뤄지는 건 결코 아니거든요. 도리어 이것들과 상반되는, 즉 역겹거나 추하거나 무지몽매한 것들 투성이로 이뤄진 게 우리의 삶과 현실이라는 점이 드러나거든요. 저는 이번 소설집에 실린 소설들을 읽으면서, 독자들이 이 후자의 측면에 초점을 맞춰 읽는다면, 정남 씨의 소설을 제대로 이해할 수 있는 열쇠를 소유할 수 있을 것으로 생각합니다.

그렇다면 다시 「비정성시」로 돌아가 볼까요. 퇴폐 안마사인 그녀에게는 지울 수 없는 삶의 상처가 남아 있습니다. 광부와 혼인하여 행복을 누리던 그녀는 그녀의 남편이 "조합원들을 이간질시키는 프락치로 몰려 조합원들에게 집단폭행을 당했고 그들에 의해서 암매장"(76쪽)당하는 고통을 겪었습니다. 동료들의 오해로 죽음을 당하고 이웃으로부터 극심한 소외를 당한 그녀는 어린 딸과 함께 정글과 같은 삶의 전장으로 내몰린 것이죠.

우리는 그녀의 이러한 삶의 고통과 상처의 후경(後景)에 자리하고 있는 한국사회의 갈등을 쉽게 간과하기 십상인데, 이 점에 대한 이해가 없는 그녀 개인의 삶의 상처는 지극히 우연적이고 개인적 비극으로 간주될 여지가 다분해요. 그래서 그녀의 광부 이웃들은 누구 하나 그녀의 상처 치유를 도와주지 않았습니다. 약소자들 사이의 연민과 애도는 찾아볼 수 없고, 그들 사이의 이해관계로부터 비롯된 오해를 바로잡는 그 어떠한 노력도 없이 그녀는 비정하게 그 약소자들로부터 축출당했습니다. 그러자 그녀에게 도움의 손길을 내민 곳은, 아니 도리어 그녀의 상처 치유를 더욱 왜곡시키도록 부추긴 곳이 바로 퇴폐 이발소였어요. 그곳에서 그녀의 상처는 덧날 뿐이었습니다. 하물며 그녀의 상처 치유의 길이 더욱 요원한 것은 작품의 결미에서 드러나듯, 퇴폐 이발소류와 같은 신생업소 대딸방이 뜨고 있는데, 그곳에서 윤락 서비스를 하고 있는 윤락녀가 바로 그녀의 딸이기 때문입니다. 이쯤 되면, 독자들은 정남 씨가 이 단편의 제목을 '비정성시(悲情城市)'로 지은 이유에 대해 전광석화처럼 알게 됩니다.

안개에 가리워진 것을 응시하는

정남 씨, 이렇게 우리가 살고 있는 현실은 말 그대로 추하고 역겹고 비정하기만 합니다. 당신은 이러한 암울한 현실을 '안개'의 아우라로 보여주며 매우 적절한 미장센을 취하고 있습니다. 「는개」, 「안개주의보」, 「봉인된 시간」 등에서 직간접으로 마주할 수 있는 '안개'는 추하고 역겹고 비정한 인간의 욕망을 구체적으로 실감하도록 하니까요.

> 그는 점점 멀어져갔다. 이윽고 그는 유족들과 함께 건물 안으로 들어갔다. 나는 바닥에 주저앉아, 어리석은 삶의 날로부터 떠나가는 영혼을 바라보고 있었다. 그의 영혼은 어떻게 될까. 아마도 하늘로 오르지 않고, 절절히 뼛속에 남아 부서지고 쪼개지고 갈려서는, 마침내 는개와 같은 흰가루가 되어 그의 바다에 뿌려지리라. 백시복은 또 한 권의 유고시집을 낼 것이고, 추모 행사를 기획할 것이다. 살아 있는 자들은 이를 통해 그를 기억하게 될 것이다. 피어오르는 그의 영혼을 바라보며, 나는 는개처럼 뿌연 세상을 바라보고 있었다.

「는개」, 173~174쪽

지방 도시의 도서관에서 일을 하고 있는 '나'는 친구 시충의 죽음에 대해 늘 죄책감을 갖고 있습니다. 시충은 시인 지망생으로서 술을 마셨다 하면 폭음을 하기 일쑤였고, 자신의 지역 태생의 시인 박해조의 시와 그의 죽음을 동경하고 있었습니다. 마침내 시충은 심장마비로 죽습니다. 그런데 「는개」에서 흥미로운 것은 시충과 박해조를 에워싸고 있는 죽음에 대한 그 무엇이 아니라, 이들 죽음의 언저리에서 기생하며 살고 있는 백시복과 같은 사람들의 욕망의 향연입니다. 모르긴 모르되, 백시복은 박해조의 문학을 추모하는 행사를 해마다 기획할 것이고, 박해조의 문학을 동경했던 한 시인 지망생의 죽음을 낭만적으로 박제화함으로써 박해조 문학의 추모행사가 갖는 권위를 축적시키고, 그것이 곧 "백시복이라는 지방의 무명 시인을 알리는 계기"(170쪽)는 물론, 추모 시집의 대중성 확보로 상업적 이익도 획득하는 일석이조의 이득을 얻을 것입니다. 이 모든 게 '나'에게는 "는개처럼 뿌연 세상"으로 보일 뿐이죠.

그렇습니다. 정남 씨의 작중 인물은 「비정성시」의 '그녀'와 「는개」의 '나'처럼 말할 수 없이 황량한 세상을 똑바로 바라볼 뿐 세상의 부정을 부정하기 위한 적극적 언행을 보이지 않아요. 가령, 「안개주의보」의 '나'의 경우 성폭력을 당한 딸의 아버지로서 비정상적 성욕의 표출이 성에 대한 사회적 일탈과 심지어 폭력으로 연결된다는 것을 윤리의식으로 인식하고 있음에도 불구하고, 직장 동료들과 함께 딸보다 조금 나이가 많은 직업 여성과 매춘의 관계를 갖습니다. 딸의 성폭력 피해 때문에 뭇 남성의 성욕을 혐오하는 아내와 부부간 성관계가 단절된 '나'는 매춘을 통해 자신의 성욕을 충족시킵니다. 그런데 우리는 이 소설을 부르주아적 개인의 성욕을 탐문하는 것으로 이해해서는 곤란합니다. 다시 말해 딸의 성폭력에 직면한 아비가 자신의 성욕을 해소하기 위해 매춘의 형식을 빈 것과의 관계를 탐문한, 부르주아적 개인의 성욕에 대한 정신분석학적 서사로 파악

해설 | 비정성시(悲情城市)의 욕망을 응시하는

하는 것은 번지수를 잘못 짚은 읽기라고 저는 생각합니다. 정남 씨, 저는 이것보다 성욕의 비정상적 표출(성폭력과 매춘)에 노출된 우리의 음험한 현실을, 문제적 인물을 통해 가감없이 드러낸 것으로 보입니다. 정남 씨의 작중 인물은 이 뒤틀린 세상에 저항하는 정치적 실천을 모색하지는 않습니다. 다만, 우리로 하여금 끈적끈적한 점성처럼 포위하는 안개에 갇힌 추악한 현실을 외면하지 말고 똑바로 볼 것을 강조합니다. 그래야만, ‘나’가 매춘을 하고 모텔 밖을 나온 짙은 해무가 깔린 거리에서 성폭력을 당한 이웃집 여학생의 죽음과 ‘나’의 딸이 극심히 앓고 있는 성폭력의 상처를 동일시할 수 있습니다. 우리가 살고 있는 현실에 대한 정직한 ‘응시’로부터 훼손된 관계를 치유할 수 있기 때문입니다.

논쟁적 서술효과의 서사적 힘

저는 정남 씨의 현실에 대한 ‘응시’ 자체가 갖는 서사적 힘에 주목해봅니다. 이것은 현실에 대한 날것을 그대로 재현해내는 자연주의와도 다르고, 현실의 모순을 기계적으로 반영하는 반영론과도 다르고, 타락한 현실을 조급히 타개하고 교조주의적으로 변혁하고자 하는 속류리얼리즘론과 확연히 다르다는 것을 분명히 해두고 싶어요. 저는 현재 한국소설에는 삶의 절실성이 현저히 결핍돼 있다고 생각하는데, 정남 씨의 소설들은 이 절실성의 문제에 천착해 있습니다. 「봉인된 시간」과 「하수도」의 경우에서 이것은 대학 시간강사의

고달픈 삶으로 드러납니다. 물론, 이 문제를 다룬 다른 작가의 작품
이 없는 것은 아니죠. 그런데 제가 이 두 작품에 각별히 주목하는 것
은 시간강사의 문제를 에워싼 다층적 사안들이 겹겹으로 포개져 있
는 것을 드러내면서, 정남 씨의 방식으로 이 문제에 대해 부딪치고
있는 절실성의 서사적 행위 때문입니다. 저는 다음과 같은 대목을
읽으면서 소설에서 절실성의 문제는 서사적 형상화의 차원으로만
가둬둘 게 아니라 어떻게 보면, 그동안 한국의 근대소설이 서구 근
대소설의 미학의 매트릭스 안에서 금과옥조로 간주했던 바로 그 서
구의 서사 미학을 이루는 언어의 물질성에 갇힐 게 아니라, 그 매트
릭스 '밖'에서 '또 다른' 서사 미학을 기획해야 한다고 생각합니다.
그것은 작중 인물의 입을 빌어, 부정한 현실에 대해 작가의 서술자
적 비평의 개입을 효과적으로 배치하는 일입니다.

　　농촌 총각과 결혼한 외국인 여성처럼 살아가는 아내의 외로
움과, 귓구멍이 막힌 귀 병신 아들의 숨 막히는 답답함과, 무능
한 대학 강사인 남편의 절망이 만들어내는 끔찍한 하모니는 그
자체로 상처의 지도이다. 이 작은 가정의 풍경에는 요즘 유행하
는 디아스포라도, 장애아의 사회적 소외도, 비정규직 노동자의
제도적 불평등까지도 고스란히 담겨 있다. 이산의 고통을 찾아
탈북자나 이주 노동자들을 생각할 필요가 없다. 우리 가족 안에
디아스포라가 있고, 처절한 인권의 사각지대가 있고, 우리 사회
지식 노동자의 현실이 있다. 사회학 전공자의 관점에서 보면 나

해설 | 비정성시(悲情城市)의 욕망을 응시하는

의 가정은 그 자체로 부조리한 대한민국의 축도이다.

「봉인된 시간」, 197쪽

대학의 시간강사의 현실적 처지를 이처럼 예각적으로 짚어낸 소설은 없지 않을까요. 소설 속 시간강사를 특수한 입장으로 볼 수 없는 게, 개별적 입장은 서로 다르지만 비정규직 지식 노동자로서 그들은 늘 고용 불안에 짓눌리며, 그 때문에 가정은 안정되지 않습니다. 더욱이 지식 노동자의 처지는 육체 노동자와 현저히 다른, 심지어 노동자로서 인식될 수 없다는 사회적 통념의 볼모로 잡혀 속수무책인 점을 감안할 때, 그들이 디아스포라의 현실을 살고 있으며 인권의 사각지대에 놓여 있다는 통렬한 지적은 결코 과장이 아닙니다. 혹자는 이 부분에 대해 정남 씨의 서사 미학의 흠결을 지적할 수 있어요. 우선, 시간강사의 문제를 너무 포괄적으로 생각하고 있는 것은 아닌가, 그리고 디아스포라와 약소자의 문제를 너무 추상적으로 인식하고 있는 것은 아닌가, 때문에 시간강사와 이러한 문제를 형상적 사유로 그려내고 있지 못한 것은 아닌가 하고 말이죠. 저는 다시 강조하고 싶습니다. 정남 씨가 이 같은 문제를 회피하거나 단순하게 인식하고 있는 게 아니라, 시간강사가 직면한 사회적 문제와 그 절실성의 문제를 형상적 사유에 얽매이지 않고 작가의 서술자적 비평의 시각을 과감히 개입함으로써 이 문제에 대한 논쟁적 서술효과를 기대했던 것은 아닐까요.

정남 씨, 저는 이 대목을 읽으면서 작가 현기영의 장편소설 「누

266

란』이 겹쳐졌다는 것을 고백하지 않을 수 없습니다. 『누란』에서 제가 주목했던 것은 방금 제가 강조한 논쟁적 서술효과였습니다. 현기영은 『누란』에서 1990년대 이후 날로 왜소해지고 현실추수적인 우리 시대의 젊은이들을 향해 비판적 입장을 서슴지 않았습니다. 근대소설의 서사 미학을 보란 듯이 위반한 작가가 가진 서술자적 비평의 시각을 드러낸 수작(秀作)으로 저는 평가합니다. 제가 이렇게 이 점에 대해 힘주어 얘기하는 것은 정남 씨의 소설에서 서구의 근대소설의 미학을 넘어서는, 아니 다른 방식으로 서사 미학을 모색할 수 있는 가능성을 발견하였기 때문입니다. 여기에는 아마도 정남 씨가 문학평론가로서 논쟁적 서술효과를 자신도 모르는 새 구현하고 있는 것과 무관하지 않을 터입니다.

카타르시스의 미적 체험으로

여기서 짚고 넘어갈 게 있어요. 「봉인된 시간」에서 징후적으로 보이는 논쟁적 서술효과가 유의미를 갖는 것은 예의 문제들에 씨름하는 작중 인물들의 욕설을 통해 카타르시스를 동반하고 있기 때문입니다.

“이제 어디로 가는 거야?”
비명을 지르던 아내는 이제 다시 가라앉은 목소리로 말한다.
“보면 몰라. 집으로 가는 거지. 이제 단 3일뿐인 우리 집으로.”

“제발 이죽거리지마. 이 개새끼야.”

아내가 욕을 한다. 그 욕이 이상한 청량감을 던져준다.

“알았어, 씨팔년아.”

아내가 웃는다. 부조리극의 인물들 같이 시시덕거린다.

“이제 어떻게 할 거야? 이 좆같은 새끼야.”

아내가 더 큰 소리로 욕을 하고 나서 배가 아파 죽겠다는 듯이 웃는다.

“몰라, 이 보지야.”

아내가 숨이 멎을 듯이 웃는다. 아이는 이에 아랑곳하지 않고 수평선 위에 점점이 터져 오른 환한 불빛에 눈길을 주고 있다.

“야, 씹새끼야. 우리 확 죽어버릴까?”

“그래? 확 핸들을 돌려버려!”

내가 더 큰 소리로 고함을 지르며 깔깔거리고 웃는다.

고속도로 위를 달리는 차는 이리저리 돌아가는 핸들을 따라 미친 듯이 흔들렸고, 차 안에는 더 할 나위 없이 질펀한 욕이 계속 터져 나오고 있다. 어느덧 서로의 눈에는 눈물이 끈적끈적하게 비어져 나온다. 아마도 울음과 뒤범벅된 우리의 웃음은 집으로 돌아오는 길 내내 계속될 모양이다.

「봉인된 시간」, 198-199쪽

지방 소도시에서 싼 셋집을 구하다가 집으로 돌아가는 고속도로 위에서 이 부부는 서로를 향해 신랄한 욕설을 내뱉습니다. 마치 지금까지 서로에게 억눌린 원한을 한꺼번에 풀어놓듯이 말이죠. 그런데 정남 씨, 눈치 빠른 독자라면 굳이 설명을 하지 않더라도 알아챌 것입니다. 그들의 욕설이 표면상으로는 상대방을 향한 것이되, 궁극적으로는 사회를 향한 것이라는 사실을. 독자들이 바로 이 사실을 알아챈다는 것은 정남 씨의 논쟁적 서술효과가 제대로 작동했다는 방증이에요. 시간강사의 문제들을 해결하는 일이 이들 부부만의 노력으로는 이뤄질 수 없다는 것을 독자들이 알게 되면서 자연스레 이 사안에 논쟁적으로 개입하게 되는 것이죠. 그래서 사회를 향한 부부의 욕설을 접하면서 독자들은 한편에서는 쾌감을 맛볼 것이고, 또 다른 한편에서는 결국 그 욕설이 독자들이 속한 사회를 향한 것이기에 불쾌감을 느낄 수도 있을 것입니다. 이렇게 부부의 욕설은 쾌감과 불쾌감의 사회적 맥락을 동시에 인지하는 카타르시스의 미적 체험의 길로 독자들을 인도합니다.

물론, 카타르시스의 미적 체험이 이처럼 논쟁적 서술효과에 의해서만 이뤄지는 것은 아닙니다. 정남 씨의 이번 소설집에 실린 소설들에서 카타르시스의 미적 체험은 다양하게 구현되고 있어요. 「하수도」에서는 예의 사회적 문제들에 노출된 시간강사가 급기야 여자친구가 경영하는 술집에서 학생들과 막말을 하며 싸움을 벌이기도 합니다. 비록 그는 시간강사로서 대학에서 학생들을 가르치고 전문 분야의 연구를 하는 지식인이되, 그 같은 사회적 신분과 체면을 뒤로 한 채 술에 취한 학생들과 싸움을 하고 난장판이 된 술집의 바닥을 청소하면서 그동안 막혔던 것을 토해냅니다. 그리고 「에움길」에서 남자는 대학 시절 수배를 피해 함께 도피하며 사랑을 나눴지만, 지금은 룸살롱 마담이 되어버린 옛 애인과 조우하게 됩니다. 역시 자신처럼 부박한 신세로 전락한 남자에게 대리운전 서비스를 받은 후 여자는 멀어지는 그를 향해 "시퍼렇게 멍든 소리" "절규에 가까운 소리"(「에움길」, 35쪽)를 내지릅니다. 그녀의 절규는 그들의 "서글픈 인연의 무게"(「에움길」, 33쪽)를 도저히 감당할 수 없는 극한에서 쏟아지는 피맺힘이라 해도 과언이 아닐 터입니다. 한때 운동권으로서 세계를 변혁시키고자 한 그들의 아름다운 전망의 신념은, 그들이 그토록 부정하고 환멸해마지 않던 자본주의에 무릎을 꿇은 철저한 현실 패배주의자의 모습으로 전락해 있음을 그들은 서로에게 비쳐진 모습 속에서 뚜렷이 봅니다. 하지만 그들은 서로를 끝내 외면하지 않아요. 그녀의 그를 향한 절규, 그 절규를 듣고 그녀를 당당히 만나기 위해 에움길을 오르는 그의 숨가쁜 발걸음 역시 모종의 카타르시스의 미적 체험을 안겨주기에 충분합니다.

어찌 이뿐일까요. 동성애를 감출 수 없는 작중 인물들과 이들의 관계를 모두 알고 있는 여성, 이렇게 셋은 "오후 4시의 절망", 즉 "높게 뜬 태양도 아니고, 붉게 물드는 노을도 아니고, 시름시름 앓듯 쇠락해 가는 빛."(「유리집」, 129쪽)에 노출된 채 단자적 고립감과 외로움 속에서 살아갑니다. 마침내 여성은 가족을 떠난 남편이 돌아올 수 있는 길은, 그리하여 사랑하는 남편과 자신이 외로움에서 벗어나는 길은 남편의 동성애자이자 그녀의 이성 친구이기도 한 그와 함께 사는 것이라는 사실을 깨닫게 됩니다. 저는 「유리집」을 읽으면서 순간, 멈칫하였습니다. 아니, 그렇다면, 동성애자와 함께 새로운 가족을 이룸으로써 그들은 개별자의 외로움을 극복할 수 있을까. 정남 씨의 소설을 기존 사회윤리학으로 읽어내는 게 소모적이라는 것은 지금까지의 읽기를 통해 구태여 다시 해명할 필요는 없어요. 제가 주목하고 싶은 것은 정남 씨의 문학적 상상력을 통해 이들 개별자의 외로움을 어떻게 해서든지 해소하려고 하는 진정성입니다. 그럴 때 그녀의 결심을 듣고 그녀의 남편을 귀환시키기 위해 보내는 편지에 함께 동봉할 사진을 찍는 대목에서 저는 숨죽여 흐느꼈다는 것을 고백해야겠어요.

여기 사진이 있다. 몹시 일그러진 표정으로 담배 연기를 뿜으며, 엉거주춤하게 서 있는 나신. 몸뚱이에 초라하게 매달려 있는 성기는 아무런 생기도 느껴지지 않는다. 너에게 이 편지와 사진을 보내려 한다. 미지의 생명체를 찾아가는 우주선 속 인류의 나체 사진처럼, 너에게 보내는 외로운 한 줄기 타전.

몰, 은히, 나, 그리고 영민. 이렇게 우린 함께 살 수 있을까. 나는 영민이의 아빠이기도 하고, 삼촌이기도 하고, 너는 나의 애인이기도 하고, 은희의 남편이기도 한, 모든 관계를 넘어선 관계를 만들 수 있을까. 네가 몹시 보고 싶다.

「유리집」, 150쪽

　기존의 완고한 사회적 관계를 넘어선 관계를 만들 수 있을까요. 이 새로운 관계를 향한 절실하고 진실한 욕망의 진정성이 지닌 아름다움에 잠시 정신을 놓고 말았습니다. 아, 그렇고 보니, 정남 씨의 소설 읽기에서 누락시키지 말아야 할 게 있네요. 비루한 현실에서는 상처받고 훼손될 수밖에 없는 관계이되, 정남 씨의 소설 속 인물들은 문학적 상상력의 힘을 통해 그 관계를 비월(飛越)하는 '사랑의 묘약'을 만들고 있네요. 그래야 작중 인물 미소와 헤어지는 것이 찌질한 상투적 이별이 아니라 담대한 헤어짐일 수 있고, 이것이 '과거'의 관계에 구속되는 게 아닌 다른 관계를 모색할 수 있는 비월일 수 있으니까요(「잘 가라, 미소」).

　정남 씨의 또 다른 서사 미학을 기대하며 이만 줄입니다.

당신의 소설에 흠뻑 취한 비평가가